Das Buch

Schau niemals weg! Sonst wirst du büßen …

Der Fund einer grausam zugerichteten Frauenleiche erschüttert das Team der Mordkommission bis ins Mark. Der Toten wurde ein Messer mit einer mysteriösen Botschaft ins Herz gerammt, und in jedem ihrer Augen steckt ein Nagel. Will der Täter sein Opfer für etwas bestrafen, das es gesehen hat?

Die Ermittlerinnen Charlotte Bekker und Stella Meislow übernehmen den Fall und finden sich schon nach wenigen Tagen in einem verzweifelten Wettlauf gegen die Zeit wieder. Doch erst als eine zweite und dann eine dritte Leiche auftaucht, finden sie eine brauchbare Spur. Und die führt direkt zu jener Organisation, bei der das Nicht-Sehen besonderen Schaden anrichten kann: zur Polizei …

Der Autor

Gunnar Schwarz konnte gar nicht anders. Als Kind der späten Siebzigerjahre in eine schreibende Familie hineingeboren, war sein Weg zum Schriftsteller schon vorgezeichnet. Bereits als Jugendlicher verfasste er erste Kurzgeschichten und entwickelte einen beeindruckend facettenreichen Schreibstil. Das Genre, in dem er sich am meisten zu Hause fühlt, wird schließlich der Thriller. Der Wunsch, mit seinen eigenen Worten einen spürbaren Nervenkitzel zu erzeugen, lässt ihn tagtäglich an seinen Geschichten arbeiten. Wenn Gunnar den Schreibtisch verlässt, dann am liebsten für lange Spaziergänge mit seinem Hund. Die Stille des norddeutschen Landlebens wirkt dabei inspirierend und schafft Raum für die Entstehung neuer Ideen.

Tote Augen weinen nicht

Ein Thriller von Gunnar Schwarz

Bekker & Meislow 2

Originalausgabe Juni 2024
© FeuerWerke Verlag, alle Rechte vorbehalten
Maracuja GmbH, Laerheider Weg 13, 47669 Wachtendonk
Herstellung: Books on Demand GmbH
Printed in Europe
Umschlaggestaltung: Chris Gilcher (Buchcoverdesign.de) unter Verwendung von Adobe Stock ID 124573637 und 229605018
Lektorat: Ulrike Jonack, Leipzig

ISBN: 978-3-98954-017-0

Kapitelübersicht

Prolog 7
1. Kapitel 10
2. Kapitel 16
3. Kapitel 21
4. Kapitel 30
5. Kapitel 38
6. Kapitel 46
7. Kapitel 53
8. Kapitel 61
9. Kapitel 68
10. Kapitel 74
11. Kapitel 79
12. Kapitel 88
13. Kapitel 91
14. Kapitel 105
15. Kapitel 110
16. Kapitel 116
17. Kapitel 127
18. Kapitel 133
19. Kapitel 138
20. Kapitel 144
21. Kapitel 151
22. Kapitel 155
23. Kapitel 160
24. Kapitel 166
25. Kapitel 170
26. Kapitel 182
27. Kapitel 188
28. Kapitel 194
29. Kapitel 202
30. Kapitel 206

31. Kapitel 218

32. Kapitel 226

33. Kapitel 230

34. Kapitel 235

35. Kapitel 240

36. Kapitel 243

Prolog

EIN Stich ins Herz tötet einen Menschen nicht sofort. Wir glauben das allerdings, weil alles andere außerhalb unserer Vorstellungskraft liegt. Wie kann ein kaputtes Herz schlagen? Wie kann es seiner Aufgabe nachkommen und Blut durch den Körper pumpen, wenn es nicht mehr intakt ist?

Das ist tatsächlich eine gute Frage, eine, die ich mir schon lange stelle. Sehr lange. Vierzehn Jahre, um genau zu sein. Aber ich bin der lebende Beweis, dass ein kaputtes Herz einen nicht umbringt. Nicht sofort. Manchmal überhaupt nicht.

„Ich befürchte, dass du kein solcher lebender Beweis sein wirst", sage ich leise, ohne mir die Mühe zu machen, der Frau, die vor mir liegt, meinen Gedankengang näher zu erklären. Sie weiß auch so Bescheid. Ich beuge mich etwas zu ihr herunter. „Siehst du das hier? Siehst du, was ich in meiner Hand habe?" Meine Stimme ist ruhig, und ich bin stolz auf mich.

Ich beobachte jede ihrer Regungen. Ihre kalten, trüben, leeren Augen blicken auf die lange Messerklinge. Ich sehe Furcht in ihrem Blick aufkeimen. Sie scheint langsam zu begreifen, was hier passiert. Ich erkenne ihr Entsetzen. Ja, es ist schockierend, wie schnell ein Leben sich ändern kann. Von einer Sekunde auf die andere kann alles vorbei sein. Das Leben, das man zuvor gekannt hat, existiert nicht mehr. Niemand weiß das besser als ich.

Und jetzt weiß auch sie Bescheid. Dieser Tag endet sicher nicht so, wie sie es sich heute, als sie zu ihrem Job aufgebrochen ist, ausgemalt hat. Der Gedanke bringt mich zum Lächeln. „Ich kenne das", sage ich und streiche ihr eine Haarsträhne aus der Stirn. Sie zuckt zusammen, versucht, ihren Kopf wegzudrehen. Ich packe ihr Kinn fest und zwinge sie, mich anzusehen. „Ich kenne das", wiederhole ich und spreche dabei jede Silbe überdeutlich aus. „Tage, die völlig anders enden, als man es sich vorgestellt hat. Vielleicht warst du heute Morgen motiviert, in den

Tag zu starten, vielleicht aber auch nicht. Aber auf jeden Fall hast du dich auf den Feierabend gefreut. So wie jeder. Ein Feierabend mit selbst gekochtem Essen, einer netten Fernsehsendung, vielleicht einer Tasse Tee vor dem Schlafengehen. Ganz bestimmt gab es in deiner Vorstellung kein Bild deines eigenen Tranchiermessers, das dir jemand vor die Augen hält."

Ihre Augen fixieren die Klinge. Ich lächle sie weiter an. „Du fragst dich, warum dir das hier passiert, oder?"

Nun schnellt ihr Blick wieder zu mir hoch. Ich kann sehen, dass sie versucht, ein Geräusch von sich zu geben. Doch ich habe sie geknebelt. Man will ja kein Risiko eingehen. Ihre Chance zu reden hat sie vertan.

„Das könnten wir jetzt natürlich ausdiskutieren …", sage ich, während ich einen Schritt auf sie zumache und mit Zeigefinger und Daumen langsam über die Messerklinge fahre, konzentriert darauf bedacht, meinen Handschuh dabei nicht zu zerschneiden. „… wenn du vorhin richtig reagiert hättest. Aber du weißt genau, was du getan hast. Vermutlich hast du lange nicht mehr daran gedacht, richtig? Menschen wie du sind selbstgerecht. Sie neigen nicht zur Selbstreflexion. Täusche ich mich?"

Ich höre ein Wimmern und frage mich, ob demnächst Tränen aus ihren Augen treten werden.

Nein. Natürlich nicht.

Ich beuge mich etwas weiter zu ihr herunter. „Ich hätte dir gern eine Möglichkeit gegeben, weißt du? Wenn ich nur Reue in diesen Augen erkennen könnte. Wenn du mir nur zeigen könntest, dass du weißt, dass du einen Fehler begangen hast." Ich richte mich ruckartig auf. „Aber da ist nichts", schleudere ich ihr entgegen. „Gar nichts. Nur Todesangst. Aber die, das muss ich dir wirklich sagen, ist mir völlig egal. Die berührt mich nicht im Geringsten. Jedes Tier empfindet instinktgetriebene Todesangst." Ich pausiere kurz, betrachte sie, empfinde Ekel. „Du bist nicht besser als ein Tier. Keiner von euch."

Ich umfasse das Messer mit beiden Händen und lasse es wie ein Damoklesschwert über ihrem nackten Brustkorb schweben. Einatmen, ausatmen, konzentrieren. „Du wirst nicht sofort sterben", sage ich leise. „Es kann Minuten dauern. Manchmal auch Stunden. Vielleicht stirbst du an einem Herzinfarkt, vielleicht auch durch Verbluten. Ich werde mich bemühen, dein Herz richtig zu treffen. Ich will, dass du es fühlst. Ich will, dass du spürst, was ein kaputtes Herz ist."

Langsam lasse ich das Messer sinken und greife in meine Hosentasche. Ich ziehe zwei Nägel mit einer Länge von je sieben Zentimetern heraus und zeige sie ihr. Sie zuckt zusammen und reißt ihre Augen weiter auf, wirft mir einen vielsagenden Blick zu, fleht stumm.

„Du kannst flehen, so viel du willst", sage ich. „Aber das ist nicht das, was ich sehen möchte. Das ist es nicht, worum ich gebeten habe. Ich habe dir vorhin eine Frage gestellt. Du erinnerst dich?"

Sie versucht zu nicken.

„Ob dir klar ist, wirklich, wirklich klar ist, welchen Fehler du damals begangen hast? Das war meine Frage. Und was war deine Antwort?"

Sie bewegt den Kopf von einer Seite zur anderen. Das Kopfschütteln einer fast bewegungslosen Frau, die sich für ihren Todeskampf wappnet.

„Du glaubst es jetzt, hast du gesagt. Aber du könntest nichts tun. Das war die falsche Antwort. Das weißt du jetzt, oder?"

Nun übermannt es sie, dieses widerliche Gefühl, das einer Person wie ihr nicht zusteht.

Selbstmitleid.

Da sind sie doch, die heißen Tränen. Keine Reue, nur Angst. Angst und Selbstmitleid. Sie versucht, sich zu bewegen. Sie wimmert. Sie würde schreien, wenn ich sie nur ließe.

„Es musste so kommen. Jeder bekommt am Ende das, was er verdient. Das hast du dir selbst zuzuschreiben."

Ich lege die Nägel neben ihren Kopf und umfasse das Messer wieder mit beiden Händen. Dann steche ich zu.

1. Kapitel

IHR Herz pochte ihr bis zum Hals, als Spezialermittlerin Charlotte „Charlie" Bekker den dunklen Weg, der parallel zu dem kleinen Bach in ihrem Dorf führte, entlangging. Die Hände steckten in den Taschen ihrer locker sitzenden Bomberjacke. Nicht weil es jetzt, in den späten Abendstunden des beginnenden Frühlings, sonderlich kalt war, sondern weil sie dort ihre Waffe verstaut hatte.

Die wirst du nicht brauchen.

Sie hatte diesem Treffen zugestimmt, weil es ihre Chance war, einen alten Fehler auszubessern, der wie ein bösartiges Geschwür in ihrer sonst nahezu perfekten Polizeikarriere steckte. Sie hatte etliche Wochen seit Bela Rottenbachs überraschendem Anruf an Weihnachten vergehen lassen müssen. Er hatte die Regeln diktiert. Den Zeitpunkt. Den Ort – *ihren* Ort. Und jetzt war es so weit.

Frau Bekker, hier ist Bela Rottenbach. Wir müssen reden.

Sie blieb stehen und spitzte die Ohren. Sie kannte ihr kleines Dorf in- und auswendig und wunderte sich nicht, dass er gerade diesen Treffpunkt ausgewählt hatte. Der Bach rauschte, der Weg war umsäumt von hohen Kastanienbäumen, ein paar Meter weiter verlief die Hauptstraße. Hier gab es ausreichend Deckung, gleichzeitig aber auch die Möglichkeit zu fliehen. Er konnte nicht wissen, was sie vorhatte. Und sie konnte nicht wissen, ob er eine Waffe bei sich trug.

Bela Rottenbach war seit fast einem Jahr auf der Flucht. Ein Finanzgenie, steinreicher Unternehmer und landesweit bekannter Philanthrop, quasi der lokale Bill Gates, stand nun auf der *Interpol-Most-Wanted*-Liste für den Mord an seinem nicht minder prominenten Geschäftspartner Martin Umbacher. Außerdem wurde er verdächtigt, zwei weitere Geschäftspartner ermordet zu haben, deren aufgedunsene Leichen man aus dem Fluss gezogen hatte. Es war Charlies Fall gewesen. Sie hatte ihn fast geschnappt. Sie hatte auf ihn geschossen.

Belas Gesichtsausdruck, als sie damals die Waffe auf ihn gerichtet hatte, trat vor ihr inneres Auge. Er war ein stattlicher, überaus charismatischer Mann, der es weder gewohnt war, bedroht zu werden, noch zu verlieren. Doch in diesem Moment, als sie auf ihn gezielt hatte, hatte er Todesangst gehabt. Und als er realisiert hatte, dass sie tatsächlich schießen würde, hatte er sich in letzter Sekunde weggedreht.

Streifschuss. Nicht tödlich. Seitdem war er auf der Flucht.

Und ich habe es vermasselt.

Sie wusste nicht, warum er sich gerade jetzt mit ihr treffen wollte. Warum er sich *überhaupt* mit ihr treffen wollte. Vielleicht war er es leid, zu fliehen. Vielleicht ging es ihm aber auch um etwas völlig anderes. Einem Mann wie Bela Rottenbach war alles zuzutrauen.

Sie spürte seine Anwesenheit, bevor sie ihn hörte. Ihre Nackenhaare stellten sich auf, ihre Finger umklammerten ihre Waffe. Sie stand direkt neben einem dicken Baumstamm und drehte sich nun in die Richtung, aus der sie das Rascheln gehört hatte.

„Ich weiß, dass Sie eine Waffe haben, Frau Bekker", hörte sie ihn sagen. Leise, bedacht, mit einer Samtstimme, die dafür kreiert zu sein schien, andere Menschen zu Dingen zu überreden, die sie noch vor wenigen Augenblicken kategorisch abgelehnt hätten. „Ich würde Sie ersuchen, nicht zu schießen. Nicht noch einmal. Das erste Mal war einprägsam genug." Er trat aus dem Schatten einer Kastanie und hielt die Arme nach oben, die Handflächen zeigten zu ihr. Er stand etwa vier Meter von ihr entfernt. Das Licht der Straßenlaterne schien nur schwach durch die dicht stehenden, zu dieser Jahreszeit nur spärlich belaubten Bäume.

„Ich schieße nicht, wenn Sie keine unbedachte, schnelle Bewegung machen, Herr Rottenbach."

„Können wir die Förmlichkeiten lassen, Charlotte?", fragte er, machte einen langsamen Schritt auf sie zu und ließ die Arme wieder sinken.

„Charlie", gab sie wie automatisch zurück. Die Finger ihrer rechten Hand umklammerten immer noch ihre Waffe.

Bela deutete auf eine der drei halb verrotteten Holzbänke, die auf dem kahlen Rasenabschnitt neben dem Bach standen, und setzte sich. Charlie ging auf ihn zu und setzte sich auf die Bank, die neben seiner stand. Sie sahen sich einen Moment lang an.

„Danke, dass Sie gekommen sind", sagte er.

„Danke, dass Sie angerufen haben." Sie sprach monoton, wie eine Sprach-App, die auf bestimmte Floskeln programmiert war. Jede Faser ihres Körpers war angespannt. Sie starrte Bela konzentriert an und rechnete mit allem.

„Halb erwarte ich, dass in der nächsten Sekunde Ihr neues Team auf mich zugestürmt kommt und mich verhaftet. Gratuliere übrigens zur Beförderung in die Ständige Mordkommission."

Charlie nickte knapp. Ja, sie hatte erwogen, die Gunst der Stunde zu nutzen und Bela bei diesem Treffen zu verhaften, bevor er auch nur eine Silbe von sich geben konnte. Doch dafür hätte sie allen voran Jan Mohrschneider, ihren Vorgesetzten, mit ins Boot holen müssen. Was hätte sie Jan sagen sollen?

Ach, hör mal, Bela hat mich vor etlichen Wochen angerufen. Du weißt schon, der Typ, den wir haben entkommen lassen? Nein, ich habe niemanden informiert, keinen richterlichen Beschluss beantragt, kein Protokoll verfasst oder sonst eine dienstrechtlich relevante Handlung vorgenommen. Weil ich nicht mehr sicher bin, was ich glauben soll.

Keine gute Idee.

Jan war ein guter, loyaler Ermittler und, das musste sie sich zähneknirschend eingestehend, ein ganz ordentlicher Vorgesetzter. Doch seine Arbeitsphilosophie folgte dem Motto „Regeln stehen über allem", während ihre vorrangig von ihrer eigenen Intuition getragen wurde. Wenn es sein musste, ergänzten sich diese Gegensätze gut. Meist jedoch sorgten sie dafür, dass Jan und Charlie sich in die Haare bekamen.

Das war der Grund, warum sie jetzt alleine hier war. Sie musste zuerst wissen, worum es ging, bevor sie entscheiden konnte, wie sie weiter vorgehen wollte. Deshalb hatte sie niemandem von diesem Treffen erzählt. Nicht einmal Vinni, ihrem besten Freund. Niemand wusste, dass sie hier war, und das war vermutlich unvernünftig. Trotzdem spürte sie keine Angst. Nur Anspannung. Anspannung und Neugierde.

Charlie beobachtete Bela und sah, dass er tatsächlich so wirkte, als wäre er jederzeit bereit, von der Bank zu springen und loszulaufen. Er ließ ein paar weitere Sekunden vergehen, während derer er seine Umgebung genau studierte. Dann sah er sie wieder an. „Nichts passiert", stellte er fest.

„Ich bin alleine hier", erklärte sie.

„Okay. Danke. Ich würde gern direkt zur Sache kommen."

„Schießen Sie los."

Er schnaubte und seine Hand ging langsam zu der Stelle, an der ihre Kugel ihn getroffen hatte. „Nette Wortwahl. Also schön, hören Sie zu. Ich will das alles hinter mich bringen. Ich kann nicht mehr fliehen."

„Ist Ihnen das Geld ausgegangen?", fragte sie. Ihre Anspannung ließ etwas nach, auch wenn ihre Finger weiter fest um ihre Waffe gekrallt waren.

Er hörte ihren süffisanten Unterton und lachte bitter auf. „Wohl kaum."

Das wunderte Charlie nicht. Natürlich waren alle Konten, die Bela Rottenbach und sein Geschäftspartner Martin Umbacher geführt hatten, eingefroren. Doch Charlie zweifelte nicht daran, dass Bela in seiner aktiven Zeit ein paar Geldlager eingerichtet hatte, die in allen möglichen Steueroasen der Welt verstreut lagen.

Offshore-Was-auch-immer.

„Ich bin kein Mörder, Charlie. Ich habe Martin nicht erschossen", erklärte Bela mit gekonnt belegter Stimme.

„Ihre Fingerabdrücke waren auf der Waffe. Auf dem linken Ärmel Ihrer Jacke waren Schmauchspuren. Sie sind Linkshänder. Ihre DNA war auf einem der zwei Whiskeygläser." Charlie betete all diese Fakten herunter. Sie kannte den Fall in- und auswendig.

„Sie wissen, dass ich nicht so dumm wäre, all diese Dinge an einem Tatort zu lassen. Das wissen Sie, Charlie."

Sie schüttelte den Kopf. „Ich weiß gar nichts."

„Ich war es nicht."

„Dann lassen Sie das von einem Gericht bestätigen."

Er zog einen Mundwinkel nach oben und rückte etwas in ihre Richtung. „Und welches *unabhängige* Gericht soll über meine Unschuld entscheiden, Charlie? Martin hat Gelder von hier bis Timbuktu veruntreut. Gelder von Politikern. Gelder von ranghohen, sehr mächtigen Geschäftsfreunden. Gelder von Richtern. Und bevor er sich erschossen hat, hat er alles mir in die Schuhe geschoben."

„Was für eine bequeme Theorie für Sie."

„Ich hatte mit alldem nichts zu tun."

„Klar."

Bela fuhr sich – sichtlich frustriert – durchs dichte, schwarze Haar. „Ich weiß, wie das alles aussieht", sagte er leise. „Deshalb brauche ich Ihre Hilfe."

„Warum glauben Sie, dass ich Ihnen helfen würde?"

Er sah sie wieder an. „Weil Sie meinen Fall besser kennen als jeder andere. Weil Sie intelligent sind und auf Ihre Intuition vertrauen. Weil Sie wissen, dass es eine kleine Lücke in diesem für die Justiz sehr bequemen, vermeintlich glasklaren Fall gibt. Weil Sie ein Gewissen haben. Weil Sie ein korrekter Mensch sind. Und weil …", er machte eine Pause, wandte sein Gesicht ab und starrte in den leise plätschernden Bach, „… weil ich eine Tochter habe."

Charlie hob die Augenbrauen. Das war ihr neu.

„Sie ist gerade auf die Welt gekommen. Ich habe an Weihnachten von der Schwangerschaft erfahren. Deshalb habe ich Sie angerufen. Und bevor Sie fragen: Sie ist von einer Frau, bei der ich ein paar Monate untergekommen bin. Sie lebt in Frankreich."

Charlie nickte langsam. Sie glaubte zu verstehen, worum es Bela ging. Auch, wenn sie selbst keine Kinder hatte, so konnte sie doch nachvollziehen, dass das Wissen um das eigene Fleisch und Blut selbst den stursten Mann zum Umdenken bewegen konnte.

„Ich will ein normales Leben, Charlie. Ein Leben, in dem ich meine Tochter sehen kann, ohne einen gefälschten Pass und den Schutz der Dunkelheit nutzen zu müssen. Ich möchte, dass sie weiß, dass ich ihr Vater bin, und dass ich sie besuchen kann und sie mich."

„Und wie stellen Sie sich das vor?"

„Wir gehen den Fall Punkt für Punkt durch, ich sage Ihnen genau, was passiert ist, wir finden Belege, und ich helfe den Behörden, die Gelder wiederzubeschaffen, die verschwunden sind." Er schenkte ihr sein charmantes Gewinnerlächeln. „Win-win, Charlie. Für uns beide."

Charlie sah ihn einen Moment lang an. Sie brauchte nicht zu fragen, was er meinte. Sie wusste, dass er auf ihr Ego als Ermittlerin anspielte. Der Fall – und ihr persönliches Versagen – war damals durch alle Medien gegangen. Er wusste genau, was es für sie bedeuten würde, diesen mörderischen Finanzskandal aufzulösen.

Aber ist es das wert?

Es war ein Risiko. Sie würde eine ganze Weile unter dem Radar fliegen müssen. Heimliche Treffen. Heimliche Aktenbearbeitung. Es war kompliziert.

Aber nicht unmöglich.

„Ich werde darüber nachdenken", sagte sie.

„Wie lange?", fragte er.

Ihr Handy vibrierte. Sie holte es aus der Jackentasche und blickte aufs Display.

„Charlie?", fragte er noch einmal.

Sie stand auf und sah ihn kurz an. „Ich sagte, ich werde darüber nachdenken." Dann wandte sie sich ab und ging an ihr Handy. „Jan, was ist los? Es ist mitten in der Nacht."

„Tut mir leid, ich weiß, du hättest morgen frei."

„Ich glaube nicht an freie Tage."

„Umso besser, denn die wird es in nächster Zeit nicht geben." Er klang aufgeregt und besorgt zugleich.

„Was ist passiert?", fragte sie alarmiert.

„Wir haben einen neuen Mordfall zugeteilt bekommen. Nichts für schwache Nerven."

„Genau unsere Kragenweite."

„Hoffentlich. Ich gebe dir die Adresse durch."

Sie drehte sich um und wollte sich von Bela verabschieden. Doch die Bank, auf der er eben noch gesessen hatte, war leer.

2. Kapitel

SPEZIALERMITTLERIN Stella Meislow saß in einem piekfeinen Restaurant im angesagtesten Viertel der Stadt und strich sich unruhig eine ihrer goldblonden Haarsträhnen hinters Ohr. Früher, bevor sie von Berlin weg- und hierhergezogen war, um ihre Stelle in der neu gegründeten Ständigen Mordkommission anzutreten, war das ihr ganz normales Leben gewesen. Dinnerpartys, gesellschaftliche Anlässe, kostspieliger Wein, sündhaft teure Sieben-Gänge-Menüs, von denen niemand satt werden konnte.

Doch die Dinge hatten sich geändert. *Sie* hatte sich geändert. Sie war erwachsener geworden. Ein bisschen selbstsicherer. Sie hatte neue Kollegen und ein neues Leben. Und doch war da noch die alte Stella, die unsicher war und die immer darüber nachdachte, was andere von ihr hielten. Nun, sie wusste, was Männer von ihr hielten. Das wusste sie immer. Sie wusste es in diesem Augenblick. Ihr wurden verstohlene Blicke zugeworfen, ein bewunderndes Lächeln da und dort. Sie war schön, kurvig, blond.

So weit, so uninteressant. Das half ihr nicht, die außerordentlich gute Kriminalkommissarin zu werden, die sie gerne sein wollte. Ganz im Gegenteil: Es untergrub ihre Autorität. Eine Autorität, die ihre Kollegin Charlie Bekker von Natur aus mit sich brachte. Charlie trat streng und burschikos auf, stellte einen stechenden Blick und ein ernstes Gesicht zur Schau, hatte ihr braunes, schulterlanges Haar fast immer zu einem straffen Zopf gebunden und hielt mit ihrer Meinung nie hinterm Berg — völlig egal, ob sie damit aneckte. Stella hatte Charlie schon bewundert, bevor sie ihre Kollegin wurde, und jetzt, nachdem sie ihren ersten gemeinsamen Fall gelöst hatten, bewunderte sie sie noch mehr. Charlie war eines der wahrlich seltenen weiblichen Vorbilder, die es bei der Kriminalpolizei gab, und Stella nahm sich vor, in ihre Fußstapfen zu treten. Und genau das würde sie ihrem Vater erklären, der gerade zur Tür hereinkam.

Er sah sie und strahlte übers ganze Gesicht. Stella erhob sich und ließ sich von ihm in die Arme nehmen und fest drücken.

„Du siehst umwerfend aus, Püppi“, sagte er und ließ sie nicht los.

„Danke, Papa.“ Sie drückte ihn sanft von sich.

Sie setzten sich. Stella blickte sich um. Sie konnte sehen, dass einige der Gäste sich fragten, ob der gut aussehende, grau melierte Herr ihr Vater oder ihr Sugardaddy war. Ein paar überlegten vermutlich, woher sie ihn kannten. Ihr Vater Berndt war ein ranghoher Politiker im Bundesinnenministerium. Niemand, der in der ersten Reihe auftrat, eher jemand aus der zweiten oder dritten Reihe. Mächtig genug, um Dinge bewirken zu können, anonym genug, um ein angenehmes Leben zu führen.

Sie griff zu ihrem Glas, nahm einen kleinen Schluck Rotwein und stellte es wieder ab.

„Entschuldige die Verspätung, Liebes“, sagte ihr Vater, griff wie selbstverständlich zu ihrem Rotweinglas und roch daran. „Ein Spätburgunder?“, fragte er.

„Ja. Ein 2007er.“

„Gute Wahl.“ Er lächelte sie stolz an, als wäre ihre gute Weinkenntnis ein hervorstechender Charakterzug, über den er sich freute. „Ich habe dich seit Weihnachten nicht mehr gesehen. Das macht mich traurig, Püppi.“

„Ich weiß, Papa, tut mir leid. Mein neuer Job …“

Er winkte ab und blickte sich ungeduldig nach einem Kellner um. „Wir nehmen eine Flasche von diesem Spätburgunder hier“, bestellte er, als der Kellner noch zwei Schrittlängen vom Tisch entfernt war. „Haben Sie noch die Foie gras auf der Karte?“

„Ja, der Herr.“

„Die nehmen wir zweimal als Vorspeise.“

„Ich hätte lieber einen Salat …“, versuchte Stella einzuwenden.

Ihr Vater winkte erneut ab. „Und danach den gegrillten Thunfisch. Danke.“ Er schickte den Kellner mit einer einzigen Handbewegung weg, bevor dieser überhaupt nicken konnte, und konzentrierte sich wieder auf Stella. „Also gefällt er dir immer noch?“, fragte er.

Stella hob fragend die Augenbrauen. „Wer?“

„Dein neuer Job.“

„Ach so. Ja, natürlich.“

„Ich verstehe.“

„Du klingst nicht sehr erfreut, Papa …“

Er seufzte. „Du weißt, dass ich es lieber sehen würde, wenn du in meiner Nähe wärst.“

„Und *du* weißt, dass ich eine erwachsene Frau bin.“

Er nickte. „Natürlich. Und ich bin sehr stolz auf dich.“

Sie nickte und nahm einen weiteren Schluck Rotwein. Sie wusste, dass ihr Vater sie über alles liebte. Vielleicht war es zu viel der Liebe, zu viel des Behütens. Sie wusste auch, dass er seit ihrer Kindheit versuchte, den tragischen Verlust ihrer Mutter zu kompensieren. Und sie wusste, dass er immer geahnt hatte, dass das niemals möglich sein würde. Ihre Mutter war ermordet worden, als Stella gerade einmal fünf Jahre alt war. Nichts auf der Welt konnte so ein Erlebnis wiedergutmachen.

Sie lächelte ihren Vater an. Es war schwierig, ihm Grenzen zu setzen. Es ging ihm schließlich nur darum, das Leben seiner Tochter möglichst bequem und glücklich zu gestalten. Doch sie hatte gerade in den letzten Monaten verstanden, dass diese Grenzen unbedingt notwendig waren. Sie musste lernen, auf eigenen Beinen zu stehen. Anders würde sie nie genügend Luft zum Atmen oder ausreichend Platz für Weiterentwicklung haben.

„Ich weiß, wir wollen eigentlich auf meinen Geburtstag anstoßen“, erklärte er. Der Wein wurde serviert. Er ließ sich einen Probeschluck einschenken, kostete, nickte knapp und wartete, bis der Kellner beide Gläser gefüllt hatte und wieder verschwand.

„Ja … ich weiß nicht, ob ich es zur großen Party in zwei Wochen schaffe“, sagte Stella.

Er prostete ihr zu. „Das ist in Ordnung. Zweihundert meiner engsten Freunde werden da sein.“ Er zwinkerte und sie musste lächeln. „Ich würde dennoch gerne über etwas mit dir sprechen.“

Oje.

„Worüber?“

„Du kannst sehr stolz auf dich sein, Stella“, wiederholte er. „Das ist dir bewusst, oder?“

Sie nickte und betrachtete ihren Vater eingehend. Sie ahnte, wo dieses Gespräch hinführen würde, und wappnete sich innerlich.

„Du hast die Karriereleiter erklommen. Du weißt, dass ich nie glücklich darüber war, dass du dir einen so gefährlichen Job gesucht hast, dennoch hast du dich durchgekämpft. Du hast die Position in der Ständigen Mordkommission erhalten, ihr habt euren ersten Mordfall erfolgreich gelöst – einen recht spektakulären noch dazu. Ja, du hast dich bewiesen. Das freut mich sehr für dich.“

„Aber?“

„Kein Aber. Ich finde nur, du solltest über die nächsten Schritte nachdenken.“

„Welche nächsten Schritte?“

„Karriereschritte.“ Er nahm noch einen Schluck Rotwein, dann räusperte er sich und sprach weiter. „Eine Stelle im Innenministerium wird frei.“

„Papa …“

„In der Direktion für Staatsschutz. Das wäre …“

„Papa!“

Er presste die Lippen aufeinander und sah sie überrascht an.

Stella erhob so gut wie nie ihre Stimme. Schon gar nicht ihm gegenüber. Und ja, sie fühlte sich mies dabei. Aber sie musste dafür sorgen, dass er ihr zuhörte. „Ich bin glücklich, da, wo ich jetzt bin.“

Er schüttelte den Kopf. „Es ist zu gefährlich.“

„Wie bitte?“

„Ich habe euren letzten Fall sehr wohl verfolgt, Stella. Schießereien. Psychopathische Mörder. Das ist …“ Er brach ab und schüttelte noch einmal den Kopf.

„Das gehört zu meinem Job, Papa. Und ich war nie in Gefahr.“

Nein. Nur Charlie. Die ist immer an vorderster Front. Sie ist diejenige, die sich voller Motivation ins Kanonenfeuer wirft, während ich am Rande stehe und zusehe. Aber das konnte sie ihrem Vater schlecht sagen. Und sie konnte ihm auch nicht wirklich böse sein. Er war besorgt um sie. Viel zu besorgt. Er hatte schon seine Ehefrau verloren und konnte die Vorstellung nicht ertragen, dass seiner Tochter etwas zustoßen könnte.

„Es gefällt mir nicht, dass du ganz alleine hier bist“, sagte er. „Ich weiß, dass du einsam bist.“

Ja. Leider. „Bin ich nicht.“

„Du hast niemanden hier bei dir.“

Nein. „Doch. Ich habe neue Freunde, Papa.“

„Wen?“

„Charlie, zum Beispiel. Und die anderen Teamkollegen. Alle sind wirklich nett.“

„Charlotte Bekker? Die schießwütige Polizistin, die Rottenbach entkommen ließ? Das ist kein guter Umgang, Püppi …“

Stella rollte mit den Augen. „Lass es gut sein, okay? Ich bin glücklich.“

„Stella, ich will nur …“

Ihr Handy klingelte und er unterbrach sich. Sichtlich genervt über diese Störung schenkte er sein Glas randvoll mit Rotwein.

Stella stand auf. „Entschuldige bitte, das ist die Arbeit.“

„Was sonst.“

Sie eilte Richtung Tür und ging erst draußen ans Telefon. „Jan? Hallo?“

„Stella, hallo. Hör zu, wir haben einen neuen Fall.“

Stellas Herz pochte schneller. Diese Worte lösten weitaus mehr Begeisterung in ihr aus, als vermutlich gesund war. Und doch wusste sie in genau diesem Moment erneut, dass alles, was sie gerade zu ihrem Vater gesagt hatte, stimmte. Sie *war* glücklich. Und sie *wollte* das hier. Sie war so was von bereit, sich mit Charlie und ihren anderen Kollegen ins Kanonenfeuer zu werfen.

„Gib mir die Adresse durch. Ich fahre sofort los.“

3. Kapitel

CHARLIE hielt einen Kaffeebecher in ihrer Hand und betrachtete das kleine Einfamilienhaus, in dem die Leiche gefunden worden war. Ihr eigenes Haus war keine zehn Fahrminuten entfernt. Der Mord war in ihrem Nachbarort passiert. Obwohl sie sich im Allgemeinen für hart im Nehmen hielt, wurde ihr bei diesem Gedanken flau im Magen. Ein brutaler Mord in einer Großstadt war das eine. Passierte dasselbe in einer Sechstausend-Einwohner-Gemeinde, in der sie den Bürgermeister, den Leiter der örtlichen Freiwilligen Feuerwehr und den Inhaber der Metzgerei persönlich kannte, war das etwas völlig anderes.

Das Blaulicht und die vielen Polizeiautos hatten die Nachbarn geweckt, und obwohl es mittlerweile fast Mitternacht in einem Dorf war, in dem normalerweise ab neun Uhr abends Grabesstille herrschte, hatte sich eine beachtliche Menschenmenge um das mit Polizeiband abgesperrte Grundstück versammelt.

Das Haus, in dem das Opfer gewohnt hatte, befand sich ein paar Querstraßen hinter der schmalen Hauptstraße, die in Schlangenlinien durch die kleine Gemeinde führte. Feuerwehr, Schule, Metzgerei, Dorfgasthaus und ein lokaler Winzerbetrieb lagen alle in Fußgehnähe. Sonst gab es hier nicht viel außer zahllose weitere Einfamilienhäuser, zum Teil hermetisch abgeriegelt von der Außenwelt, entweder durch hohe Außenmauern oder die obligatorische Thujahecke. Als Charlie vor vielen Jahren mit ihrem damaligen Mann Julian in den Nachbarort gezogen war, hatte sie sich regelmäßig gefragt, was es mit alldem auf sich hatte. Waren diese Leute notorisch darauf bedacht, ihr heiliges Privatleben zu schützen? Oder hatten sie etwas zu verbergen?

Der Leiter der Spurensicherung kam im weißen Schutzanzug auf sie zu. „Wir sind gleich fertig, dann können Sie rein."

„Alles klar, danke. Was wissen wir bisher?"

Der Mann deutete vage Richtung Menschenmenge. „Sie hat in der Stadt als Sozialarbeiterin gearbeitet. Ihr Name ist Marianne Feldberg.

Fünfzig Jahre alt. Geschieden, zwei erwachsene Kinder. Lebt alleine. Die Tochter hat sie gefunden."

„Kann man die Tochter befr…"

„Keine Befragung, nein. Sie ist zusammengebrochen und musste betreut werden."

Charlie nickte und nahm einen Schluck von ihrem inzwischen erkalteten Kaffee. „Und warum wurde die Ständige Mordkommission hinzugezogen?", fragte sie. Bisher war ihr noch nicht klar, was an diesem Mordfall so besonders war, dass die Dienste ihrer Spezialeinheit vonnöten waren. Diese war für schwerwiegende und komplizierte Sachverhalte gegründet worden, deren Aufklärung ein hohes Maß an Professionalität und ein komplexes Fachwissen erforderte. Insbesondere länderübergreifende Sachverhalte sowie Mordfälle mit einem besonderen Schweregrad. In der Ständigen Mordkommission saßen zehn Ermittler, die Besten der Besten. Und hier stand sie nun in einem kleinen Dorf, in dem ab Einbruch der Dunkelheit normalerweise kein Hund mehr auf der Straße war.

Sie blickte den Kollegen von der Spurensicherung weiter fragend an, der sichtlich um Worte rang. Dann zuckte er mit den Schultern. „Sehen Sie es sich einfach selbst an."

„Sie wollen mir die Überraschung nicht nehmen, was?"

„So was in der Art." Er hob die Hand zum Gruß und ging zu einem seiner Kollegen.

„Ich bin da", hörte Charlie hinter sich und drehte sich um. Ihre Kollegin Stella Meislow war ebenfalls zum Tatort gerufen worden. Obwohl Charlie sie zu Beginn nicht wirklich hatte leiden können, hatte sie im Zuge der Ermittlungen in ihrem ersten gemeinsamen Mordfall gelernt, sie – halbwegs – zu respektieren. Stella war intelligenter, als sie aussah, und scharfsinniger, als sie selbst es sich zutraute. Und sie hatte wohl so etwas wie Stolz, auch wenn man ihr das in ihren übertrieben modischen Outfits selten ansah.

Auch jetzt wirkte sie mal wieder wie frisch vom Catwalk mit ihren kniehohen Lederstiefeln, dem schwarzen Cocktailkleid und dem roten Kaschmirmantel.

„Dinner mit meinem Vater", erklärte Stella knapp, als sie Charlies Blick wahrnahm.

„In einer Präsidentensuite oder was?", fragte Charlie.

„Im Opus."

Charlie hob eine Augenbraue. „Klar, was sonst." Das Opus war ein Laden, in den Charlie nicht mal für viel Geld essen gehen würde. Zu viel aufgesetzter Schick, zu viel Botox, zu wenig essbares Essen. „Wie war die Trüffelbrioche an Stabmuschel mit Topinambur-Schaum für zweihundert Öcken?"

Stella rollte mit den Augen. „Lass gut sein, ich weiß, ich bin für einen Tatort overdressed. Ich wollte einfach schnell hier sein, okay? Jan hat mich angerufen. Aber ich musste aus der Stadt herfahren und die große Brücke ist gesperrt. Ich wollte nicht noch mehr Zeit verlieren." Sie sah zum Haus. „Dürfen wir schon rein?"

„Gleich. Die Spurensicherung ist noch drin."

„Okay, dann ziehe ich mich schnell um."

Zu Charlies Überraschung ging Stella nicht zum Wagen der Spurensicherung, um sich dort in einen weißen Overall zu werfen, sondern zurück zu ihrem Auto, einem roten Sportwagen, der bei sämtlichen männlichen Kollegen in ihrem Team Bewunderung auslöste und der vermutlich mehr gekostet hatte, als Charlie in einem Jahr verdiente. Charlie beobachtete, wie Stella im Wagen verschwand und fünf Minuten später in Jeans und Pullover wieder ausstieg. Sie warf ihr einen fragenden Blick zu, als Stella wieder neben ihr stand.

„Ich habe immer etwas zum Umziehen dabei", erklärte Stella. „Allzeit bereit."

„Beeindruckend."

„Wow, ein Kompliment von dir? Ist schon wieder Weihnachten?"

„Ich respektiere eine Einstellung zur Dauerbereitschaft, wenn ich sie wahrnehme."

„Alles klar. Also, worum geht es hier? Jan hat sich sehr bedeckt gehalten."

„Keine Ahnung, ich weiß nicht, warum sie uns hergeholt haben."

„Vielleicht ist ihnen auf die Schnelle nichts Besseres eingefallen. Die örtliche Polizei besteht vermutlich aus zwei Kommissaren, die damit beschäftigt sind, Nachbarschaftsstreitigkeiten zu schlichten. Hey – wohnst du hier nicht gleich irgendwo?"

„Im Nachbarort."

Stella blickte sich mit geschürzten Lippen interessiert um. „Nett. Idyllisch. Ruhig."

„Ich denke, unser Opfer da drin sieht das anders."

„Witzig."

„Sie war Sozialarbeiterin in der Stadt." Charlie blickte über die Schulter und sah den Bürgermeister mit dem Feuerwehrchef wild gestikulierend diskutieren. Sie ging auf die beiden zu. „Meine Herren", sagte sie und nickte.

Die beiden begrüßten sie. Der Bürgermeister war ziemlich blass um die Nase, der Feuerwehrmann wirkte hingegen relativ gefasst.

„Ich kann es einfach nicht glauben. Wer würde so etwas tun?", fragte der Bürgermeister Charlie.

„Das weiß ich nicht. Noch nicht."

„Die Tochter ist völlig zusammengebrochen. Es muss grauenhaft sein, was sie da drin gesehen hat! Meine Frau hat den Schrei bis ins Schlafzimmer gehört."

Charlie hob die Augenbrauen. „Das tut mir leid. Soweit ich gehört habe, ist die Tochter bereits in Behandlung."

„Gut. Gut." Der Bürgermeister nickte. Dann blickte er sich um und wiederholte noch einmal leise: „Gut."

Charlie wollte gerade fragen, was die beiden bereits wussten, da winkte der Leiter der Spurensicherung sie heran und deutete zum Haus.

„Ich gehe rein", erklärte sie und verabschiedete sich.

Sie und Stella bekamen weiße Schutzanzüge, dann betraten sie das Grundstück. Das kleine Haus war bieder, alt und wirkte ziemlich düster – wenn man von den Flutlichtern, die die Polizei aufgestellt hatte, absah. Charlie betrat das Haus und ging durch den kleinen, engen Flur direkt auf die Treppen zu, die hinauf in den ersten Stock und hinunter in den Keller führten. Sie hörte das vertraute Klicken eines Fotoapparats und wandte sich zur Tür.

„Das ist nicht Toni", sagte Stella neben ihr.

Sofort fühlte Charlie sich ertappt, ließ sich jedoch nichts anmerken. Sie blickte Stella prüfend an. Was wollte sie mit dieser Bemerkung andeuten? Toni, ein Tatortfotograf, und sie waren nur Freunde. Weniger als das. Eher lose Bekannte.

Stella hielt ihrem Blick stand. „Ich meine ja nur", sagte sie und grinste dämlich.

Charlie rollte mit den Augen, warf Stella einen letzten eisigen Blick zu und ging dann zu dem Tatortfotografen, der gerade etwas an der Tür ins Visier nahm. „Waren Sie schon bei der Leiche?", fragte sie.

„Ja. Alles abfotografiert. Schlimme Geschichte."

„Sind sie immer."

Ein Kollege von der Spurensicherung kam vorbei, nickte ihr zur Begrüßung zu und deutete zu der Treppe, die nach unten in den Keller führte. Sie ging, dicht gefolgt von Stella, die Stufen hinunter.

Der Keller roch modrig und war offenbar als Abstellraum genutzt worden. An den Wänden standen alte Möbel, Regale mit Kisten und Konserven, außerdem drei Tiefkühltruhen und eine alte Werkbank. In der Mitte des Raums stand ein Holztisch, auf dem die Leiche lag.

Charlie trat langsam näher. Ihr Blick wurde sofort von dem Gegenstand gefesselt, der die Frau – vermutlich – umgebracht hatte.

Ein Stich ins Herz.

Der Täter hatte ein Küchenmesser in das Herz der gefesselten und geknebelten Frau gerammt. Ziemlich brutal, gleichzeitig aber auch nicht wirklich spektakulär. Nicht in der Welt einer Spezialermittlerin. Ihr Blick wanderte über den entblößten Oberkörper der toten Frau nach oben Richtung Hals und Gesicht. Und da, in dem Moment, als sie Stella, die neben ihr stand, nach Luft schnappen hörte, sah sie es. Da waren noch zwei weitere Gegenstände, die der Täter in den Körper der Frau gesteckt hatte.

Zwei Nägel in den Augen.

Der Täter hatte die Nägel so weit in die Augen gerammt, dass sie erst auf den zweiten Blick zu sehen waren. Sie steckten nicht in der Pupille, sondern etwas darüber, am oberen Ende des Augapfels. Sie waren schräg nach oben positioniert worden, sodass sie das obere Augenlid fixierten und das Auge grotesk weit aufgerissen wirkte.

Charlie starrte auf die Szenerie, die aussah, als sei sie einem kranken Horrorfilm entsprungen. Sie machte einen Schritt zurück und besah die gesamte Leiche noch einmal. Sie trug eine Art Hauskleid, dessen Knöpfe am Oberkörper offen waren, sodass dieser nackt war. Den BH darunter hatte der Täter in der Mitte aufgeschnitten und zur Seite geschoben.

„Untenrum ist sie vollständig bekleidet", sagte Stella leise und ging auf die andere Seite des Tisches, um sich die Leiche von dort anzusehen.

„Vielleicht hat der Täter sich für untenrum nicht interessiert", merkte Charlie an.

Es sah nicht nach einem sexuell motivierten Mord aus. Jedenfalls nicht auf den ersten Blick. Der Körper der Frau wirkte nahezu unversehrt, wenn man von dem Messer und den Nägeln absah. Kaum Blut. Keine sichtbaren Kratzer oder andere Wunden.

Charlie schaute wieder zu den Nägeln und den unnatürlich starren, weit aufgerissenen Augen.

Was soll das? Wohin oder worauf sollen diese Augen blicken?

„Charlie …", flüsterte Stella und streckte den Arm aus. Sie deutete auf die Brust des Opfers.

Charlie sah zuerst ihre Kollegin, dann wieder die Leiche an. „Was ist?"

„Das Messer."

„Was ist damit?"

„Komm her!", sagte Stella aufgeregt.

Charlie trat um den Tisch herum, sodass sie die Leiche nun aus Stellas Perspektive betrachten konnte. Und dann sah sie es.

Ein Schriftzug auf dem Messergriff!

„Was …", fragte Stella und beugte sich gleichzeitig mit Charlie näher zur Leiche.

„*Detectio*", las Charlie und richtete sich wieder auf. „Was soll das heißen?"

Stella starrte noch einen Moment auf das Messer, dann richtete sie sich ebenfalls auf. „Aufdeckung. Offenbarung. Offenlegung", sagte sie vor sich hin, als würde sie auswendig gelernte Vokabeln aufsagen.

Charlie blickte sie überrascht von der Seite an. „Das ploppt bei dir einfach so auf?“

„Das ist Latein. Ich habe es in der Schule gelernt, und wir brauchten es auch im Studium. Ich lese es auch gerne … Marc Aurel und solche Dinge …“ Sie sagte das alles in einem fast schon entschuldigenden Tonfall, als müsste sie sich dafür rechtfertigen, derlei Dinge zu wissen.

Charlie legte ihr kurz die Hand auf die Schulter. „Nicht schlecht, Kollegin.“

„Danke.“ Stella lächelte Charlie kurz an.

„Meine Damen“, hörte Charlie den zuständigen Rechtsmediziner Doktor Steiner, der gerade den Keller betrat, und blickte auf. Sie begrüßte den betagten Herrn mit einem Kopfnicken. „Ich habe die Leiche vorhin schon begutachtet. Mir wurde gesagt, dass Sie hier unten sind. Wie immer gilt: Einen genauen Bericht kann ich Ihnen erst nach der Obduktion geben. Aber das Messer steckt auf exakter Höhe des Herzens, ich gehe also davon aus, dass dies die Todesursache war.“

„Könnten die Nägel in den Augen sie auch getötet haben?“, fragte Charlie.

„Wenn sie bis an das Gehirn reichen, vielleicht.“

„Da ist kaum Blut“, stellte Stella fest.

„Nun, ein Auge blutet für gewöhnlich nach einer Stichverletzung nicht, weil der Augapfel selbst keine Blutgefäße hat“, dozierte der Mediziner. „Auch die weiße Sklera und die Hornhaut, die das Auge von außen schützen, haben keine Blutgefäße.“

„Das Herz?“

„Das blutet natürlich schon. Aber wie Sie sehen, steckt das Messer noch drin.“

„Was denken Sie, was sie eher getötet hat? Der Stich ins Herz oder die Nägel in den Augen?“, fragte Stella.

„Das ist ohne Obduktion schwer zu sagen“, erklärte der Mediziner. „Selbst, wenn die Nägel lang genug sind … Eine Verletzung des Gehirns tötet einen Menschen nicht automatisch. Ich halte es für wahrscheinlicher, dass der Stich ins Herz sie getötet hat. Details nach der Obduktion.“

„Haben Sie sonstige Spuren an ihrem Körper gefunden, die uns weiterhelfen können?", fragte Charlie.

Der Mediziner schüttelte den Kopf. „Keine Kampfspuren. Keine Kratzspuren. Intakte Fingernägel. Nichts, was auf den ersten Blick zu erkennen wäre. Der Täter ist hier sehr sauber vorgegangen, wenn Sie so wollen."

„Also hat er sie betäubt?"

„Möglich. Sobald ich die Ergebnisse des toxikologischen Berichts habe, gebe ich Ihnen Bescheid." Der Mediziner verabschiedete sich.

Charlie betrachtete die Leiche noch einmal eingehend. Die Frau war klein und sehr schlank, fast dürr. Kein Problem, sie nach unten zu tragen, weder für einen starken noch für einen schwächeren Mann. Ihr Gesicht war faltiger, als es für ihr Alter normal war, das verlieh ihr einen verbissenen, verbrauchten Ausdruck. Charlies Blick ging zu den Fingernägeln. „Starke Raucherin", sagte sie.

Stella nickte. „Der Job einer Sozialarbeiterin. Nichts für schwache Nerven."

„Eindeutig nicht."

Charlie wandte sich ab und ging wieder nach oben. Sie sah sich um und ging zu einem Kollegen von der Spurensicherung. „Habt ihr Einbruchsspuren gefunden?"

„Bisher nicht. Weder bei der Vorder- noch bei der Hintertür. Auch nicht an den Fenstern."

„Okay. Danke."

Sie ging in die Küche, die direkt an einen Essbereich mit Blick auf den kleinen Garten hinterm Haus angrenzte. Neben der Spüle stand ein Teeservice. Eine Porzellankanne mit grünen Blumen darauf, dazu zwei passende Tassen. Fein säuberlich abgewaschen und auf dem Abtropfgitter verstaut.

Stella stellte sich neben sie. „Täter und Opfer haben Tee miteinander getrunken?"

„Vielleicht", gab Charlie zurück. „Vielleicht stehen die aber auch schon länger hier."

Sie sahen sich im Haus um, fanden aber keine besonderen Hinweise und gingen wieder nach draußen. Sie zogen sich die Schutzanzüge aus und stellten sich neben Stellas Wagen.

„Was denkst du?", fragte Stella.

„Wenn es keine Einbruchspuren gibt, hat der Täter das Opfer vielleicht gekannt. Sie hat ihn hereingelassen. Wir haben noch keine Kampfspuren gefunden, was vielleicht für die Gemeinsamer-Tee-Theorie spricht. Unauffällig Betäubungsmittel rein, Smalltalk führen, warten, in den Keller tragen, fertig."

„Und die Nägel?"

„Ich weiß es nicht. Mir kam in den Sinn ... für immer geöffnete Augen?"

„Ein Zwang hinzusehen?"

„So was in der Art."

Stella nickte, als wäre sie zu demselben Schluss gekommen. „Für immer ...", sagte sie nachdenklich. „Entweder sie hat etwas gesehen, das sie nicht hätte sehen sollen, oder ..."

„... sie hätte etwas sehen sollen, das sie lieber ignoriert hat?" Charlie sah Stella fragend an.

Die zuckte mit den Schultern. „*Detectio.* Aufdeckung. Es wurde etwas aufgedeckt oder hätte aufgedeckt werden sollen?"

Charlie atmete tief ein. „Es könnte auch etwas völlig anderes sein, weißt du?"

„Was meinst du?"

„Ich habe gelernt, dass die erste Intuition nicht zwangsweise richtig sein muss. Wichtiger noch, ich habe gelernt, dass Täter Tausende Gründe haben können, warum sie was tun. Und nicht alle diese Gründe finden sich in kriminalpsychologischen Lehrbüchern."

Stella nickte. „Da hast du recht."

„Wir brauchen einen Plan."

„Ja."

„Aber weißt du, was wir davor brauchen?"

„Nein, was?"

Charlie seufzte. „Einen Drink. Wir treffen uns in zwanzig Minuten in unserer Bar."

4. Kapitel

EINER von Stellas Neujahrsvorsätzen war, weniger Alkohol zu trinken. Nicht, dass sie allgemein zu viel trank. Sie war ein sehr disziplinierter und vernünftiger Mensch, der stets versuchte, keine Fehler zu machen. Nicht im Job. Nicht in ihrem Privatleben. Überhaupt nie. Ein solcher Anspruch an sich selbst war nur schwer auf Dauer durchzuhalten, das war ihr durchaus bewusst. Sie selbst, ihr Charakter, hatte sehr wohl Fehler. Sie hatte Schwächen. Und in der Vergangenheit hatte sie zwar selten, aber doch immer mal wieder dazu geneigt, diese Schwächen in Alkohol zu ertränken. Oder besser gesagt ihr Wissen um ihre Schwächen in Alkohol zu ertränken. Das war weder eine sehr intelligente noch eine sehr hilfreiche Taktik. Eher im Gegenteil. Und sie hatte in der Vergangenheit auch schon zu durchaus peinlichen Situationen geführt.

Nicht zu vergessen jene Situationen, in denen ich an der Seite eines Mannes aufgewacht bin, den ich nicht kannte ...

Also weniger Alkohol. Deshalb hatte sie zu Hause in ihrem modernen Stadtappartement inzwischen überhaupt keinen Alkohol mehr. Sie trank sowieso nicht gern alleine. Doch seit sie mit ihrem Team den ersten gemeinsamen Fall gelöst hatte, trafen sie und Charlie sich regelmäßig alle ein bis zwei Wochen in ihrer Stammkneipe in der Stadt. Es war zu einem kleinen Ritual geworden, einem Ritual, das Stella sehr am Herzen lag. Für sie bedeutete es, aufgenommen worden zu sein. Vier ihrer insgesamt neun Teamkollegen hatten sich schon von früher gekannt, nämlich Charlie und Jan, Stefan Fischer, der Ex-Soldat, sowie Arnd Litzfeld, der IT-Spezialist. Sie war neu dazugekommen. Sie hatte hier überhaupt niemanden gekannt.

Doch jetzt, nur wenige Monate später, saß sie in einer Bar, die sie als ihre Stammkneipe bezeichnen konnte, an einem Tisch, der ihr Stammtisch war. Dafür war sie dankbar. Hier konnte sie sich ein

Gläschen oder zwei gönnen, ohne ein schlechtes Gewissen zu verspüren.

Sie nippte an ihrem Rotwein und sah, dass Charlie zur Tür hereinkam. Charlie bedeutete dem Barkeeper mit einer einzigen Handbewegung, dass er ihr das Übliche bringen sollte – ein helles Bier in einem gefrosteten Glas. Dann setzte Charlie sich ihr gegenüber.

„Übel", sagte Charlie.

Stella nickte. „Allerdings."

„Ich habe gerade mit Jan telefoniert, er hat für morgen früh eine Besprechung angesetzt. Der Fall wurde uns bereits übertragen, niemand hier von der örtlichen Polizei traut sich da dran. Ich habe ihm von der Beschriftung des Messers erzählt. Davon hatte er noch nichts gewusst."

Stella nickte. „Das wird ein interessanter Fall."

„Ich hoffe, Doktor Steiner beeilt sich. Wir brauchen Gewissheit über die Todesursache."

Der Kellner brachte das Bier. Charlie prostete Stella zu und nahm einen kräftigen Schluck.

Stella betrachtete sie. „Trinkst du jeden Tag?", fragte sie.

Charlie sah sie überrascht an. „Nein. Warum?"

Stella betrachtete ihr Rotweinglas. „Ich habe mir vorgenommen, weniger zu trinken. Neujahrsvorsatz."

Charlie schnaubte. „Klar, das passt ja."

„Lass mich raten! Du glaubst nicht an Neujahrsvorsätze?"

„Nicht im Geringsten. Das halte ich für Selbstbetrug. Wenn du etwas an deinem Leben besser machen willst, dann mach es doch einfach gleich. Wenn du das Gefühl hast, dass du zu viel trinkst, dann …"

„Hast *du* das Gefühl, dass ich zu viel trinke?"

Charlie zuckte mit den Schultern. „Woher soll ich das wissen?" Sie nahm demonstrativ einen großen Schluck von ihrem Bier.

„Vielleicht mache ich mir zu viele Gedanken. Naja, dieser Job … Viele unserer Kollegen verfallen dem Alkohol."

„Oder dem Kokain", murmelte Charlie in ihr Bierglas.

„Was für ein tröstlicher Gedanke."

Charlie sah sie amüsiert an. „Du weißt schon, dass du gerade ein Rotweinglas in der Hand hältst, oder?"

Stella winkte ab. „Machst du dir denn nie Sorgen, ob du irgendwann … abrutschen könntest?"

„Nein. Nie."

Wow. Stella verkniff sich sowohl bewundernde Laute als auch einen bewundernden Blick, weil Charlie weder das eine noch das andere leiden konnte. Stella beneidete sie um ihre Selbstsicherheit. Sie schob ihr Rotweinglas von sich. „Wie machst du das?", fragte sie leise. Gerade war es ihr egal, ob sie sich vor Charlie eine Blöße gab.

„Wie mache ich was?"

Stella machte eine ausladende Geste, die alles und nichts umfasste.

Charlie tat ihr den Gefallen, sich nicht dumm zu stellen. Sie lehnte sich zurück, legte einen Ellbogen auf die Stuhllehne und drehte mit der anderen Hand das Bierglas auf der Tischplatte. „Knapp ein Viertel aller aktiven Polizisten in Deutschland haben ein Alkoholproblem. Sie stellen ein Risiko dar. Für sich, für andere. Bei jedem Vollrausch gehen Zehntausende Nervenzellen verloren. Langfristiger übermäßiger Alkoholkonsum führt außerdem zur Schrumpfung des Hirngewebes. Ich brauche keine Vorsätze, um mir zu vergegenwärtigen, dass Alkohol ein Genussmittel für besondere Anlässe ist. In meinem Fall sind es ausgewählte Feierabende, von denen gönne ich mir nämlich nicht allzu viele."

Das wusste Stella. Charlie wohnte praktisch in der alten Kaserne, in der die Büros der Ständigen Mordkommission eingerichtet worden waren. „Da hast du recht", sagte Stella.

„Ich hatte außerdem zwei super Vorbilder, die mir früh beigebracht haben, was Alkohol anrichten kann."

Stella sah Charlie erwartungsvoll an.

Die zuckte mit den Schultern. „Meine nichtsnutzigen Eltern. Die haben sich eindrucksvoll ins Grab gesoffen."

Stella klappte der Mund auf. Das hatte Charlie ihr bisher noch nie erzählt. Überhaupt hielt ihre Kollegin sich immer recht bedeckt, wenn es um private Informationen ging. „Das tut mir leid", sagte Stella.

„Muss es nicht." Charlie trank ihr Bier aus und drehte sich nach einem Kellner um, um ein weiteres zu bestellen.

Stella überlegte kurz, ob sie diesen minimalen Anflug von Vertrautheit nutzen sollte, um mit Charlie über Toni zu sprechen. Stella wusste, dass der nette Tatortfotograf Charlie gernhatte. Charlie wiederum war eine einzige wandelnde Abwehrhaltung, die die meiste Zeit ein deutlich lesbares „Verpiss dich!" auf der Stirn trug. Dabei war Stella sicher, dass Toni und Charlie gut zusammenpassen würden, weil sie sich ergänzten. Und weil Toni vielleicht die Macht hätte, Charlies harte Kanten etwas … abzurunden.

Doch bevor Stella irgendetwas davon sagen konnte, sprach Charlie wieder. „Können wir die Therapiesitzung jetzt beenden und über unseren neuen Fall sprechen?"

„Gern. Gott bewahre, dass unsere Verbindung allzu intim wird!"

Charlie rollte mit den Augen und griff nach dem neuen Bier, das der Kellner soeben gebracht hatte. „Also … du hast doch so etwas wie Psychologie studiert, richtig?"

„Ich habe nicht *so etwas wie* Psychologie studiert, ich habe Rechtspsychologie studiert."

„Sag ich ja. Was ich mich frage, ist … In welcher Reihenfolge ging das alles vonstatten? Messer – Nägel? Nägel – Messer? Wann ist das Opfer gestorben? Davor? Danach? Dazwischen? Das würde doch einen Unterschied machen, meinst du nicht?"

„Ja. Natürlich."

„Was sagen deine Fachbücher dazu?"

„Ich bin keine wandelnde Bibliothek."

„Klar bist du das. Schieß los."

Stella spitze die Lippen und dachte kurz nach. „Naja, wir können davon ausgehen, dass es dem Täter unter anderem um Schmerzen und Leiden geht, wenn er die Nägel vor dem Tod oder bei Bewusstsein des Opfers in die Augen gestochen hat."

„Ist anzunehmen, ja."

„Im Gegensatz dazu können wir davon ausgehen, dass es ihm um etwas völlig anderes geht, wenn er die Nägel erst nach dem Tod in die Augen gesteckt hat."

„Worum?"

Stella zuckte mit den Schultern. „Eine Botschaft?"

„An wen? Uns?“

„Das weiß ich nicht. Wobei …“

Charlie sah sie aufmerksam an. „Ja?“

„Denk mal nach“, sagte Stella. „Wer hat sie gefunden?“

„Die Tochter.“

„Und die ist total zusammengebrochen.“ Stella hob abwehrend die Hand, bevor Charlie protestieren konnte. „Ja, ja, schon klar, ihre Mutter wurde ermordet. Aber du verstehst, worauf ich hinauswill?“

„Ja. *Detectio.* Aufdeckung. Die Nägel, die die Augen für immer offen halten sollen. Das sind zwei gute Hinweise für uns. Eine gute Botschaft. Damit können wir beginnen zu arbeiten.“

„Vergiss das Messer nicht. Ja, es könnte einfach dem primären Zweck der Tötung gedient haben. Aber ein Täter, der sich diese Mühe macht, überlegt in aller Regel sehr gut, *wie* er seine Opfer umbringt. Und wenn unser erster Eindruck stimmt und sie haben Tee getrunken, hätte er auch einfach Gift verwenden können, wenn es nur darum ging, die Frau umzubringen. Er hätte sie betäuben und erwürgen können. Er hätte zahlreiche andere Tötungsarten heranziehen können. Wir dürfen das Messer also nicht außer Acht lassen.“

Charlie nickte. „Das Messer. Und das Herz.“ Sie seufzte. „Hoffen wir nur, dass diese Sozialarbeiterin die einzige Person bleibt, der der Täter etwas mitzuteilen hatte.“

Der Prozess

„Es ist nicht so leicht, weißt du?", frage ich und gehe langsam um den Tisch herum. „Du denkst, ich hätte das von langer Hand geplant. Hätte wie der letzte Psychopath davon geträumt, Menschen zu töten. So zeigen sie es ja im Fernsehen, richtig? Du bist sicher eine von denen, die diese widerlichen Serien guckt. CSI. Tatort. Blut, Elend, Mord und Totschlag. Es gibt kaum noch etwas anderes im Fernsehen." Ich bleibe stehen und werfe ihr einen fragenden Blick zu. „Siehst du dir so etwas an?"

Sie nickt eifrig.

Ob diese Reaktion der Wahrheit entspricht oder sie nur glaubt, mir damit zeigen zu können, was ich sehen will, weiß ich nicht. Und es ist mir auch egal. Ich lächle sie an. „Siehst du? Das ist für die meisten völlig normal. Aber nicht für mich. Ich habe mir so etwas nie angesehen. Ich wollte ein ganz normales Leben. Ein Leben ohne Schmerzen, ohne Leiden, ohne Qualen. So, wie jeder andere auch. So, wie jeder stinknormale Arsch!" Meine Stimme wird mit jedem Wort lauter und ich ermahne mich, mich zu beruhigen.

Ich muss das hier tun. Es ist wichtig. Ich schließe die Augen und sage es mir gedanklich vor. Einmal. Zweimal. Dreimal. Ich lege die Hand auf mein Herz. Mein Herzschlag beruhigt sich. Ich widerstehe dem Impuls, meine Arme schützend vor dem Oberkörper zu verschränken, und lasse die Hand wieder sinken. Diese Position wäre ein Zeichen der Verschlossenheit. Und das wiederum wäre ein Zeichen der Schwäche. Ich strecke die Schultern durch, öffne die Augen und betrachte die Frau, die vor mir liegt.

„Ich bin nicht schwach", sage ich mit leiser, ruhiger Stimme. „Du bist es, die schwach ist."

Sie sieht mich aus weit aufgerissenen Augen an. Ich versuche, darin zu lesen. Ich erkenne nicht viel. Da ist nur Leere.

„Du bist keine sehr intelligente Frau, oder?", frage ich und betrachte jeden Zentimeter ihres Gesichts eingehend.

Sie deutet ein Kopfschütteln an.

Ich seufze. „Immer mit Ja zu antworten, wenn du denkst, ich will Ja hören, und Nein, wenn du glaubst, ich will Nein hören, wird dir hier nicht raushelfen."

Sie würgt ein Geräusch durch den Knebel, und ich glaube, so etwas wie ein Was dann? wahrzunehmen.

„Ich habe dir vorhin eine Frage gestellt", sage ich und mache einen Schritt auf sie zu.

Sie nickt.

„Und? Ist es dir klar geworden? Welchen Fehler du damals begangen hast?"

Erneutes Nicken.

Ich neige den Kopf zur Seite. „Nenn mich misstrauisch, aber ganz kann ich dir das leider nicht abkaufen. Du wolltest mich noch nicht mal reinlassen. Und als ich dir gesagt habe, wer ich bin, wolltest du mir geradewegs die Tür ins Gesicht knallen." Ich beuge mich ganz nah zu ihr und flüstere. „Das war nicht sehr nett von dir."

Sie beginnt zu wimmern. Tränen fließen aus ihren Augen.

Ich richte mich auf und betrachte die Frau angewidert. Am liebsten würde ich ihr ins Gesicht schlagen. Aber das tue ich nicht. „Wenn hier einer von uns das Recht hätte, zu wimmern und Schwäche zu zeigen und zusammenzubrechen, dann bin ich das. Also beruhige dich gefälligst!" Die letzten Worte brülle ich. Schnell wende ich mich ab, schließe die Augen wieder, atme erneut durch. Ich muss das hier tun, wiederhole ich. Es geht nicht anders. Meine Hand zuckt, ich will sie auf mein Herz legen, kann mich aber zusammenreißen.

Als ich mich nach einigen Sekunden ruhiger fühle, drehe ich mich wieder zu ihr. „Zeig mir, dass du deinen Fehler bereust, und ich überlege mir, wie es mit uns weitergeht."

Sie nickt und tatsächlich sehe ich, wie der Tränenfluss versiegt. „Wenn du damals so gehorsam gewesen wärst, hätten wir jetzt kein Problem. Aber man kann die Zeit nicht zurückdrehen. Das ist leider so. Und gewisse Dinge können auch nie wieder gutgemacht werden. Leider. Glaube mir, ich habe es versucht. Ich habe es so sehr versucht."

Ich ziehe die Nägel aus meiner Manteltasche, zeige sie ihr und lege sie neben ihren Kopf. Dann greife ich zu dem spitzen Messer, das ich aus ihrer Küche geholt habe, und halte es vor ihr Gesicht. „Hattest du schon einmal ein kaputtes Herz?"

Sie nickt so eifrig, dass ein paar Haarsträhnen in ihrem vor Angstschweiß klebrigen Gesicht hängen bleiben. Ich streiche sie ihr aus dem Gesicht. Im Grunde sieht sie sehr freundlich aus. Fast hübsch.

Wären da nicht diese leeren, kalten Augen.

„Die Klinge dieses Messers hat neun Zentimeter", erkläre ich und halte mir das Messer vors Gesicht. „Das reicht, um dein Herz zu verletzten. Um es zu verwunden. Vermutlich auch den Lungenflügel. Die Herzkammer. Man stirbt nicht gleich, selbst wenn eine Herzkammer vollständig durchbohrt wird. Das ist faszinierend, oder? Ich finde das sehr faszinierend. Wenn ich mit dir fertig bin und gehe, und jemand findet dich rechtzeitig und stellt sich nicht allzu dämlich an, könntest du sogar überleben."

Ich erkenne so etwas wie Hoffnung in ihrem Blick und muss fast lachen. Dann schüttle ich den Kopf. „Bedaure. Ich werde nicht gehen. Ich werde zusehen. Ich werde dabei sein, wenn dein kaputtes Herz dich umbringt. Denn so muss es sein. Das verstehst du sicher, oder? Nach allem, was war."

5. Kapitel

CHARLIE betrat als Letzte das Besprechungszimmer und erntete von Jan prompt einen warnenden Blick.

„Sorry", sagte sie und ließ sich auf den nächstbesten Stuhl neben Arnd und Stella fallen.

„Wir warten seit zehn Minuten auf dich", sagte Jan und stierte sie über seine Brillengläser hinweg an.

„Ich war in meinem Büro, Jan", gab Charlie zurück und deutete Richtung Gang. „Ich bin schon seit zwei Stunden hier."

„Dann logg dich im dafür vorgesehenen System ein, dann weiß ich Bescheid."

Charlie rollte mit den Augen und machte eine auffordernde Geste, die Jan bedeutete, einfach zu starten.

Jan begrüßte das Team und brachte alle Kollegen auf den Stand der Dinge. „Ich brauche wohl nicht zu erwähnen, dass uns daran gelegen ist, die Presse so weit als möglich fernzuhalten. Nägel in den Augen und Messer mit mysteriösen Botschaften – ich will mir lieber nicht ausmalen, was da bei der heutigen Berichterstattung herauskommt. Wir arbeiten so diskret und effizient wie möglich. Arnd und Holger waren ebenfalls schon früher da – eingeloggt …" Jan machte eine Kunstpause und sah zu Charlie. „… und haben alles über unser Mordopfer ausgegraben, was die IT hergibt." Er schaute auf seine Notizen.

„Ist doch schön", murmelte Charlie gerade laut genug, dass Jan ihr einen strafenden Blick zuwerfen musste.

„Also", fuhr Jan fort. „Der Name des Opfers ist Marianne Feldberg, fünfzig Jahre alt, geschieden, zwei erwachsene Kinder. Ein Sohn, eine Tochter. Die Tochter, Iris, einundzwanzig Jahre alt, hat sie gefunden. Der Sohn ist fünfundzwanzig Jahre alt, studiert im Ausland und ist auf dem Weg hierher. Marianne Feldberg ist seit dreißig Jahren Sozialarbeiterin. Sie hat nach ihrer Ausbildung in einer Beratungsstelle für Jugendliche begonnen, war dann im Jugendzentrum im Bezirk Mitte und wechselte danach in die Suchtberatung, wo sie bis zu ihrem Tod tätig war.“

„Wo ist der Ex-Mann?“, fragte Stefan Fischer.

„Der lebt mit seiner neuen Familie ein paar Dörfer weiter. Die beiden sind seit elf Jahren geschieden. Wir gehen in Teams vor und befragen alle Familienangehörigen.“

„Wen gibt es noch?“, fragte Charlie. „Sonstige Angehörige?“

„Sie war Einzelkind, ihre Eltern sind gestorben. Also nein.“

„Hatte sie einen Freund?“, fragte Stefan.

„Soweit wir wissen, nicht“, antwortete Arnd. „Da wird uns wohl die Tochter weiterhelfen können, aber die ist immer noch im Krankenhaus.“

Jan nickte, dann blickte er zu Stella. „Das übernimmst du mit Charlie gemeinsam. Samthandschuhe, Charlie, okay?“

„Immer doch.“

Jemand lachte, Charlie ignorierte es. „Wir haben gestern schon ein paar Theorien gestrickt, Stella und ich.“

„Sehr gut. Gibt es dazu schon einen Bericht, den ich lesen kann, während ihr euch an die Arbeit macht?“, fragte Jan.

„Nein“, sagte Charlie.

„Ja“, antwortete Stella zeitgleich.

Charlie machte sich nicht mal die Mühe, mit den Augen zu rollen. Sie wusste, wie übereifrig Stella war, wenn es darum ging, Jans heiß geliebten Bürokratiekram zu erledigen. In diesem Punkt hatten Stella und Jan ziemlich viele Gemeinsamkeiten. Charlie fand dieses Herr-Lehrer-bitte-ich-Gehabe zwar ziemlich affig, hatte aber gelernt, ihre Vorteile daraus zu ziehen. Immerhin musste *sie* diese Berichte nicht mehr verfassen, wann immer sie mit Stella ein Team bildete.

„Danke, Stella“, sagte Jan. In ein paar knappen Worten teilte er die Teams ein und die Aufgaben zu, dann verstreute die Gruppe sich in alle Himmelsrichtungen.

Charlie und Stella gingen gerade über den Parkplatz im Innenhof der Kaserne, als oben im dritten Stock ein Fenster aufgerissen wurde.

„Charlie“, rief Jan nach unten.

Sie legte den Kopf in den Nacken. „Was?“

„Der vorläufige Obduktionsbericht ist fertig. Fahrt zuerst in die Rechtsmedizin.“

Charlie nickte und setzte sich mit Stella in ihren Geländewagen. Sie fuhren los und kamen kurz darauf beim Rechtsmedizinischen Institut an. Doktor Steiner empfing sie sofort, und sie gingen mit ihm in den Untersuchungsraum.

„Gewöhnt man sich jemals an diesen Anblick?“, fragte Stella, den Blick auf die nackte Leiche auf dem Metalltisch gerichtet.

Charlie hatte das Gefühl, dass Stella mehr mit sich selbst als mit jemand anderem sprach, antwortete aber dennoch. „Ich hoffe nicht. Das würde nämlich bedeuten, dass in dir nicht viel mehr Leben steckt als in ihr.“

Doktor Steiner nahm seine Brille ab, putzte sie, setzte sie wieder auf seine Nase und deutete auf die Leiche. „Ich gebe Ihnen die Highlights vorweg, den Rest lesen Sie dann in meinem Bericht. Der Messerstich war tödlich. Die Klinge des Messers hatte eine Länge von 8,5 Zentimetern. Sie ist im oberen Bereich der linken Brust eingedrungen, im vierten Rippenzwischenraum, und hat den unteren Rand des linken Lungenflügels durchbohrt sowie die linke Herzkammer. Todesursache war dann eine Herzbeuteltamponade.“

„Ist sie sofort gestorben?“, fragte Charlie.

„Schwer zu sagen. Es ist durchaus möglich, mit einer solchen Verletzung ein paar Minuten zu leben.“

„Kaum vorstellbar“, sagte Stella leise.

Charlie folgte ihrem Blick, der auf der sauberen Eintrittswunde lag, ein kleiner, unscheinbarer Schlitz über dem Herzen.

Kein Blutbad. Kein Gemetzel. Ein sauberer Stich, dachte Charlie.

Sie nickte zum Gesicht der Toten. „Die Nägel?“

„Wurden nach dem Tod in die Augen gesteckt.“

„Also kein Leid, nur Botschaft“, sagte Charlie und sah zu Stella. Die nickte bestätigend.

„Sonstige Spuren an ihrem Körper?“, fragte Stella.

„Keine. Keine Kampfspuren, kein sexueller Missbrauch, keine Spuren unter den Fingernägeln, nichts. Das war alles ziemlich sauber.

Sie wurde betäubt, wie wir schon vermutet hatten. Wir haben Barbiturate nachweisen können.“

Charlie und Stella blickten sich an. „Tea-Time“, murmelte Charlie. Stella nickte.

„Wie bitte?“, fragte Doktor Steiner.

„Wir vermuten, dass Täter und Opfer sich gekannt haben“, erklärte Stella.

„Ich verstehe.“

„Wie lange war sie tot?“, fragte Charlie.

„Etwa vierundzwanzig Stunden zuvor ist der Tod eingetreten, also in der Nacht davor.“

„Danke, Herr Doktor“, sagte Charlie.

„Immer gern, Fräulein Charlotte.“ Er nickte auch Stella zu. „Fräulein Stella.“

„Sie sind der Einzige, der mich so nennen darf“, sagte Charlie mit einem Augenzwinkern. Dann hob sie die Hand zum Gruß und verließ mit Stella das Gebäude.

Als sie wieder im Auto saßen und Charlie Richtung Krankenhaus fuhr, war Stella überraschend schweigsam. Das war nichts, worüber Charlie sich sonst beschwerte, aber in diesem Fall hatte sie das Bedürfnis, sich auszutauschen, bevor sie die Tochter des Opfers besuchten.

„Was denkst du?“, fragte sie Stella.

„Ich habe keine Ahnung. Es ist die aufregendste und zugleich frustrierendste Phase in einem Mordfall. Der Beginn. Alles ist möglich. Wir haben keinerlei Informationen. Und doch sieht hier alles so glasklar aus. Aber ich denke nicht, dass es so einfach wird.“

„Warum?“

Charlie sah aus dem Augenwinkel, dass Stella den Kopf schüttelte. „Es wirkt … Ich weiß auch nicht.“

„Durchdacht?“

„Es ist so sauber, fast klinisch. Das war kein Mord im Affekt, kein Mord aus Leidenschaft. Der Täter verfolgt ein ganz bestimmtes Ziel, und ich habe Angst, dass …“

„Ja?“, fragte Charlie.

Nun drehte Stella ihr den Kopf zu. „… dass er noch nicht fertig ist.“

„Wir müssen nicht immer gleich von einem verrückten Serientäter ausgehen“, sagte Charlie.

„Nein. Ich habe die halbe Nacht recherchiert. Zu *Detectio.* Welche Bedeutung dieses Wort hat. Die Übersetzung … Aufdeckung, Offenbarung, Offenlegung. Aber auch, wo es vorkommt. Literatur, Musik, Religion … Es gibt so viele Möglichkeiten, ich bin nicht sicher, wo wir ansetzen sollen. Ich habe naturwissenschaftliche Bücher gefunden, Aufsätze zur Astronomie, selbst geschichtliche Werke über Maria Stuart.“

„Maria Stuart?“, fragte Charlie zweifelnd.

Stella nickte. „Die *Detectio* als historische Abhandlung“, erklärte sie und blickte wieder geistesabwesend aus dem Fenster. „Auch theologische Schriften habe ich dazu gefunden. Es ist einfach zu viel, um eine Struktur zu schaffen.“

„Na, dann kann die Tochter vielleicht Abhilfe schaffen. Wir sind da.“

Charlie parkte ihren Wagen vor dem Krankenhaus und ließ sich die Zimmernummer von Marianne Feldbergs Tochter geben. Sie lag auf der psychiatrischen Station des Krankenhauses und war, wie ein behandelnder Arzt den beiden Ermittlerinnen erklärt hatte, ruhiggestellt. Vor der Tür war ein Polizist stationiert. Charlie zeigte ihm ihren Ausweis, dann betraten sie und Stella das Krankenzimmer.

Iris Feldberg lag zusammengesunken in ihrem Krankenbett. Sie war eine kleine, zierliche Person und sah ihrer Mutter ziemlich ähnlich. Ihre Haut war mit ihren jungen einundzwanzig Jahren noch glatt, aber die Gesichtszüge und auch die Haarfarbe und Statur waren dieselben wie bei ihrer Mutter Marianne. Charlie sah ihr in die Augen, die eine große Ähnlichkeit zu jenen der Mutter hatten. Sie waren groß, mandelförmig und dunkelbraun. Die Pupille war stark geweitet.

Beruhigungsmittel, schoss es ihr durch den Kopf. *Barbiturate …*

„Frau Feldberg, mein Name ist Charlie Bekker, das hier ist meine Kollegin Stella Meislow. Wir ermitteln im Fall Ihrer Mutter. Mein Beileid.“

„Ihr Verlust tut mir sehr leid“, fügte Stella mit weitaus mehr Mitgefühl hinzu, als Charlie je imstande gewesen wäre zu zeigen.

Iris Feldberg nickte knapp. Die Bewegung wirkte wie in Zeitlupe. „Danke." Sie fixierte Stella, und Charlie nickte in ihre Richtung, um ihr zu signalisieren, dass sie mit der Befragung beginnen sollte.

„Sie können gerne Stella zu mir sagen. Ist Iris okay?"

„Ja."

Stella zog einen der beiden Stühle, die neben dem Fenster standen, nah ans Bett heran, sodass sie direkt neben Iris saß. „Es tut mir furchtbar leid, dass wir Sie direkt nach einem solch traumatischen Erlebnis mit unseren Fragen quälen müssen. Leider ist Zeit ein kritischer Faktor in unseren Ermittlungen. Bitte geben Sie Bescheid, wenn es zu viel für Sie wird."

„Ja. Danke."

Charlie lehnte sich gegen den Tisch und verschränkte die Arme vor der Brust. Iris sprach schleppend und mit schwerer Zunge. Sie konnten nur hoffen, dass sie trotz der Beruhigungsmittel klar bei Verstand war.

„Können Sie uns sagen, was aus Ihrer Sicht passiert ist? Wann Sie Ihre Mutter gefunden haben? Wann Sie sie das letzte Mal gesehen oder gehört haben?"

Iris senkte den Blick und strich unruhig mit den Fingern über ihre Bettdecke. „Ich war bei meinem Freund. Ich habe sie angerufen. Das war am Abend zuvor. Aber sie ging nicht ran. Das war komisch, weil sie sonst immer für uns erreichbar ist. Aber ich dachte, sie wäre vielleicht mal im Kino oder so. Wir haben zuletzt darüber gesprochen, dass sie mehr aus ihrer Freizeit macht. Sie hat sehr viel gearbeitet. Am nächsten Tag habe ich morgens angerufen, aber da ging sie auch nicht ran. Ich musste zur Uni. Nach den Vorlesungen bin ich zu ihr nach Hause gefahren. Da war es … es … Es war nachmittags. Ich weiß nicht … so vier Uhr vielleicht. Oder fünf. Ich ging ins Haus. Alles war dicht. Das war komisch. Mama hatte immer mindestens ein … ein Fenster … gekippt. Immer. Auch im … Winter." Iris schluchzte und ihre Lippen begannen zu zittern, doch sie riss sich zusammen. Oder ihre Medikamente taten es für sie.

„Danke, Iris", sagte Stella und griff nach der Hand der Tochter. Sie drückte sanft zu, und Iris ließ es geschehen. Sie wirkte etwas ruhiger und nickte Stella dankbar zu.

„Wo war ich?", fragte Iris nach einer Weile.

„Sie waren bei Ihrem Freund und konnten Ihre Mutter nicht erreichen", sagte Charlie. „Wie heißt Ihr Freund?"

„Tobias. Tobias Fritsch."

Charlie nickte und bedeutete Stella, weiterzumachen.

„Was ist dann passiert?", fragte Stella. Als Iris nicht sofort reagierte, half sie ihr auf die Sprünge. „Sie sagten, Sie sind nach der Uni zu Ihrer Mutter gefahren. Alles war zu, das kam Ihnen komisch vor."

„Richtig. Ja. Alle Fenster und Jalousien waren unten. Ich habe die Lichter angemacht und sie gesucht. Im Erdgeschoss. Dann oben. Erst dann habe ich bemerkt, dass die Tür zum Keller offen stand. Ich … Da … Da wusste ich es."

„Was wussten Sie?"

„Dass etwas Furchtbares geschehen war."

„Weil die Kellertür offen stand?"

Iris nickte knapp. „Es war so ein Gefühl. Wie im … im Film, oder so … Ich ging runter und … sah … Ich … Ich sah sie."

„Und dann?"

Nun schüttelte Iris den Kopf. „Ich weiß nicht mehr genau. Ich schätze, dann übernimmt ein Autopilot oder so was. Ich glaube, ich habe geschrien. Aber ich habe auch telefoniert. Ich habe den Notruf gewählt. Und dann … dann waren plötzlich überall Leute. Und dann war ich im Krankenhaus."

„Danke, Iris." Stella blickte zu Charlie.

„Iris, es tut mir leid, wir würden Ihnen gerne noch ein paar Fragen stellen", sagte Charlie.

Iris Blick ging zu ihr. „Okay."

„Gibt es jemanden, der ein Problem mit Ihrer Mutter hatte? Einen Feind, wenn Sie so wollen?"

„Möglich. Vielleicht, ja. Sie war Sozialarbeiterin. Sie arbeitet … hat gearbeitet … also … Sie hatte mit nicht ganz so einfachen Menschen zu tun. Immer schon."

Charlie nickte und überschlug kurz, was das für sie bedeutete. Dreißig Jahre Sozialarbeit. Wie viele offene und geschlossene Fälle waren das? Tausende? *Großartig …*

„Und privat?", fragte Stella.

Iris drehte ihr langsam den Kopf zu. „Was meinen Sie?"

„Gab es in ihrem privaten Umfeld jemanden, der ein Problem mit ihr gehabt haben könnte?"

„Nein", antwortete Iris und klang für ihren Zustand sehr bestimmt. „Niemanden."

„Freunde? Bekannte? Ein Ex-Freund vielleicht?"

Ein schwaches Lächeln huschte über das blasse Gesicht der Tochter. „So etwas hatte Mama nicht. Mein Vater und sie waren seit der Schule zusammen und haben … geheiratet. Nach der Scheidung gab … gab … es gab niemanden mehr."

„Sind Sie sicher?", fragte Charlie.

Iris' Augen fielen kurz zu. Dann öffnete sie sie wieder und blickte zu Charlie. „Ja. Sicher. Meine Mutter war glücklich alleine. Das hat sie immer gesagt. Sie war ihr Leben lang mit Papa zusammen gewesen … seit … seit der Schule", wiederholte Iris, die zunehmend schläfrig wirkte. „Sie wollte mal Single sein. Das hat sie ge… gesagt." Iris Augen fielen erneut zu.

„Danke, Iris", sagte Stella, drückte noch einmal ihre Hand und stand auf.

Charlie und Stella gingen nach draußen und blieben im Flur stehen.

Stella sah Charlie fragend an. „Und? Was denkst du?"

Charlie spitzte die Lippen und dachte kurz nach. „Ich denke, das war nicht sehr hilfreich. – Komm mit."

„Wohin gehen wir?"

„Zum Freund der Kleinen. Mal sehen, was der uns zu verraten hat."

6. Kapitel

Iris' Freund Tobias war ebenfalls Student und lebte in einer WG im Univiertel. Charlie und Stella stellten sich vor und baten ihn um ein Gespräch an einem ruhigen Ort. Da er seine Wohnung mit drei Mitbewohnern teilte, führte Tobias die beiden Ermittlerinnen in den Keller des Hochhauses und betrat einen großen Raum, der zugleich Waschsaal und Bibliothek zu sein schien.

„Interessante Kombination", murmelte Charlie.

Stella musste grinsen.

Tobias, ein hoch gewachsener, schlaksiger Mann mit großer Intellektuellen-Brille auf der langen Nase, wandte sich zu Charlie um. „Naja, wir haben hier alle ein Platzproblem, wissen Sie? In diesem Haus wohnen fast nur Studenten. Manchmal ist es in den Wohnungen und im Haus zu laut und hier unten hört man kaum etwas."

„Außer die Waschmaschinen", sagte Charlie und warf einen vielsagenden Blick auf zwei Maschinen, die sich gerade im Schleudergang befanden.

„Das hat etwas Beruhigendes, finden Sie nicht?" Er deutete zum hinteren Bereich des Raums, wo zahlreiche deckenhohe Bücherregale sowie mehrere Tische und Sessel standen.

Stella setzte sich Tobias gegenüber, Charlie zog sich ebenfalls einen Stuhl heran.

„Fragen Sie mich jetzt nach meinem Alibi?", fragte er.

Stella betrachtete ihn eingehend und konnte nicht mit Sicherheit feststellen, ob er nervös oder doch eher fasziniert von all dem wirkte. „Noch nicht", sagte sie und lächelte.

„Okay. Krasse Sache. Iris ist total von der Rolle."

„Sie waren Iris besuchen?", fragte Stella.

„Klar. Hatte dann nur Vorlesung. Ich fahre nachher wieder zu ihr."

„Wie lange sind Sie schon zusammen?"

„Vier Jahre.“

Stella nickte. „Das ist eine lange Zeit.“

„Jo. Läuft bei uns. Bisher.“

„Was heißt das?“

Tobias zuckte mit den Schultern und machte ein trauriges Gesicht. „Schwer vorzustellen, was dieser Schicksalsschlag mit Iris anrichten wird. Die beiden standen sich sehr nahe. Marianne war eine tolle Mutter.“

„Und der Vater?“, fragte Charlie.

„Auch ein cooler Typ. Bei denen läuft alles. Patchwork und so. Alle verstehen sich. Verstanden sich, meine ich.“

„Wie eng standen Sie und Marianne Feldberg sich?“, fragte Stella.

„Schon nah, würde ich sagen. Meine Eltern wohnen in einem anderen Bundesland, ich sehe sie nicht so oft, seit ich hier studiere. Marianne war immer da für mich. Hatte immer ein offenes Ohr. Ich meine … Ich verstehe das einfach nicht. Sie wurde umgebracht! So etwas … Ich meine, so was passiert doch einfach nicht im echten Leben, oder?“ Nun wirkte Tobias fast verzweifelt und Stella sah ihn voller Mitleid an.

Es passiert so viel öfter, als du dir vorstellen willst, dachte sie, schob den Gedanken aber gleich wieder beiseite.

„Ihr Verlust tut mir sehr leid“, sagte Stella. „Wir verfolgen alle Spuren. Ich verspreche Ihnen, wir tun unser Bestes, den Täter zu finden. Aber wir brauchen Hilfe.“

So etwas funktionierte meist ganz gut bei Befragungen. Viele Menschen konnten stärker motiviert werden, wenn man ihnen das Gefühl gab, dass sie gebraucht wurden. Und Motivation war ein wichtiger Faktor, wenn es darum ging, nach Erinnerungen zu kramen, die bedeutungslos schienen und dadurch leicht in Vergessenheit gerieten. Tobias' Augen weiteten sich und er nickte ihr auffordernd zu. Er war bereit, zu helfen.

„Wir glauben, dass der Täter Marianne gekannt hat“, erklärte Stella, immer darauf bedacht, nicht das Wort „Opfer“ zu verwenden. Menschen sprachen gerne über Personen, weniger gern über Leichen.

„Echt jetzt?“, fragte Tobias. Sein Blick ging von Stella zu Charlie und wieder zurück zu Stella. Er drückte die pure Ungläubigkeit aus.

„Ja", bekräftigte Stella.

Tobias schüttelte heftig den Kopf. „Marianne hatte keine Feinde. Niemals. Sie war ein herzensguter Mensch. Es ist niemand aus der Familie, falls das Ihre Vermutung sein sollte. Da lege ich meine Hand für ins Feuer."

Wenn es nur so einfach wäre ...

„In Ordnung, Tobias. Danke für Ihre Einschätzung", sagte Stella. Sie sah, dass Charlie ihren Notizblock aus ihrer Jacke gezogen hatte und ein paar Wörter hineinkritzelte, die nur sie selbst entziffern konnte.

„Was ist mit einem Freund?", fragte Stella und war gespannt, ob Tobias das Privatleben des Opfers genauso einschätzte wie dessen Tochter.

„Kein Freund. Marianne hat es geliebt, Single zu sein. War ja lange genug in einer monogamen Beziehung. Sie wollte mal sie selbst sein, hat sie immer gesagt. Iris war ein bisschen hinterher, dass ihre Mutter endlich wen Neuen findet. Dass sie nich so allein ist. Aber Marianne war glücklich."

„Glauben Sie, sie hätte davon erzählt, wenn sie jemanden getroffen hätte?", fragte Stella.

„Ja. Auf jeden Fall. Marianne war ein sehr offener Mensch."

„Aber sie hatte keine Dates? Nie?"

Tobias schüttelte den Kopf. „Ne. Wollte sie nicht. Hatte auch keine Zeit. Sie ist ziemlich in ihrer Arbeit aufgegangen."

Stella nickte und dachte nach. „Hat sie Kollegen, die ihr nahestanden?"

„Das weiß ich nicht so genau, das müssten Sie Iris fragen."

„Was ist mit den Personen, die sie betreut hat? Ihre Fälle? Da gab es doch sicher auch mal Schwierigkeiten?"

Tobias zuckte mit den Schultern. „Kann schon sein. Aber sie hat da nicht viel drüber gesprochen."

„Nicht?", fragte Charlie.

Tobias Blick ging zu ihr. „Ne. Verschwiegenheitspflicht, glaube ich. Das haben Sozialarbeiter ja auch irgendwie."

„Schon, aber das heißt nicht, dass man im privaten Umfeld nicht doch mal über Brisantes spricht, oder?", fragte Charlie.

Tobias schüttelte den Kopf. „Kann sein, aber mit uns hat sie jedenfalls nicht über ihren Job gesprochen.“

Bisher waren die Aussagen von Tobias wenig hilfreich. Stella bat ihn, alle Namen von Familienmitgliedern, Bekannten und Kollegen aufzuschreiben, die ihm bekannt waren. Als er fertig war, kam sie zum letzten Punkt.

„Jetzt muss ich Sie leider trotzdem nach Ihrem Alibi fragen, Tobias. So ist unser Protokoll.“

Er lächelte zaghaft. „Ja. Schon klar. Ich war in der Nacht, bevor Iris ihre Mutter fand, mit Iris zusammen. Also, Iris hat bei mir geschlafen, meine ich. Oder … Für wann brauche ich das Alibi?“

„Für besagte Nacht, das haben Sie schon richtig erkannt“, erklärte Charlie. „Kann das jemand außer Iris bezeugen?“

„Die Jungs aus meiner WG, schätze ich. Die waren ja auch alle da. Ach so, ne, Peter nich, der hat wiederum bei seiner Freundin übernachtet. Aber Menni und Jonah waren beide da. Wir haben gemeinsam zu Abend gegessen, Iris hat Pizza gemacht. Dann haben wir gequatscht. Als wir ins Bett gingen, war es Mitternacht, schätze ich.“

Stella griff zu ihrem Tablet und öffnete den Obduktionsbericht, den Doktor Steiners Mitarbeiterin zwischenzeitlich geschickt hatte. Den Todeszeitpunkt von Marianne Feldberg hatte der Mediziner auf 1 Uhr morgens festgelegt. Sie glaubte, dass Tobias aufrichtig war, und sah ihn nicht als Verdächtigen. Dennoch mussten sie seine Aussagen überprüfen und mit seinen WG-Kollegen sprechen. Und sie mussten prüfen, wie schnell man von Tobias’ WG aus bei Marianne Feldbergs Haus sein konnte. Stella schätzte die Zeit auf eine halbe Stunde, wenn wenig Verkehr war.

Tobias und Iris mochten ein Alibi haben. Aber es war nicht hieb- und stichfest.

Als Stella abends in ihrer Wohnung saß, fragte sie sich, ob ihr Job sie zunehmend zynisch machte, und falls ja, ob das eine gute oder eine schlechte Sache war. Charlie und sie hatten direkt nach Tobias’ Befragung mit seinen WG-Kollegen gesprochen und die hatten seine Version des Abends mehr oder weniger bestätigt. Die Rede war von einem gemeinsamen Abendessen „so bis einundzwanzig Uhr" und ein paar gemeinsamen Drinks „so bis dreiundzwanzig Uhr oder Mitternacht". Tobias und Iris konnten somit nur ein schwaches Alibi vorweisen. Auch wenn es für Stella unvorstellbar war, dass die beiden irgendetwas mit dem Mord zu tun hatten – sie würden weiter auf der Verdächtigenliste stehenbleiben.

Die anderen Teamkollegen hatten den Tag damit verbracht, Marianne Feldbergs Familienangehörige zu befragen, neben dem Ex-Mann und dessen Familie auch den Sohn, der mittlerweile angekommen war. Die Aussagen über Mariannes Person waren alle recht ähnlich, sehr wohlwollend und positiv. Niemand wusste Details über ihren Job, und alle waren sich einig, dass Marianne keinen festen Freund oder Liebhaber gehabt hatte.

Das war eine schwierige Ausgangslage, denn sie hatten keinen einzigen Anhaltspunkt für die Ermittlungen. Arnd und Holger, die beiden IT-Spezialisten, wühlten sich durch Mariannes Arbeitsakten, aber die waren recht umfangreich, und es schien unmöglich, jede Person, die Marianne je betreut hatte, zu befragen. Und woher sollten sie überhaupt wissen, ob der Mord etwas mit ihrem beruflichen oder ihrem privaten Umfeld zu tun gehabt hatte?

Wir wissen überhaupt nichts.

Sie hatten weder auf Marianne Feldbergs Körper noch in ihrem Haus irgendwelche verwertbaren Spuren gefunden. Keine Fingerabdrücke. Keine fremden Haare. Und das bedeutete, dass sie im Moment nach einem Geist suchten. Einem Phantom.

Stella seufzte und ging in ihre offene Küche, die direkt mit dem geräumigen Wohnzimmer verbunden war. In ihrem modernen Stadtappartement gab es kaum Trennwände, einzig Schlaf- und Badezimmer sowie das WC waren eigene Räume mit Tür. Der Rest ihrer neuen Dachgeschosswohnung war ein modernes Loft mit viel zu vielen Fenstern. Tagsüber mochte Stella, dass ihre Wohnung so hell und freundlich war. Mit der Dunkelheit hatte sie allerdings ein Problem. Und die wirkte in einer großen Wohnung mit vielen Fenstern noch viel bedrohlicher, vor allem, wenn man ganz alleine war.

Sie öffnete ihren Kühlschrank, starrte eine Weile in die leeren Fächer und schloss ihn wieder. Dann füllte sie Wasser in den Wasserkocher, wartete, bis es sprudelte, und goss sich einen Kräutertee auf. Sie dachte an Charlie, die, genau wie sie, alleine zu Hause war und vermutlich genau zur selben Zeit über ihren Fall nachdachte. Charlie war allerdings sehr viel taffer und ließ sich nicht von ihren eigenen Schwächen ablenken.

Dann nimm dir ein Beispiel an ihr!

Entschlossen ging Stella zu ihrem Schreibtisch und klappte den Laptop auf. Sie hatte Zugänge zu allen wissenschaftlichen Datenbanken und überlegte, mit welchem Suchbegriff sie loslegen sollte, um mehr über die Bedeutung der Nägel in den Augen herauszufinden. Charlies Worte fielen ihr ein.

Es könnte auch etwas völlig anderes sein, weißt du? Ich habe gelernt, dass die erste Intuition nicht zwangsweise richtig sein muss …

„Tja, aber etwas anderes haben wir nicht", sprach Stella vor sich hin und begann zu recherchieren.

Sie wollte mehr über die mögliche Bedeutung der Nägel herausfinden. Zu *Detectio* hatte sie schon erste Recherchen angestellt, aber viel zu viele Ergebnisse gefunden. Ohne Anhaltspunkt schien es ihr unmöglich, zu erraten, worauf der Täter anspielte. Also nahm sie sich den zweiten Teil seiner Botschaft vor. Denn Stella war sich sehr sicher, dass die Nägel, das Messer und die Aufschrift genau das waren: eine Botschaft. An wen auch immer.

Es stand für Stella außer Zweifel, dass die Nägel und die offenen Augen, die auf alle Ewigkeit ins Nichts starrten, eine herausragende Bedeutung für den Täter hatten.

„Für den *Täter* …", wiederholte sie ihre Gedanken, lehnte sich zurück und nahm einen Schluck von ihrem Tee.

Das war kein schlechter Ansatz, dachte sie. Wenn es dem Täter um das Opfer ging, darum, ihm Schmerzen zuzufügen oder dem Opfer bei vollem Bewusstsein das Augenlicht zu nehmen, hätte er die Nägel vor dem Tod in die Augen gesteckt. Aber laut Doktor Steiner passierte es nach dem Tod. Und das wiederum hieß …

„… dass du es für *dich* getan hast!"

Sie loggte sich in die Fallakte ein und öffnete die Tatortfotos. Sie betrachtete die Nägel und Marianne Feldbergs Augen und klickte sich dann weiter zu dem Messer, das in der Brust steckte.

Detectio.

„Was hast du gefunden?", fragte sie mit Blick auf den Bildschirm. „Was hast du aufgedeckt? Was ist es, das dein Opfer sehen musste?" Sie wog diese Fragen ab. „Oder hätte sehen müssen?", ergänzte sie.

Sie klickte sich durch weitere Fotos und überlegte, wonach sie suchen wollte. Die Psyche des Täters spielte hier, spielte in allen Fällen, eine wesentliche Rolle. Stella wusste, dass die meisten ihrer Kollegen nichts von Profilern und Kriminalpsychologen hielten, und für normale Mordfälle wurden derartige Berater in aller Regel auch nicht benötigt. Es gab Motive, die auf den ersten Blick völlig schlüssig waren.

Sexuelle Zwänge. Rasende Eifersucht. Rache. Geld.

Aber hier? Hier war es komplizierter. Hier verfolgte der Täter ein ganz bestimmtes Ziel. Und als Stella erneut das Foto mit der Großaufnahme des Messers anklickte, überlegte sie, welche Überschrift zum Ziel dieses Täters passen würde. Sie ging mögliche Motive durch, klickte sich parallel durch ein paar Fachartikel aus kriminalpsychologischen Zeitschriften, suchte nach ähnlichen Fällen und stieß in immer mehr Artikeln und Interviewauszügen auf ein Wort, das zunehmend ihre Aufmerksamkeit erregte.

Vergeltung.

7. Kapitel

CHARLIE hatte ihre frühmorgendliche Joggingrunde absolviert und wenig Lust, die Zeit bis zum sonntäglichen Mittagessen bei Vinni und seiner Ehefrau Dagmar in ihrem eigenen Haus abzusitzen. Sie duschte daher schnell, zog sich um und fuhr ins Revier, wo sie sich bedeutend wohler fühlte als in ihrem idyllisch anmutenden Haus mit eigenem Teichzugang, das sie mit ihrem Ex-Mann Julian bezogen und von ihm hatte einrichten lassen. Alles in ihrem Haus schrie nach modernem Schick, alles war aus irgendeinem Grund beige. Charlie hatte nichts für Einrichtung oder Dekoration übrig, aber Julian zuliebe hatte sie versucht, eine Frau abzugeben, die den Titel „Ehefrau" verdiente. Das war ihr mehr schlecht als recht gelungen. Wenn sie jetzt, nach all dem Scheidungswahnsinn, ehrlich zu sich war, musste sie zugeben, dass sie Julians Heiratsantrag nur angenommen hatte, weil dieser Mann eine gefühlte Ewigkeit an ihrer Seite gewesen war. Seit der Schulzeit, um genau zu sein. Er war die einzige Stabilität, die Charlie je gekannt hatte. Wieso also hätte sie Nein sagen sollen?

Aber natürlich hatte es nicht funktioniert. Die Ehe war in sich zusammengebrochen wie ein Kartenhaus, und Julian hatte Trost in den Armen einer anderen gesucht, während Charlie mit ihrem Job verheiratet gewesen war. Sie hatte das Haus aus Prinzip behalten wollen, vielleicht auch aus Boshaftigkeit. Nie und nimmer hätte ihr Stolz es ihr erlaubt, es ihrem Ex-Mann und seiner Neuen zu überlassen. Und jetzt hatte sie den Schlamassel. Denn das Haus bot nur zwei Aspekte, die Charlie gefielen: die Nähe zu den weitläufigen Feldwegen und Forststraßen, auf denen sie gerne joggte, und die Nähe zu Vinni und seiner Frau, die in derselben Straße wohnten und stets ein liebevolles, oftmals etwas zu fürsorgliches Auge auf sie hatten.

Vinni, eigentlich Vincent Baum, war Charlies Lieblingskollege gewesen, bevor er Ende letzten Jahres in Rente gegangen war. Vincent war gut zwanzig Jahre älter als sie und mehr eine Art Ersatzvater denn ein Freund. Er war bereits ein erfahrener Kriminalpolizist gewesen, als Charlie als junges Küken begonnen hatte, war dann aber zur Verkehrspolizei gewechselt, weil er keinen Nerv mehr für schwere Kapitalverbrechen gehabt hatte. Jetzt war er in die wohlverdiente Rente abgetaucht und konnte seinen Lebensabend genießen. Seine Frau Dagmar war mehr als froh darüber, ihren Mann hegen und pflegen zu können. Fast schien es, als wollte sie ihm die Jahre, die der Dienst bei der Polizei ihn – vermeintlich – gekostet hatte, zurückgeben.

Charlie hingegen hatte – und dafür war sie ziemlich dankbar – niemanden mehr, der nörgelnd am späten Feierabend auf sie wartete oder darauf bestand, dass der Sonntag für Freizeitaktivitäten genutzt wurde. Sie liebte es, an Wochenenden ins Revier zu fahren. Es war ruhig, fast friedlich, und sie konnte Dinge abarbeiten, für die sie sonst keine Zeit hatte.

Sie parkte ihren Geländewagen im Innenhof der alten Kaserne, ging in ihr Büro und fuhr den PC hoch. Sie las ein paar E-Mails, verschob Jans Protokolle ungelesen in passende Ordner und öffnete dann die Akte zu ihrem laufenden Mordfall. Obwohl sie auf dem neuesten Stand war, las sie alle Befragungsprotokolle noch einmal durch, alle Informationen, die ihre Kollegen über Marianne Feldberg hatten sammeln können, sog jedes Detail ein, wieder und wieder, bis sie das Gefühl hatte, diesen Fall im Schlaf herunterbeten zu können. So ging sie immer vor. Es war eine fast schon manische Ermittlungsarbeit, doch es half ihr, sich zu fokussieren.

„Was willst du von uns?", fragte sie mit Blick auf ein Foto, das Marianne Feldbergs Gesicht und oberen Rumpf zeigte.

Sie verstand das Vorgehen dieses Täters nicht. Sie hatte noch nie einen Zugang zu Mordfällen gefunden, bei denen der Täter komplexe psychologische Motive hatte und mit seinen Morden irgendeine Botschaft senden, irgendein höchstpersönliches Ziel verfolgen wollte. Charlie war ein äußerst pragmatischer Mensch und obwohl sie gelernt hatte, zu verstehen, dass Mord und Gewalt zur Natur des Menschen gehörten, schien ihr ein solcher Prozess doch sehr aufwendig und ineffizient, nur, um irgendjemandem irgendetwas zu beweisen. Zumal es im Falle Marianne Feldbergs auf den ersten Blick nichts gab, das einen solchen Mord erklärte. Sie war weder reich noch mächtig – zwei

Aspekte, die in vielen Mordfällen, in denen Charlie ermittelt hatte, eine wesentliche Rolle gespielt hatten. Mitunter schien es ihr, als würden gerade die wohlhabenden, einflussreichen Menschen panische Angst davor haben, etwas zu verlieren. Und diese Angst trieb Menschen manchmal zu ungeahnten Taten. Der Fall Bela Rottenbach war das beste Beispiel dafür.

Aber hier?

Charlie war sicher, dass es ein Geheimnis bei Marianne Feldberg geben musste, das sie noch nicht aufgespürt hatten.

„Wo sind deine Leichen im Keller?", fragte sie das Foto.

Als wollte der PC ihre Frage beantworten, gab er ein *Ping* von sich. Charlie klickte in ihr E-Mail-Programm und sah, dass Stella einen Artikel geschickt hatte.

„Workaholic", sagte sie lächelnd und öffnete Stellas E-Mail.

Stellas Ausführungen betrafen das Thema Vergeltung. Sie hatte einige Mordfallanalysen gefunden, bei denen das Hauptmotiv des Täters offenbar die Vergeltung gewesen war. Regelmäßig war es den Tätern in diesen Fällen wichtig gewesen, mit dem Mord eine Botschaft zu transportieren. Jeder sollte wissen, worum es ging. Es gab durchaus Gemeinsamkeiten mit ihrem Mordfall, sodass sich Charlies Gefühl bestärkte, dass bei Marianne Feldberg zumindest eine Leiche im Keller verborgen lag.

Stella hatte noch einen alten Artikel beigefügt, eine Abhandlung zur Philosophie des Rechts aus dem Jahr 1840. Sie hatte den Auszug aus dem Artikel mit „Inspiration?" beschriftet. Charlie öffnete ihn und las.

Die Idee der Vergeltung:

Vergolten soll ihnen werden, also zurückerstattet, zurückgezahlt; es wird also eine genaue Abrechnung Gottes mit jedem Einzelnen vorausgesetzt; es wird Gott gedacht, wie er mit jedem Einzelnen die Summe seines Lebens zieht und ihm gewissermaßen herauszahlt, was ihm in Folge dieser Bilanz zukommt. Unerörtert und unberührt können wir es lassen, wie sehr anthromorphistisch diese ganze Anschauungsweise ist; nur an die Hauptidee müssen wir uns halten, die der ganzen Lehre zu Grunde liegt – an die Idee der Vergeltung.

Charlie rollte mit den Augen. Sie konnte mit so viel Hochgestochenheit nichts anfangen. Und sie hoffte sehr, dass Stella mit ihrem psychologischen Überwissen nicht andeuten wollte, sie hätten es mit einem religiösen Fanatiker als Täter zu tun.

„Das würde uns gerade noch fehlen …", murmelte Charlie und wollte den Artikel wieder schließen. Doch ihr Blick blieb an dem ersten Satz hängen.

Zurückerstatten. Zurückzahlen. Abrechnung.

Stellas Recherchen passten mit ihrer eigenen Intuition zusammen. Irgendetwas hatte Marianne Feldberg verbrochen. Die Frage war nur, was.

Charlies Handy klingelte. Sie lächelte, als sie Vincents Namen auf dem Display sah, und ging ran.

„Ich bin nicht zu spät", verteidigte sie sich, bevor er sie auch nur begrüßt hatte.

„Nein", brummte er. „Aber du bist auch nicht zu Hause."

„Stalkst du mich?"

„Du wohnst dreiundfünfzig Schritte von meinem Haus entfernt. Das hat kaum etwas mit Stalking zu tun."

„Und diese sehr präzise Schrittanzahl wissen wir, weil …?"

„… Daggi mich dazu verdonnert hat, jeden Morgen einen Spaziergang zu machen, damit ich vor dem Schlafengehen auf meine zehntausend Schritte komme. Vielen Dank übrigens, Lotti."

Sie schnaubte. Vincent wusste, dass sie es hasste, wenn er sie so nannte. „Vielen Dank wofür?"

„Du mit deinem Jogging."

„Sei mal lieber froh, dass Daggi es sich zum Lebensziel gesetzt hat, deinen beachtlichen Bauchumfang zu verringern. Niemand hat etwas von dir, wenn du tot bist."

„Mhm. Ich werde dich nachher beim *Sonntagsbraten* an deine Worte erinnern. Wann bist du da?"

Die Art und Weise, wie Vincent das Wort Sonntagsbraten betonte, ließ Charlie nichts Gutes erahnen. „Gib mir eine halbe Stunde."

„Okay. Bring Bier mit. Daggi kauft keines mehr."

„Mein Beileid."

„Danke."

Charlie druckte Stellas Artikel aus, fuhr den PC herunter und machte sich auf dem Weg zurück nach Hause.

Eine halbe Stunde später betrat sie Vincents und Dagmars Vorgarten. Sie putzte sich die Schuhe ab, betrat das Haus und ging geradewegs in die ausladende Küche im Landhausstil, in der Dagmar, eine kleine Frau mit breiten Hüften, schmaler Taille, beachtlichen Brüsten und einem pausbäckigen Gesicht, vor dem Ofen kniete und durch die Glastür starrte.

„Hast du etwas da drin verloren?", fragte Charlie und stellte den Sixpack Bier – Vincents Lieblingsmarke – auf der Theke ab.

Dagmar richtete sich eilig auf. „Nein, Schätzchen, aber ich weiß nicht, ob das so aussieht, wie es aussehen soll."

Charlie wollte lieber nicht nachfragen, was „das" war. Seit Vincent in Rente war und es aus Dagmars Sicht keinen Grund mehr für Stressessen gab, kochte sie gesund – sehr zu Vincents und Charlies Leidwesen. Sie trat auf Dagmar zu und küsste sie auf die Wange.

Dagmars Blick ging zu dem Bier. „Das ist hoffentlich light. Und alkoholfrei."

„Klar", sagte Charlie.

„Du bringst mich noch um, Weib!", rief Vincent aus dem angrenzenden Wohnzimmer.

Charlie lachte. „Ich stell die mal in den Kühlschrank …" Das tat sie auch, behielt aber zwei Flaschen bei sich und ging damit ins Wohnzimmer. Sie drückte Vincent eine in die Hand und küsste auch ihn auf die Wange.

„Gesegnet seist du", murmelte er, hielt die Flasche an die Ecke des Couchtisches und öffnete sie mit einem festen Hieb auf den Deckel. Charlie tat es ihm gleich.

„Prost", sagten sie zeitgleich.

„Du bist ein schlechter Einfluss!", rief Dagmar aus der Küche.

„Nur manchmal", rief Charlie zurück.

Vincent trank mit einem einzigen Zug ein Drittel der Flasche leer.

„Durstig?", fragte Charlie grinsend.

„Nahe am Dehydrationstod. Wenn man den Kräutertee nicht mitzählt, den Dagmar mir aufhalst. Kann ich zu dir ziehen, Lotti?"

„Nein."

Er zog einen Schmollmund und fuhr sich mit der Hand in einer fast zärtlichen Bewegung über seinen runden Bauch. „Ich weiß nicht, was sie hat. So schlimm ist das doch auch wieder nicht. Gestandene Männer in meinem Alter müssen so aussehen."

Charlie gab einen unbestimmten Laut von sich. Sie hatte nicht vor, sich in Dagmars Mission einzumischen.

„Erzähl mir von deinem neuen Fall", forderte Vincent sie auf.

„Woher weißt du von meinem neuen Fall?", fragte Charlie, die sicher war, dass die Medien den Mord an Marianne Feldberg bisher noch nicht aufgegriffen hatten. Die Leiche war immerhin erst am Freitag gefunden worden.

„Ich weiß alles."

„Du sollst aber nicht mehr alles wissen. Du sollst dich entspannen."

„Ich will mich nicht entspannen. Mir ist todlangweilig. Jetzt erzähl mir, was ihr habt. Ich weiß nur, dass es eine Sozialarbeiterin im Nachbarort war. Und dass sie angeblich erstochen wurde."

Charlie nahm einen Schluck von ihrem Bier und überlegte, wo sie beginnen sollte. Sie hatte kein Problem damit, ihre Fälle mit Vinni zu erörtern. Sie vertraute ihm blind und schätzte nicht nur seine Erfahrung und seinen Scharfsinn, sondern mitunter auch seine Kontakte, die altbewährt und noch aus einer Eine-Hand-wäscht-die-andere-Zeit waren.

„Es war ein Stich ins Herz, der sie getötet hat. Auf dem Messergriff stand eine Botschaft. Und in den Augen haben zwei Nägel gesteckt."

„Welche Botschaft? Und waren die Augen offen oder geschlossen?" Vincents Augen funkelten vor Neugierde.

„*Detectio.* Offen."

„Hm, hm, hm. Das komische Wort lassen wir mal beiseite. Die offenen Augen … Spannend. Hat er sie vor oder nach dem Tod in die Augen gerammt?"

„Nachher."

„Sehr interessant."

„Sehen wir auch so."

Vincent nickte, nuckelte an seinem Bier und ließ den Blick nachdenklich durch den Raum schweifen. Dann setzte er die Flasche ab. „Er zwingt sein Opfer also, ins ewige Nichts zu starren. Erinnert ein bisschen an den Brauch mit den zwei Münzen für den Fährmann. Nur komplett anders."

„Das ist nicht sehr hilfreich, Vinni."

„Aber du weißt, was ich meine, oder? War jedenfalls meine erste Assoziation."

Charlie nickte. Vincents Assoziationen durfte man nie unterschätzen. „Sie starrt also auf ewig ins Nichts?", fragte sie. „Und wieso?"

Vincent zuckte mit den Schultern. „Als Strafe für etwas, das sie zu Lebzeiten nicht gesehen hat?"

„Sie ist Sozialarbeiterin … Das ist per se ein Job, wo man viel helfen, aber auch viel anrichten kann, oder?"

„Ja, auf jeden Fall", gab Vincent ihr recht.

„Also der Job."

„Was wisst ihr aus ihrem Privatleben?", fragte er.

„Viel und gar nichts. Alle haben nur Positives über sie zu berichten. Keine Streitereien, keine Feinde. Jedenfalls nichts, worüber irgendjemand irgendetwas weiß."

„Oder vielleicht weiß irgendjemand irgendetwas, will es aber nicht erzählen."

„Das wäre auch eine Option. Und zwar eine ziemlich beschissene."

„Abwarten", sagte Vincent.

„Warten auf?"

Vincent zuckte mit den Schultern. „Was heißt dieses Wort? Das auf dem Messer."

„Es ist Latein und steht für Aufdeckung, Offenbarung, Offenlegung."

Vincent klatschte in die Hände. „Hab ich das nicht gerade gesagt, hm? Habe ich!"

„Ähm, okay …"

„Wir müssen also herausfinden, was es aufzudecken gab."

„Wir?", fragte Charlie und lachte.

„Klar. Wir. Ich sagte doch, mir ist langweilig. Ich will mithelfen. Du solltest mich als Werkzeug nutzen." Er nickte ihr auffordernd zu.

Charlie deutete stumm Richtung Küche.

Vincent winkte ab. „Ehrlich, benutze mich. Ich kann Dinge tun, die du nicht tun kannst." Er zwinkerte.

„Das klingt irgendwie schmutzig."

„Was klingt schmutzig?", fragte Dagmar, die gerade ins Wohnzimmer kam.

„Dein Mann", antwortete Charlie.

„Immer", gab Dagmar liebevoll lächelnd zurück. „Essen ist fertig, ihr zwei. Ab ins Esszimmer." Sie drehte sich um und war schon wieder halb in der Küche verschwunden.

„Was gibt es?", rief Vincent ihr nach. Er klang fast ängstlich und Charlie musste sich ein Lachen verkneifen.

Dagmar blickte über ihre Schulter. „Grünkohlauflauf mit Quarknocken."

„Ach du Sch…"

Dagmar fuhr herum. „Vincent!"

Er zog den Kopf ein und presste die Lippen aufeinander. Charlie hob ihre Bierflasche an und versteckte ihr Grinsen dahinter.

Dagmar warf ihrem Mann noch einen warnenden Blick zu, dann drehte sie sich wieder um und ging mit hoch erhobenem Haupt voraus. Charlie und Vincent folgten ihr in gebührendem Abstand.

„Was meinst du damit?", fragte Charlie im Flüsterton. „Du kannst Dinge tun …?"

„Die Regeln", antwortete Vincent ebenso leise.

„Was ist damit?"

Er zwinkerte erneut. „Du musst sie einhalten. Ich nicht mehr."

8. Kapitel

„Es sieht nicht gut aus", sagte ihr Vorgesetzter Jan bei der Ermittlungsbesprechung am Montagmorgen und schüttelte den Kopf. „Wir haben nichts."

„Wir haben nicht nichts", sagte Stefan Fischer.

Stella konnte Stefan nach wie vor nicht einschätzen. Er sah gut aus, sehr gut, und das wusste er auch. Er war entsprechend arrogant und warf Stella Blicke zu, die sie widerlich fand. Gleichzeitig war er so etwas wie ein Kriegsheld, hatte einige Auslandseinsätze bei der Bundeswehr absolviert und mehrere Jahre bei der Antiterroreinheit GSG9 gearbeitet, bevor er zur Kriminalpolizei gewechselt war. Er war mutig und intelligent, und Stella ermahnte sich, ihn weniger als Mann, sondern mehr als Kollegen zu betrachten. Charlie und Stefan verstanden sich immerhin ziemlich gut, also konnte er nicht so unausstehlich sein, wie Stella dachte.

„Das sehe ich auch so", bekräftigte sie Stefans Aussage. Alle Blicke schnellten zu ihr und sofort bereute sie es, das Wort ergriffen zu haben. Ihre Wangen glühten und das ärgerte sie. Sie hatte gedacht, seit dem ersten Fall hier in der Ständigen Mordkommission etwas an Selbstvertrauen zugelegt zu haben.

„Ich meinte, wir haben keine verwertbaren Spuren und keine verfolgbare Ermittlungsstrategie", erklärte Jan gedehnt. „Oder siehst du das anders?"

„Ich habe das ganze Wochenende lang recherchiert und …"

„Ja, Vergeltung, blablabla", sagte Stefan. „Haben wir alle gelesen. Das hilft uns aber nicht."

Stella funkelte ihn an. „Hast du einen besseren Anhaltspunkt?"

„Habe ich."

Nun blickten alle zu ihm.

„Würdest du uns netterweise teilhaben lassen?", sagte Jan.

„Die Tochter Iris kommt heute aus dem Krankenhaus. Sie ist die engste Vertraute unseres Opfers. Sie und dieser Typ, Tobias."

„Und beide wurden schon befragt", gab Jan zurück.

„Ich glaube, wir müssen sie weiter befragen. Und noch einmal eine Hausdurchsuchung durchführen, am besten mit Iris zusammen."

„Jacob und Oliver haben die Hausdurchsuchung schon gemacht, sie haben nichts gefunden."

Stefan nickte den beiden besagten Kollegen zu. „Ja, schon klar. Aber nicht mit Iris."

„Was soll das bringen?", fragte Jan.

„Ich könnte mir vorstellen, dass es ziemlich motivierend sein kann, wenn die Tochter zusieht, wie wir uns durch die Privatsphäre ihrer Mutter wühlen. Vielleicht fällt ihr etwas ein. Vielleicht ist ihr aber auch schon längst etwas eingefallen, und sie wird durch ein solches Vorgehen dazu motiviert, ein bisschen offener mit uns zu sprechen."

Jan stierte ihn an.

Stella konnte nicht fassen, was sie da gerade hörte. „Du willst die Tochter traumatisieren, nur für den Fall, dass sie vielleicht etwas übersehen oder vergessen haben könnte?", fragte sie.

Stefan rollte demonstrativ mit den Augen und ignorierte ihren Einwand.

„Ich weiß nicht …", sagte Jan.

„Irgendwo müssen wir weitermachen", gab Stefan zurück.

„Bei den Akten", sagte nun Charlie, die bisher überraschend ruhig gewesen war. „Es ist durchaus wahrscheinlich, dass der Mord mit ihrem Job zu tun hatte. Sozialarbeiter können viel Schaden anrichten. Sie können, aus Sicht der Betroffenen, viel Unrecht verursachen. Wenn es im privaten Umfeld nichts zu finden gibt …"

„Das wissen wir nicht", unterbrach Stefan sie.

Charlie sah ihn an. „Nein, aber bevor wir mit Waterboarding beginnen, um aus den Angehörigen den letzten Krümel an Informationen herauszuquetschen, können wir dort suchen, wo wir gerade mal die Oberfläche angekratzt haben."

Stefan zuckte mit den Schultern und sah auffordernd zu Jan. Der wiederum deutete zu den IT-Spezialisten Arnd und Holger. „Was hat eure Recherche ergeben? Gibt es in den beruflichen Akten irgendetwas?“

„Nichts, was herausgestochen wäre. Als sie bei der Beratungsstelle für Jugendliche war, hatte sie viele Fälle mit Schulschwänzern, häuslicher Gewalt und Mobbing. Viele ähnliche Fälle, nichts, was auffällig gewesen wäre. Aber hier haben wir ein Problem.“

„Welches?“

„Viel bei dieser Arbeit war informell. Wir haben zwei ihrer Ex-Kollegen nach der Arbeit befragt. Es war eine Beratungsstelle. Viel lief ohne Protokoll, ohne Aktenanlage. Wir wissen also nur von jenen Akten, die offiziell geführt wurden.“

„Dann befragt die Ex-Kollegen noch einmal“, sagte Jan. „Vielleicht können sie uns etwas über informelle Akten sagen.“

Arnd nickte. „Danach, bei der Suchtberatung, war der Grad der Formalität höher, laut Kollegen wurde über jedes noch so kurze Gespräch eine Aktennotiz gemacht. Das lag an irgendeiner bürokratischen Vorgabe. Wir sind noch nicht alle Akten durch, aber auch hier gilt: nichts Auffälliges.“

Jan seufzte sichtlich frustriert. Stella konnte es ihm nachfühlen. Sie suchte Charlies Blick und stellte fest, dass die mit zusammengezogenen Augenbrauen auf ihr Handy starrte.

„Also schön, graben wir weiter“, sagte Jan. „Alle auf ihre Posten. Wir richten den Fokus auf die Kollegen des Opfers. Vielleicht fällt irgendjemandem irgendetwas ein. Charlie …“

Charlie reagierte nicht sofort. Stella streckte ihr Bein aus und stupste Charlies Fuß unterm Tisch an. Charlie blickte irritiert auf.

„Etwas, was du mit uns allen teilen möchtest?“, fragte Jan mit deutlich ungeduldigem Unterton.

Charlie steckte schnell ihr Handy weg. „Nö. Ich habe zugehört. Kollegen, Ex-Kollegen, kein Waterboarding. Alles notiert.“

Jan funkelte sie an, sagte aber nichts. Mit einer eiligen Handbewegung entließ er alle aus der Besprechung. Stella blickte Charlie fragend an, doch die ging wortlos an ihr vorbei aus dem Raum. Stella folgte ihr.

Sie gingen nach draußen und setzten sich in Charlies Wagen. Als Charlie keine Anstalten machte, loszufahren, sah Stella sie fragend an. „Was ist der Plan?"

Charlie starrte mit nachdenklichem Blick vor sich hin.

„Alles ... okay?", fragte Stella.

Charlie atmete tief durch, dann drehte sie ihr langsam den Kopf zu. „Ich muss dich etwas fragen", sagte sie.

Stella hob überrascht die Augenbrauen. Charlie war noch nie mit irgendetwas an sie herangetreten. Und ihr Tonfall wirkte irgendwie ... fremd.

„Okay", sagte Stella.

„Es ist vertraulich", sagte Charlie.

Nun war Stella mehr als gespannt. „In Ordnung."

„Dein Vater hat ziemlich viel Einfluss, richtig?"

Stella seufzte und wandte den Blick ab. Sie hatte den Großteil ihrer beruflichen Laufbahn versucht, eine strikte Trennlinie zwischen sich und ihrem Vater zu schaffen. Sie nutzte sogar den Mädchennamen ihrer verstorbenen Mutter anstelle des Nachnamens ihres Vaters, nur, um als eigenständige Person wahrgenommen zu werden. Charlie wusste das. Auf was auch immer Charlie hinauswollte, Stella hatte vor, nicht darauf einzugehen.

„Stella, es ist wichtig, okay? Sonst würde ich nicht auf dich zukommen."

„Worum geht es?", fragte Stella.

„Bevor ich dir das sage, brauche ich deine Einschätzung zur Arbeitsweise deines Vaters."

„Ich habe keine Ahnung von der Arbeitsweise meines Vaters."

„Vielleicht kannst du mir diese Frage trotzdem beantworten: Denkst du, er ist grundsätzlich gewillt, Dinge zu tun, die nicht ganz nach Protokoll ablaufen?"

Nun drehte Stella Charlie wieder den Kopf zu. „Was soll das heißen?"

„Nehmen wir an, es gibt einen offenen Kriminalfall. Und es gäbe die Option, diesen Fall abzuschließen. Dafür müsste man aber eine Zeit lang unter dem Radar fliegen, vielleicht ein paar Kompromisse eingehen ..." Sie brach ab und sah Stella fragend an.

Stella dachte einen Moment lang nach, aber sie brauchte nicht lange, um zu verstehen, welche Bedeutung diese kryptischen Worte hatten. „Es geht um Bela Rottenbach, richtig?"

Charlie deutete ein Lächeln an. „Du bist schlau."

„Ja, bin ich. Was ist mit Rottenbach? Er ist auf der Flucht, oder? Wie willst du …"

„Er hat mich kontaktiert."

Stella öffnete den Mund und starrte Charlie an. Sie brauchte ein paar Sekunden, um diese Information zu verarbeiten. „Was soll das heißen?", sagte sie dann.

„Er hat mich angerufen. Wir haben uns getroffen. Er will die Sache klären."

„Er hat … Ihr habt … *Was?* Charlie! Er ist ein Mörder!"

„Das gilt es noch zu belegen."

Stella schüttelte den Kopf und blickte nach draußen. „Er steht auf der *Interpol-Most-Wanted*-Liste. Mit so etwas spaßt man nicht. Für so etwas gibt es Spezialteams."

„Wir *sind* ein Spezialteam, Stella."

Sie sah Charlie wieder an. „Wieso hat er dich angerufen? Gerade dich? Habt ihr … Seid ihr …?"

„Was?! Nein!", fuhr Charlie sie an.

„Ich verstehe gerade gar nichts."

„Ich habe in seinem Fall ermittelt", erklärte Charlie.

„Das weiß ich. Und du hast ihn angeschossen."

„Ja, schon. Aber davor … ich meine, bis dahin … Er hat immer versucht, mich auf seine Seite zu ziehen. Er hat seine Unschuld beteuert. Das tut er immer noch. Es gab viele Befragungen. Wahrscheinlich dachte er … Keine Ahnung. Vielleicht vertraut er mir."

„Du hast ihn angeschossen", wiederholte Stella. „Da soll er gerade dir vertrauen?"

„Das tut überhaupt nichts zur Sache. Wichtig ist, dass er sich stellen möchte."

„Gut. Wann und wo?", fragte Stella und hörte selbst, wie süffisant diese Worte über ihre Lippen kamen.

„Okay, stellen ist das falsche Wort. Er möchte die Sache hinter sich bringen.“

„Einen Mord bringt man nicht einfach hinter sich.“

„Was, wenn er es wirklich nicht war, Stella? Was, wenn er die Wahrheit sagt? Dann bin ich dafür mitverantwortlich, dass sein Leben seit gut einem Jahr eine Katastrophe ist.“

„Wie kommst du auf den Gedanken, dass er die Wahrheit sagt? Ich kenne seinen Fall bestimmt nicht so gut wie du, aber ich weiß, dass sich alle einig waren, dass die Beweise überdeutlich gegen ihn sprachen.“

„Beweise kann man inszenieren, Stella.“

Sie sah Charlie einen Moment lang an. „Hast du Grund zur Annahme, dass sie in diesem Fall inszeniert wurden?“

Charlie presste die Lippen fest aufeinander. Stella konnte ihr ansehen, dass sie überlegte, wie viel sie Stella erzählen wollte.

„Du kannst mir vertrauen“, erklärte Stella.

Charlie nickte knapp. „Ja. Ich weiß. Ich bin nicht sicher, was die Beweise angeht. Aber … es gab Lücken im Fall. Zunächst, meine ich. Lücken, die sich sehr schnell und sehr effizient geschlossen haben. Etwas zu effizient. Dinge haben zu gut zusammengepasst und …“ Sie brach ab und schluckte. „Es gab diesen Moment. Da waren nur er und ich. Er wollte fliehen und ich habe ihn in letzter Minute aufgespürt. Er ist weggelaufen und ich bin ihm nach. Ich hatte schon Verstärkung gerufen, aber … zu diesem Zeitpunkt waren wir alleine. Er lief, dann blieb er plötzlich stehen, drehte sich um und hielt die Hände hoch. Er sah mich an. Dieser Blick, Stella, ich … Bis zu diesem Moment war ich sicher, dass er schuldig war. Und dann stand er da und sah mich an und sagte … Er sagte: ‚Sie wissen, dass etwas faul ist. Helfen Sie mir.‘“

Stella starrte sie gebannt an. Sie hatte diese Geschichte noch nie gehört. „Nur, weil er das gesagt hat …“

Charlie zuckte mit den Schultern. „Es war so ein Gefühl. Ich habe es weggeschoben. Habe auf meine Intuition gepocht. Ich habe ihm nicht weiter zugehört, sondern auf ihn gezielt. Er dachte nicht, dass ich schieße. Er dachte, er hätte mich auf seiner Seite. Aber ich habe geschossen. Und seitdem …“ Sie atmete tief ein. So offen hatte Stella Charlie noch nie erlebt. „… seitdem verfolgt mich dieser Fehler. Ich

habe die Möglichkeit, ihn auszubessern. Aber ich denke ... Ich denke,
ich brauche Hilfe."

9. Kapitel

„... ich denke, ich brauche Hilfe." Charlie fühlte sich nicht besonders wohl dabei, sich so öffnen zu müssen. Sie fühlte sich entblößt und entwaffnet und verletzlich. Sie war nichts von alledem und sie legte keinerlei Wert darauf, sich in eine solche Position zu bringen.

Doch Bela hatte sich gemeldet. Vorhin, als sie in der Ermittlungsbesprechung gesessen hatte, hatte ihr Handy vibriert. Er hatte ihr eine kurze Nachricht geschrieben. Sie hatte nur ein einziges Wort enthalten.

Und?

Tja, das war eine gute Frage. Was sollte sie tun? Gar nichts? Alles? Aber wenn sie ehrlich zu sich selbst war, dann wusste sie, was sie zu tun hatte. Belas Fall hatte sie nie losgelassen. Er hatte sie bis in ihre Träume verfolgt. Sie hatte die Möglichkeit, die Sache abzuschließen. Also ja, sie wusste im Grunde sehr genau, was sie zu tun hatte. Sie wusste aber auch, dass sie es alleine nicht schaffen würde.

Ein solcher Gedanke hätte sie noch vor ein paar Monaten Gift und Galle spucken lassen. Aber Charlie versuchte zu wachsen. Sie versuchte zu lernen. Im Grunde ihres Wesens war sie eine Einzelkämpferin, das würde sich auch nie ändern. Aber jetzt, mit ihrem neuen Team, hatte sie gelernt, dass es manchmal notwendig war, andere miteinzubeziehen. Und im Fall Bela Rottenbach wusste sie bereits jetzt, dass sie nicht sehr weit kommen würde, wenn sie alleine kämpfte. Da kam Stella ins Spiel. Stella mit ihren weitreichenden Verbindungen in die höchsten politischen Kreise.

Doch Stella schwieg schon eine ganze Weile.

„Und?", fragte sie nun und wiederholte damit Belas Nachricht.

„Ich weiß nicht ...", sagte Stella.

Charlie hatte damit gerechnet, dass Stella zurückhaltend reagieren würde. Sie mochte es nicht, auf ihren Vater angesprochen zu werden. Das konnte Charlie ihr auch ziemlich gut nachempfinden. Aber in diesem Fall musste sie die Mauer der noblen Zurückhaltung durchbrechen. Charlie wusste auch, wie ihr das gelingen würde.

„Dann mach dir selber ein Bild“, sagte sie.

„Wie bitte?“, fragte Stella.

„Mach dir ein Bild. Triff dich mit ihm.“

Stella schüttelte den Kopf. „Das kommt einer Verschwörung gleich, Charlie!“

Charlie winkte ab. „Übertreib mal nicht. Ich weiß, dir sind Regeln wichtig. Das respektiere ich. Du brichst auch keine davon, wenn du dich mit uns triffst. Du sollst nur zuhören. Lies dir die Akte durch. Und dann triff dich mit uns und stell ihm alle Fragen, die dir wichtig erscheinen. Du hast ein gutes Gespür für Menschen. Das weiß ich genau. Du bist empathischer als der Rest des Teams. Mich eingeschlossen. Mach dir selbst ein Bild und sag mir danach, was du denkst. Okay?“

Charlie sah, dass sie den richtigen Punkt getroffen hatte. Stellas Gesichtsausdruck spiegelte jene Entschlossenheit wider, auf die Charlie mit ihren Worten abgezielt hatte.

Stella nickte knapp. Dann sagte sie: „Ist gut.“

Charlie lächelte sie dankbar an und wollte gerade den Motor starten, als Stefan vor ihrem Wagen auftauchte und ihr hektisch zuwinkte. Sie ließ das Fenster herunter. „Was ist los?“, fragte sie.

„Gut, dass ihr noch da seid. Sieht aus, als ob wir endlich weiterkommen.“

„Wieso? Was hast du gefunden?“

Stefan grinste. „Ich? Gar nichts. Aber Dirk Epperich.“

Diesen Namen hatte Charlie noch nie gehört. „Wer zur Hölle ist Dirk Epperich?“

„Ein besorgter Anrainer, der alarmiert war, weil die Jalousien im Haus seiner Nachbarin seit zwei Tagen geschlossen sind. O ja, du vermutest richtig, Charlie. Wir haben ein weiteres Opfer.“

Charlie brauste mit Blaulicht durch die Stadt und kam vierzig Minuten später in der kleinen Gemeinde am nördlichen Stadtrand an, in der der Mord passiert war. Als sie aus dem Wagen stieg, drängte sich das Gefühl eines Déjà-vus auf. Wieder ein kleiner Ort. Wieder ein Einfamilienhaus mit geschlossenen Jalousien. Das Grundstück war bereits weitläufig abgesperrt worden, und Charlie sah sowohl die Wagen der Kollegen der Spurensicherung als auch Doktor Steiners Auto. Sie ging mit Stella zur Absperrung, ließ sich einen Schutzanzug geben und betrat eilig das Haus.

Als sie durch die Tür treten wollte, stieß sie fast mit einem Mann der Spurensicherung zusammen. Sie stolperte und wurde fest am Oberarm gepackt, um nicht rücklings die Eingangstreppen hinunterzufallen.

„Hoppla", sagte der Mann.

Da erkannte sie, dass es Toni, der Tatortfotograf, war. Sie machte eilig einen Schritt zurück und stieß nun mit Stella zusammen, die dicht hinter ihr stand. „Sorry!", sagte sie zu Stella.

„Hallo, Toni", sagte Stella und schubste Charlie leicht in seine Richtung, um sich in der Tür an ihr vorbeiquetschen zu können.

Charlies Hand entwickelte ein Eigenleben, ging nach oben und suchte nach einer Haarsträhne, die Charlie zurückstreichen konnte. Dabei griff Charlie ins Leere, weil ihre Haare von der Kapuze des Schutzanzugs verdeckt waren. Eilig ließ sie den Arm wieder sinken.

„Wo liegt sie?", fragte Charlie.

Toni ging etwas in die Knie, um Charlie zu zwingen, ihm in die Augen zu sehen. An den kleinen Fältchen um seine grauen Augen sah Charlie, dass er lächelte. „Alles okay?", fragte er sie.

„Ja. Klar. Ich bin so schnell gekommen, wie ich konnte. Oder … was meinst du?"

Er deutete auf ihren Ellbogen und Charlie merkte, dass sie sich mit der rechten Hand den linken Ellbogen rieb. Eilig verschränkte sie die Arme vor der Brust und fragte sich, warum sie sich so eigenartig benahm.

„Ja, alles okay. Wo liegt sie?", fragte sie erneut.

„Du bist wie immer voll im Fokus. Das mag ich so an dir", sagte er, als wäre ein solches Kompliment das Normalste auf der Welt. War es aber nicht. Niemand sprach je so mit Charlie. Niemand, der sie kannte. Weil jeder wusste, dass sie solche Bemerkungen als unwillkommenes Geschleime auffasste. Aber Toni war anders. Ihm war es ganz offensichtlich egal, wie sie etwas auffasste. Er sagte freiheraus, was er dachte. Das brachte Charlie für einen Augenblick zum Lächeln.

„Danke", sagte sie, weil ihr nichts Besseres einfiel.

„Sie liegt auf dem Küchentisch", sagte Toni und nahm Charlie sanft am Oberarm, um sie durch das Vorzimmer Richtung Küche zu führen. Zu Charlies eigener Überraschung ließ sie diese beiläufige Berührung zu. „Ich habe mir die Fotos vom ersten Mord angesehen. Da hatte ich Urlaub. Musste meine Mutter besuchen. Einmal bin ich nicht vor Ort, schon bricht hier das Chaos aus." Er zwinkerte ihr zu, und Charlies Lächeln wurde breiter.

Doch dann trat sie an den Eingang der Küche und das Lächeln erstarb. „Scheiße", flüsterte sie.

„Ja. Es ist wie beim ersten Mord, richtig?", fragte Toni. Er ließ ihren Oberarm los.

Charlie nickte. Sie blieb wie erstarrt stehen, den Blick auf die Frau mit dem entblößen Oberkörper gerichtet.

„Wieder ein Serientäter", sagte Toni leise.

„Ich weiß nicht, warum ich überrascht bin", sagte Charlie.

Sie hatten die Möglichkeit natürlich in Betracht gezogen. Sie waren davon ausgegangen, dass der Täter noch nicht fertig war. Aber sicher waren sie nicht gewesen. Sie hatten gehofft, dass es bei einem geheimnisvollen Mord blieb. Dass der Täter nicht noch mehr grausame Botschaften hatte. Und nun das.

„Sei froh", sagte Toni.

Sie blickte ihn fragend an.

„Dass dich Dinge noch überraschen können, meine ich", sagte er. „Es bedeutet, dass du noch lange nicht fertig bist."

„Womit?"

„Die Welt von den Bösen zu befreien", gab er zurück, strich ihr sanft über den Oberarm, drehte sich von ihr weg und ging.

Sie blickte ihm kurz nach und fühlte sich ein bisschen besser. Nein, nicht besser. Stärker.

Sie sah wieder zu der Leiche und ging dann auf Stella zu, die bereits einmal um den Küchentisch gegangen war und sich die Leiche von allen Seiten angesehen hatte.

„Es ist genau das Gleiche“, sagte Stella.

Charlie nickte. Ein Messer im Herzen. Zwei Nägel in den offenen Augen. „Wer ist sie?“

„Nathalie Morlocher“, antwortete Stella. „Ich habe bereits mit dem Kollegen gesprochen, der als Erster vor Ort war. Der Nachbar, der Alarm geschlagen hat, wurde bereits befragt. Sie ist neununddreißig Jahre alt. Krankenschwester. Single. Keine Kinder.“

Sofort begann Charlies Gehirn, auf Hochtouren zu laufen. Sie suchte nach Parallelen der beiden Opfer. Eine Sozialarbeiterin, eine Krankenschwester. Beide Single. Sonst noch etwas?

Sie betrachtete die Frau. Ihre Augen waren braun, ihre Haare schulterlang, glatt und fast schwarz. Sie war schlank, aber nicht so dürr, wie Marianne Feldberg es gewesen war. Klein. Stämmige Beine, die in dicken Strumpfhosen steckten. Darüber trug sie einen Wollrock. Die Kleidung war weitgehend unversehrt, die Weste hatte der Täter einfach aufgeknöpft, das Unterhemd darunter war offenbar mit einer Schere aufgeschnitten worden. Ein bedachtes Vorgehen. Keine große Leidenschaft, keine rasende Wut. Nicht auf den ersten Blick jedenfalls. Und vermutlich würde der Obduktionsberichtdiesen Eindruck bestätigen.

Charlie starrte in die toten Augen. „Braune Augen“, sagte sie. „Wie bei Marianne.“

„Meinst du, das hat etwas zu bedeuten?“, fragte Stella.

Charlie sah sie kurz an. „Hast du nicht gesagt, alles hat etwas zu bedeuten?“

Stella lächelte kurz. „Potenziell, ja.“

Charlie nickte. Dann ging ihr Blick zum Messergriff. „Die Botschaft?“, fragte sie.

„*Decisio*“, las Stella vor. „Latein für Entscheidung. Oder Abkommen.“

„Aufdeckung. Entscheidung. Was soll das bedeuten?“, fragte Charlie.

„Ich werde es herausfinden. Mit zwei Begriffen kann ich die Suche besser einschränken.“

„Okay. Gut.“

Charlie wandte sich ab. Sie hatte genug gesehen. Eine Kopie des ersten Mordes. Sie ging nach draußen und fühlte sich leer. Erneut standen sie ganz am Anfang. Erneut mussten sie beginnen, das private und berufliche Umfeld zu durchkämmen.

Und erneut werden wir nichts finden.

10. Kapitel

STELLA konnte der Stationsleiterin ansehen, dass diese um Fassung rang. Sie hatte ihre langjährige Mitarbeiterin, die Krankenschwester Nathalie Morlocher, bisher nicht vermisst, weil diese übers Wochenende freigehabt hatte und heute erst zur Nachtschicht hätte arbeiten sollen. Und jetzt saßen Stella und Charlie vor ihr und hatten ihr mitgeteilt, dass Nathalie tot war. Brutal ermordet.

Die Stationsleiterin fuhr sich mit zittrigen Fingern durchs grau melierte Haar und sog ein paarmal Luft ein. Ihre Augen waren glasig. „Entschuldigen Sie bitte", sagte sie leise und schluckte. „In meinem Job ist man daran gewöhnt, viel zu sehen und viel zu ertragen, aber das … Ich weiß nicht, was ich sagen soll."

„Es tut mir sehr leid, Frau Brunnmann", sagte Stella.

Die Frau nickte, dann stand sie ruckartig auf. Stella und Charlie taten es ihr gleich.

„Ich brauche eine Zigarette", sagte sie und war schon zur Tür hinaus, bevor Stella etwas sagen konnte.

Stella und Charlie folgten der Stationsleiterin durch die langen, sterilen Gänge des Stadtkrankenhauses, bis sie ganz am Ende des Nordtraktes durchs Treppenhaus hinaus zur Fluchttreppe gelangten. Ein Blick auf den Boden verriet Stella, dass dies hier ein sehr beliebter Rauchertreffpunkt war, einer, der schneller und diskreter zu erreichen war als der Außenbereich acht Stockwerke unter ihnen.

Eisiger Wind blies ihnen um die Ohren, und Frau Brunnmann brauchte ein paar Anläufe, um das Feuerzeug zum Brennen zu bringen. Sie zog ein paarmal gierig an ihrer Zigarette, dann entkrampften sich ihre Schultern etwas.

„Was ist passiert?", fragte sie.

„Der Täter ist in Frau Morlochers Haus eingetreten, hat sämtliche Jalousien heruntergelassen und sie betäubt, gefesselt und geknebelt. Der Todeszeitpunkt war Samstagnacht. Zwei Uhr", antwortete Stella.

Frau Brunnmann sah sie lange an, als müsste sie die Bedeutung dieser Worte für sich einordnen. „Aber … wie?"

„Sie wurde erstochen", erklärte Charlie geradeheraus.

Die Augen der Stationsleiterin weiteten sich und sie nahm ein paar weitere Züge von ihrer Zigarette. Als diese aufgeraucht war, warf sie sie achtlos auf den Boden und zündete sich sofort eine neue an. Sie schüttelte den Kopf. „Sie wurde überfallen?"

Stella und Charlie wechselten einen Blick. Es hatte auch hier keine Einbruchsspuren gegeben. Keine Kampfspuren. Laut Doktor Steiner keine Anzeichen von Missbrauch. Aber er hatte auch hier Barbiturate im Blut nachweisen können. Der Täter war bei diesem Mord exakt gleich vorgegangen wie beim ersten.

Ob es auch hier eine kleine Teerunde zwischen Täter und Opfer gegeben hat?

Als weder Stella noch Charlie sofort auf ihre Frage nach einem Überfall antworteten, trat die Stationsleiterin ungeduldig von einem Bein aufs andere. „Was ist?"

„Wir glauben, dass Täter und Opfer sich gekannt haben", sagte Charlie.

Es war wie ein Drehbuch. Als hätten sie all das schon einmal erlebt. Und das hatten sie ja auch. Die Stationsleitung reagierte genauso wie jede einzelne andere Person, die sie im ersten Mordfall befragt hatten. Nämlich mit einem reflexartigen Kopfschütteln. „Nein", sagte sie bestimmt.

„Kannten Sie Frau Morlocher gut?", fragte Stella.

„Natürlich. Wir arbeiten seit über zehn Jahren zusammen."

„Sind Sie befreundet?"

„Arbeitsfreunde, würde ich sagen."

Stella nickte. „Haben Sie auch manchmal etwas privat miteinander gemacht?"

Frau Brunnmann rauchte mit wenigen energischen Zügen ihre Zigarette auf und ließ sie fallen. Sie machte allerdings keine Anstalten, wieder hineingehen zu wollen. „Ja. Manchmal. Nicht regelmäßig."

„Aber Sie haben sich miteinander unterhalten? Auch über Privates?", hakte Stella nach.

„Schon, ja.“

„Können Sie uns etwas über ihre Kollegin erzählen? Über ihre Familie, Freunde oder Exfreunde?“

Die Stationsleiterin nickte, dann holte sie eine nächste Zigarette aus der Schachtel und zündete sie an. „Nathalie hat vier Geschwister. Sie ist die Jüngste. Ihre Eltern sind sehr alt und leben in irgendeinem Pflegeheim. Wo, weiß ich nicht. Ihre Geschwister leben alle recht weit weg. Manche sind wegen Heirat weggezogen, andere wegen des Jobs. Sie hatte keinen Freund. Aktuell, meine ich. Es gab mal jemanden. Einen Unternehmer. Er war hier über mehrere Jahre in Behandlung. Chronische Krankheit. Er … ist verheiratet.“ Frau Brunnmann schnaubte und verzog missbilligend die Lippen. „Ich habe Nathalie immer gesagt, dass diese Affäre eine dumme Idee ist. Aber sie wollte ja nicht hören.“

Es sprach ziemlich viel Bitterkeit aus diesen Worten, der Stella gern auf den Grund gehen wollte. Doch im Moment war es wichtig, Frau Brunnmann einfach sprechen zu lassen.

„Wie hat der Mann geheißen?“, fragte Charlie, die wieder ihren Notizblock in der Hand hielt.

Die Stationsleiterin zögerte, dann wandte sie den Blick ab. „Es war eine Affäre … Wie gesagt, er ist verheiratet und war stets sehr darauf bedacht, diese Beziehung geheim zu halten.“

„Wir sind keine Reporter von der Klatschpresse, Frau Brunnmann. Aber wir müssen Frau Morlochers Umfeld genau überprüfen“, erklärte Charlie in fast schon barschem Ton. „Also sagen Sie uns bitte, was Sie wissen.“

Frau Brunnmann seufzte. „Rudolph Seitzthaler. Er ist Geschäftsführer einer Immobilienentwicklungsfirma. Solovia.“

Stella horchte auf, während Frau Brunnmann kurz verstummte und gedankenverloren an ihrer Zigarette zog. Solovia war nicht irgendein Unternehmen. Es war einer der größten Konzerne im Land. Die realisierten Projektvolumen mussten im Milliardenbereich liegen. Kein Wunder, dass ein Mann, der ein solches Imperium leitete, eifrig darauf bedacht war, seine schmutzige Wäsche nicht in der Öffentlichkeit zu waschen.

Die Stationsleiterin trat die Zigarette aus und sprach weiter. „Die beiden hatten viele Jahre eine Affäre. Als sie drohte, alles auffliegen zu lassen, weil er sie immer hingehalten, aber nicht danach agiert hat, hat er sie verlassen, alle Zelte in der Stadt abgebrochen und ist irgendwo aufs Land gezogen. Soweit ich weiß, ist er immer noch verheiratet. Er und seine Ehefrau haben drei Kinder." Erneut verzog sich ihr Mund, diesmal wirkte sie geradezu angeekelt.

„Vielen Dank", sagte Charlie und kritzelte ein paar Notizen in ihren Block.

„Gibt es sonst Personen, mit denen Nathalie ein Problem gehabt haben könnte?", fragte Stella.

Die Stationsleiterin zuckte mit den Schultern. „Nicht, dass ich wüsste."

„Patienten? Angehörige? Personen von früher?"

Frau Brunnmann schüttelte den Kopf. „Nein. Wenn, hat sie mir nichts davon erzählt."

„Sie sagten, Frau Morlocher war über zehn Jahre ihre Kollegin", sagte Charlie. „Was hat sie davor gemacht?"

„Sie hat studiert, dann aber abgebrochen und die Ausbildung zur Krankenschwester gemacht. Ihr Praktikum hat sie hier absolviert, dann war sie ein paar Jahre als Schulkrankenschwester tätig, das hat ihr aber nicht so gefallen, und sie kam wieder hierher zurück."

„Welche Schule?", fragte Charlie.

„Die Realschule am Stadtpark. Das ist, wenn sie so wollen, eine Brennpunktschule. So heißt das doch heute, oder?"

Charlie nickte. „Gab es dort irgendwelche Probleme, von denen Sie wissen?"

„Es war eine Brennpunktschule, wie ich schon sagte. Ich könnte mir vorstellen, dass es dort oft Probleme gab. Aber Nathalie hat mir von keinem konkreten Fall erzählt." Frau Brunnmann wandte sich zur Tür. „Können wir wieder hineingehen?", fragte sie.

„Natürlich. Wir sind ohnedies gleich fertig", sagte Stella. „Wir müssen Sie leider auch nach Ihrem Alibi fragen."

Frau Brunnmann blieb mit der Hand auf der Türklinke stehen und sah Stella mit einem fast traurigen Blick an. „Wann? Wann ist es noch gleich passiert?"

„Samstagnacht. Zwei Uhr."

„Ich hatte Nachtdienst. Das können Sie im Dienstprotokoll nachlesen. Normalerweise habe ich als Stationsleitung Bürozeiten. Montag bis Freitag, sieben bis fünfzehn Uhr. Aber wir haben Personalmangel. Ich muss ständig für irgendwen einspringen. Und jetzt ist auch noch Nathalie …" Sie brach ab, ließ den Kopf hängen und wischte sich verstohlen eine Träne aus dem Auge

„Es tut mir sehr leid", sagte Stella noch einmal. „Wir sind mit unserer Befragung fürs Erste fertig. „Es kann sein, dass wir uns noch einmal melden."

Frau Brunnmann nickte knapp, dann drehte sie sich um und ging.

Stella blickte Charlie an. „Was denkst du?"

Charlie blickte auf ihren Notizblock. „Ich denke, wir müssen dem Herrn Unternehmer einen kleinen Besuch abstatten."

11. Kapitel

DER Unternehmenssitz von Solovia befand sich im Stadtzentrum, doch Rudolph Seitzthaler hatte sich ein ruhiges Außenbüro auf dem Land eingerichtet. Es befand sich in einer kleinen Gemeinde etwa eine Stunde außerhalb der Stadtgrenzen. Charlie und Stella hatten im Sekretariat erfragt, wann Herr Seitzthaler anzutreffen war, und kamen abends bei dem kleinen Bürogebäude an. Im Erdgeschoss befanden sich ein kleines Café und ein Discounter, im ersten und zweiten Stock lagen die Büros. In einem davon brannte Licht. Charlie klingelte. Kurz darauf kam ein großer Mann im Anzug an die Tür und öffnete diese einen Spalt.

„Die Bürozeiten von der Steuerberatung Meier sind schon vorbei. Und *bitte* sagen Sie Herrn Meier, dass er endlich seine Gegensprechanlage reparieren soll. Es ist eine Zumutung, dass ständig alle bei mir klingeln", sagte er und funkelte Charlie und Stella verärgert an.

„Wir wollen zu Ihnen, Herr Seitzthaler", gab Charlie zurück. „Mein Name ist Charlie Bekker und das ist meine Kollegin Stella Meislow. Wir sind von der Kriminalpolizei."

Er sah sie überrascht an, dann öffnete er die Tür. Charlie betrachtete den Mann. Er war fast zwei Köpfe größer als sie, hatte breite Schultern und einen kleinen Bauchansatz, der aber gut zu seiner stämmigen Statur passte. Sein Haar war dicht und dunkelgrau, seine Augen grün, sein Gesicht durchaus attraktiv.

„Was kann ich für Sie tun?", fragte er und zog die Stirn in Falten. „Kommen Sie erst mal herein." Er trat einen Schritt zurück und bat die beiden Ermittlerinnen mit einer Handbewegung einzutreten. Sie gingen durch das kleine Foyer zu einem Lift und fuhren in den zweiten Stock. Dort bat Herr Seitzthaler Charlie und Stella in sein Büro, wo er ihnen zwei Stühle anbot und sich selbst hinter seinen Schreibtisch setzte.

Charlie entschied sich, gleich zur Sache zu kommen. Der Unternehmer wirkte wie jemand, der starke Nerven hatte. Da war es kaum notwendig, um den heißen Brei herumzureden oder Stellas mitfühlende Wir-sind-für-Sie-da-Stimme an den Tag zu legen. „Nathalie Morlocher", sagte sie geradeheraus.

Der Mann zeigte keine Reaktion. Er sah Charlie ruhig an und verzog keine Miene. „Was ist mit ihr?", fragte er nach einigen Sekunden. Offenbar hatte er beschlossen, nicht so zu tun, als würde er den Namen nicht kennen. Immerhin etwas.

„Sie wurde ermordet", antwortete Charlie.

Rudolph Seitzthalers Pokerface veränderte sich nicht im Geringsten. Da war kein schockiertes Nach-Luft-Schnappen, kein schweres Schlucken, keine Augen, die sich vor Schrecken weiteten. Nichts. Charlie wartete ab. Wieder vergingen ein paar Sekunden in völliger Stille.

„Was soll das heißen?", fragte Rudolph Seitzthaler dann mit einem kaum wahrnehmbaren Zittern in der Stimme. Charlie hörte es trotzdem.

„Das soll heißen, dass jemand in ihr Haus gegangen ist, sie betäubt und anschließend erstochen hat. Samstagnacht, um genau zu sein."

Der Mann senkte den Blick und starrte einen Moment auf seine ineinander verschränkten Finger. Dann nickte er langsam. „Das ist unfassbar."

„Wie gut kannten Sie Frau Morlocher?"

„Ganz … gut."

Charlie musste diese Befragung mit Bedacht durchführen, hatte aber gleichzeitig Schwierigkeiten, Geduld zu bewahren. Der Mann wirkte wie ein wandelnder Eisklotz. Keine Gefühlsregung war zu erkennen, kein Wort zu viel kam ihm über die Lippen.

„Wie, was, wo, wann, Herr Seitzthaler?", hakte Charlie nach. „Ich würde Sie bitten, uns nicht zu zwingen, Ihnen jedes Wort aus der Nase zu ziehen. Das macht das Ganze hier nicht einfacher. Weder für uns noch für Sie."

Der Unternehmer nickte. Dann lehnte er sich langsam zurück, legte einen Ellbogen auf die Stuhllehne und trommelte mit den Fingern der anderen Hand auf dem Schreibtisch. „Wir hatten eine Affäre", sagte er geradeheraus. „Aber ich schätze, das wissen Sie bereits, sonst wären Sie nicht hier."

Na, das ist ja mal erfrischend ehrlich.

Charlie machte eine auffordernde Geste.

„Ich war bis vor einem halben Jahr im Stadtkrankenhaus in Behandlung. Acht Jahre lang. Nathalie und ich haben uns vor fünf Jahren dort kennengelernt. Sie hat auf der Station ausgeholfen, auf der ich behandelt wurde. Müssen wir hierzu ins Detail gehen?"

„Wenn Sie wissen wollen, ob Sie uns über Ihre Krankheit aufklären müssen – nein. Bisher noch nicht, jedenfalls", erklärte Charlie. „Das hier ist eine einfache Befragung."

„Ich bin kein Verdächtiger?" Ein Mundwinkel des Unternehmers zuckte.

„Bisher noch nicht", sagte Charlie wahrheitsgemäß und machte noch eine auffordernde Geste.

Herr Seitzthaler nickte. „Wie gesagt, wir haben uns vor fünf Jahren kennengelernt. Seitdem haben wir uns regelmäßig getroffen."

„Heimlich?", fragte Charlie.

„Ja. Ich bin verheiratet."

Charlie nickte und betrachtete den Mann eingehend. Nach wie vor wirkte er auf sie wie ein Eisklotz. Er gab diese Informationen in einem Tonfall von sich, den Meteorologen beim Hinunterbeten der Wettervorhersage benutzten.

Charlie sah, dass Stella neben ihr das Tablet aus der Tasche zog und ein paar Notizen anfertigte. Sie fuhr mit ihrer Befragung fort. „Sie wirken nicht sehr erschüttert, Herr Seitzthaler." Charlie hatte die Erfahrung gemacht, dass Eisklötze besser auf provokante Befragungsstrategien reagierten.

„Die offene Zurschaustellung von Gefühlen liegt nicht in meiner Natur, Frau …?"

„Bekker. Wann haben Sie Frau Morlocher zum letzten Mal gesehen?"

„Als ich mich von ihr getrennt habe. Vor sieben Monaten." Bevor Charlie nachfragen konnte, griff der Unternehmer nun seinerseits zu seinem Tablet, drückte ein paarmal auf dem Display herum und sagte dann: „Das muss am vierten August gewesen sein."

Charlie nickte und überlegte, ob sie fragen sollte, warum der Unternehmer Termine mit seiner heimlichen Geliebten in seinen

Kalender eintrug. Aber vermutlich stand da irgendein Codename. Sie würde es noch herausfinden. „Wie verlief die Trennung?"

„Unschön." Wieder eine einsilbige Antwort. Herr Seitzthaler nahm Charlies warnenden Blick wahr und sprach schnell weiter. „Nathalie hat seit längerem Druck ausgeübt. Und das, obwohl von Anfang an vereinbart war, dass das zwischen uns nur eine Affäre ist. Ich würde meine Frau nie verlassen."

Nur betrügen, lag es Charlie auf der Zunge, doch sie sagte nichts. Sie blickte Stella kurz von der Seite an und sah, dass diese den Mann voller Abscheu betrachtete. Ihr mangelte es an der Fähigkeit des Unternehmers, ein rigoroses Pokerface zu zeigen. „Weiter", forderte Charlie ihn auf.

„Wir haben gestritten, sie wurde hysterisch … Mir war klar, dass das ein böses Ende nehmen würde. Ich bin jemand, der Nägel mit Köpfen macht. Und ich bin jemand, der gerne vorausplant. Was ich damit sagen will: Ich habe schon eine Zeit lang geplant, ein Außenbüro anzumieten. Ich bin durch meine Arbeit in der Immobilienentwicklung ohnedies häufig vor Ort bei den Projekten, die wir finanzieren. Wenn ich mal in meinem eigenen Büro arbeite, muss das nicht zwangsweise mitten in der Stadt sein. Ich … Ich wollte irgendwann einfach nur meine Ruhe haben, verstehen Sie? Und als Nathalie dann … unberechenbar wurde, habe ich entschieden, dass der Umzug stattfinden muss. Meine Frau wollte schon lange aufs Land ziehen, für die Kinder ist es auch besser als in der Stadt. Es war die richtige Entscheidung."

Übersetzung: Die Ehefrau musste nicht lange überzeugt werden, dachte Charlie.

„Und seit Ihrem Streitgespräch haben Sie Nathalie nie wieder gesehen? Gehört? Gelesen?"

„Ich habe ihre Nummer blockiert. Gesehen habe ich sie nicht mehr, nein."

„Sie sind nicht mehr in Behandlung?"

„Nicht im Stadtkrankenhaus. Mein behandelnder Arzt hat auch eine private Praxis. Dort gehe ich hin."

„Was haben Sie in der Nacht von Samstag auf Sonntag gemacht?", fragte Charlie weiter.

Der Unternehmer blinzelte ein paarmal. Nun wirkte er ein bisschen irritiert. Allerdings nur für den Bruchteil einer Sekunde. Dann war er wieder Mister Eisklotz. „Ich war zu Hause. Bei meiner Familie.“

„Ihre Ehefrau kann das also bezeugen? Sie waren die ganze Nacht bei ihr?“

Charlie konnte beobachten, wie Rudolph Seitzthalers Pokerface geradezu von seinem Gesicht rann. Er wurde blass, seine Lippen waren ein einziger farbloser Strich. Er schüttelte kurz den Kopf. „Sie können Sie nicht befragen“, sagte er mit rauer Stimme.

„Ich denke doch“, gab Charlie zurück.

„Aber …“ Er presste die Lippen aufeinander. Erneutes Kopfschütteln. Dann beugte er sich nach vorn und verschränkte die Finger so fest ineinander, dass die Knöchel weiß hervortraten. Er dachte offenbar fieberhaft nach, schien aber nicht zu wissen, welche Gesprächsstrategie ihm zum Erfolg verhelfen würde.

Keine, mein Freund, keine.

„Jemand muss Ihr Alibi belegen, Herr Seitzthaler. Wir werden diskret sein.“ Es war nicht die Aufgabe der Ermittlerinnen, den Unternehmer für seinen Lebensstil zu verurteilen. Dafür gab es Priester und – gegebenenfalls – Scheidungsanwälte.

„Wie?“, fragte der Mann tonlos.

„Sie waren in dem Krankenhaus in Behandlung, in dem das Mordopfer gearbeitet hat. Es ist durchaus naheliegend, dass wir Sie befragen“, antwortete nun Stella an Charlies Stelle, weil diese nur mit den Schultern gezuckt hatte. Charlie fand diese Erklärung eigentlich überhaupt nicht naheliegend, aber Herr Seitzthaler wirkte etwas beruhigter. Stella setzte in ihrem mitfühlenden Ton nach: „Was Sie in Ihrem Privatleben anstellen, geht uns nichts an. Aber wir versuchen, einen Mordfall aufzuklären. Wir benötigen alle Informationen, die wir bekommen können. Von allen Personen, die Nathalie gekannt haben. Ich ersuche Sie eindringlich, Herr Seitzthaler, mit uns zu kooperieren.“

Der Mann nickte. „Das tue ich. Das werde ich.“ Er holte tief Luft. „Ich dachte nur, ich hätte das alles hinter mir. Und nun das …“

„Tut uns sehr leid, dass der Mord an Nathalie Morlocher für Sie so ungelegen kommt“, sagte Charlie und funkelte den Mann an. Er war ihr nicht sonderlich sympathisch. Aber das tat nichts zur Sache.

„So … meinte ich das nicht“, sagte er leise und hatte zumindest den Anstand, geknickt zu wirken.

Charlie sah ihn lange an. Sie hatte vor, ihm die gleichen Fragen zu stellen, die sie schon der Stationsleiterin Frau Brunnmann gestellt hatten. Sie ahnte jedoch bereits jetzt, welche Antworten sie erhalten würde.

Keine hilfreichen.

Deshalb ging sie direkt einen Schritt weiter. Es war ein Schuss ins Blaue. Aber sie fragte dennoch. „Kennen Sie eine Marianne Feldberg?“

Er dachte nach. Er dachte eine ganze Weile nach. Charlie beobachtete jede seiner Regungen. Wenn er Nein sagte, hatte das nicht viel zu bedeuten. Es konnte stimmen oder auch nicht. Wenn er Ja sagte, schien es, als hätte er nichts zu verbergen. Eine einfache Strategie. Welcher wahre Täter gab in einer Befragung schon freiwillig zu, das Opfer gekannt zu haben?

Einer, der glaubt, unbesiegbar zu sein.

Charlie sah ihn konzentriert an und wartete.

„Wie war der Name noch gleich?“, fragte Herr Seitzthaler, ohne sie anzusehen.

„Feldberg. Marianne Feldberg. Kennen Sie sie?“

Wieder sagte er eine ganze Weile nichts. Seine Stirn war in Falten gezogen und er saß völlig regungslos da, den Blick auf seine ineinander verschränkten Finger gerichtet. Und dann, irgendwann, sagte er ganz leise: „Ja.“

Der Prozess

ICH wusste von Beginn an, dass das hier schwierig werden würde. Es ist wie ein Stufenprozess. Wie das Zwölf-Schritte-Programm bei den Anonymen Alkoholikern. Nur schwerer. Viel, viel schwerer. Und zugleich befreiender. Zumindest hoffe ich das. Jede meiner nachfolgenden Stufen ist schwieriger als die zuvor. So muss es auch sein. Nur so wird es funktionieren. Und es muss *funktionieren. Also ja, ich wusste, wie schwierig das hier werden würde.*

Aber als die Faust nun auf meinen Magen trifft und ich mit dem Rücken gegen die Wand pralle, habe ich dennoch Angst. Wieso wirken diese verdammten Tropfen nicht schneller? Ich habe die Dosis genau berechnet. So genau wie möglich jedenfalls.

Ich gehe in die Knie, und als die Faust erneut vor meinem Gesicht auftaucht, trete ich so fest zu, wie es nur geht. Ich höre ein Krachen. Instinktiv halte ich die Arme vor mein Gesicht, ziehe den Kopf ein, warte eine Sekunde. Doch nichts passiert. Ich rolle mich zur Seite, springe auf und blicke mich um.

Der Körper liegt auf dem Boden. Darunter der zusammengebrochene Holzstuhl. Ich bleibe kurz stehen und warte, ob noch etwas passiert.

Nein. Die Tropfen wirken. Endlich.

„Und wie kriege ich dich jetzt auf diesen verdammten Tisch?", frage ich.

Ich bekomme ein Schnarchen als Antwort. Es hört sich fast schon friedlich an.

„Für das, was du getan hast, verdienst du keinen ruhigen Schlaf mehr", sage ich und spüre, wie bittere Galle in mir hochkommt. „Beruhige dich", flüstere ich mir zu.

Ich schließe die Augen, verschränke die Arme vor der Brust und presse sie so fest es geht um meinen Oberkörper. Einatmen, ausatmen. Die Übung hilft oft. Aber nicht immer. Wütend öffne ich die Augen, trete an den schnarchenden Körper heran und trete zu. Einmal, zweimal, dreimal. In die Rippen, in den Bauch. Ich hebe die Faust und bin kurz davor, in dieses hässliche Gesicht zu schlagen. Doch das kann ich gerade noch verhindern.

„Nein", flüstere ich und umfasse meine Faust mit der anderen Hand. „Nein."

Ich brauche noch Zeit. Ich muss meine Vorbereitungen treffen. Ich muss die Fessel und den Knebel anlegen. Ich weiß nicht, was ein Schlag ins Gesicht bewirken kann. Kann das die Wirkung der Betäubungsmittel irgendwie unterbrechen?

„Keine Ahnung, verdammt noch mal", murmle ich.

Lieber nichts riskieren.

Ich gehe zu der kleinen Küchennische, ziehe ein paar Schubladen auf, finde ein passendes Messer. Natürlich habe ich ein eigenes Messer eingepackt – nur, um sicherzugehen. Nicht jeder hat scharfe Steakmesser in der Schublade. Aber ich sehe immer nach. Es hat eine nette Symbolik, die hauseigenen Messer dieser bösen Menschen zu benutzen, um ihr Herz zu verletzen. Die Nägel bringe ich auch selber mit. Die müssen die richtige Größe haben. Das Klebeband und den Stift habe ich ebenfalls eingesteckt. Ich drehe mich um und betrachte den fetten Körper.

„Dann bleibst du eben am Boden liegen", sage ich.

Ich knie mich hin, packe die Arme, ziehe sie über den Kopf und binde die Handgelenke mit mehreren Lagen Klebeband zusammen. Dann ziehe ich kräftig an und binde die Handgelenke an die Zulaufrohre des Heizkörpers an der Wand. Ich greife auf die Heizung. Sie ist ziemlich warm. Die Rohre, die in die Wand laufen, sind geradezu heiß. In diesem Haus hat es fast schon Tropentemperaturen.

Ich blicke auf die gefesselten Hände und sehe, dass sie das heiße Rohr fast zu umklammern scheinen, weil ich sie so eng drangebunden habe.

„Das wird schöne Brandwunden geben", sage ich lächelnd. „Aber keine Sorge, sie werden dich nicht lange stören."

Ich krieche über den Boden und binde auch die Fußgelenke mit dem Klebeband zusammen. Um sicherzugehen, binde ich mit einer weiteren Schicht die Beine an den Oberschenkeln zusammen. Dann blicke ich mich um. Ich sollte auch die Füße irgendwo festbinden. Ich kann nicht riskieren, dass mir das hier entgleitet. Das wäre fatal.

Ich richte mich auf und streiche über meinen Bauch. Er schmerzt von dem Fausthieb. Erneut will ich zutreten, aber diesmal habe ich mich besser im Griff.

„Das wirst du büßen", sage ich leise.

Ich nehme das Klebeband, binde noch eine Schicht um die Fußknöchel, ziehe an den Füßen und positioniere den Körper so, dass ich mit einer weiteren Lage Klebeband die Beine des Esstisches erreichen kann. Er ist ziemlich massiv. Das müsste gehen.

Als ich fertig bin, setze ich mich erschöpft auf den noch intakten Stuhl. Meine Hände zittern, und ich hoffe, dass die Tropfen noch lange wirken. Ich brauche eine kurze Pause. Ich hole die Nägel aus meiner Hosentasche und lege sie auf den Tisch. Meine rechte Hand geht wie automatisch zu ihnen. Ich umklammere sie. Sie fühlen sich an wie ein Rettungsanker.

„Das wirst du mir büßen", sage ich noch einmal.

Dann lehne ich mich zurück, schließe die Augen und warte.

12. Kapitel

ER hatte Ja gesagt. Herr Seitzthaler hatte tatsächlich Ja gesagt, und Stella wusste nach wie vor nicht, wie sie diese Information verarbeiten sollte. Auch Charlie war einen Moment lang baff gewesen. Zumindest hatte sie einen Augenblick um Worte gerungen. Sie hatten nicht damit gerechnet. Doch Rudolph Seitzthalers Begründung war einfach und schlüssig gewesen.

„Marianne hat in der Drogenberatung gearbeitet. Das Haus, in dem das Büro liegt, wurde von uns mitentwickelt. Eine Art Charity-Projekt. Ich bin eine Zeit lang dort ein und aus gegangen. Marianne war zum Teil budgetverantwortlich. So kannten wir uns. Flüchtig.“

Er hatte dementiert, auch mit ihr eine Affäre oder sonstige private Verbindung gehabt zu haben. Und Stella hatte das Gefühl, dass er die Wahrheit sagte. Immerhin hatte er seine Affäre mit Nathalie Morlocher freiheraus zugegeben.

„Das kann alles Taktik sein“, hatte Charlie im Auto auf dem Weg in die Stadt zu ihr gesagt.

Ja, dachte Stella nun und zog die Kuscheldecke enger um sich. Ja, es konnte Taktik sein. Der Unternehmer war kaum zu durchschauen. Charlie hatte ihn einen Eisklotz genannt, und Stella war geneigt, ihr zuzustimmen. Es konnte aber genauso gut sein, dass er einfach die Wahrheit sagte. Sein Alibi jedenfalls hatten sie noch nicht überprüfen können. Die Ehefrau war noch bis morgen mit dem jüngsten der drei Kinder in einer Therme, die anderen beiden schulpflichtigen Kinder waren gerade bei den Großeltern. Aber ohne weitere Indizien oder gar Beweise konnten sie ihn auch nicht einfach so in Untersuchungshaft nehmen.

Sie mussten noch einmal mit der Stationsleiterin Frau Brunnmann sprechen. Vielleicht wusste sie mehr über Herrn Seitzthaler. Selbst Informationen, die für andere unbedeutend waren, konnten den Ermittlern helfen, einen potenziell Verdächtigen besser einzuschätzen.

Stella hatte dennoch Schwierigkeiten, sich vorzustellen, dass Rudolph Seitzthaler zwei Morde begangen hatte. Aber so vieles, was sie in ihrer Karriere bereits gesehen hatte, war unvorstellbar. Die menschliche Psyche hatte mitunter tiefschwarze Abgründe.

Und welche hat unser Täter?

Sie hatte die halbe Nacht damit verbracht, die lateinischen Wörter, die der Täter auf die Messer geschrieben hatte, in alle nur denkbaren Suchmaschinen einzugeben. Aber gebracht hatte es nicht wirklich etwas. Dann hatte sie das lateinische Wort für Vergeltung nachgelesen. Aber Latein war eine alte Sprache, nicht alle Wörter konnten direkt übersetzt werden, und nicht alle Übersetzungen hatten die gleiche Bedeutung wie heute. Sie hatte das Wort *vicis* gefunden – lateinisch für Vergeltung, aber auch für Wechsel, Los, Zeitpunkt, Stelle, Gegenleistung und vieles mehr. Dann hatte sie die drei Wörter in Suchmaschinen eingegeben, hatte aber keine hilfreichen Antworten erhalten.

Nun versuchte sie es also mit den deutschen Wörtern. *Detectio* stand für die Nomen Aufdeckung oder Offenbarung, *Decisio* für die Nomen Abkommen oder Entscheidung. Sie gab die Wörter in verschiedenen Konstellationen in die Suchmaschinen ein, klickte sich durch Fachbücher und dachte die ganze Zeit darüber nach, worum es dem Täter wohl gehen konnte. Wieso diese Wörter? Wieso in Latein? Wo war die Logik, wo der Anknüpfungspunkt, den sie brauchte, um zielgerichteter suchen zu können? Und dann, als sie fast schon aufgeben wollte, tippte sie frustriert „Latein" in das Suchfeld ein. Sie überflog den erstbesten Artikel, den sie fand, und da fiel es ihr wie Schuppen von den Augen.

Latein, die Sprache der Wissenschaften. Die Sprache der Medizin.

„Heilung", sagte sie und starrte wie gebannt auf das Display.

Ging es darum? Heilung? Vergeltung, um sich von etwas zu heilen? Und die Worte …

Sie öffnete eine psychologische Datenbank, gab hier die ins Deutsche übersetzten Wörter ein und fügte die Wörter Vergeltung und Heilung hinzu. So fand sie nichts. Also tauschte sie das Wort Heilung gegen das Wort Therapie aus. Die Suchmaske spuckte ein einziges Ergebnis aus.

„Manchmal ist das alles, was wir brauchen“, sage Stella, öffnete den Artikel und lächelte. „Hab ich dich.“

13. Kapitel

„Es sind vier", hörte Charlie Stella hinter sich sagen. Stella kam, ganz untypisch für sie, als Letzte ins Besprechungszimmer und wirkte aufgeregt.

Charlie blickte über die Schulter und sah, wie Stella mit funkelnden Augen und roten Wangen um den Tisch lief und jedem Teammitglied einen Ausdruck hinlegte.

„Vier – was?", fragte Charlie.

Stella drückte Jan als Letztemeinen Ausdruck in die Hand und ließ sich dann auf einen freien Sessel fallen. „Ich war die ganze Nacht wach und habe recherchiert. Und ich glaube, ich habe etwas gefunden, was passen könnte."

„Ich verstehe nur Bahnhof", sagte Stefan und starrte skeptisch auf den Ausdruck, als könnte er spontan in Flammen aufgehen.

Charlie verkniff sich einen zynischen Kommentar. Sie hatte gelernt, Stella nicht zu unterschätzen. Sie sah auf die Überschrift des Ausdrucks.

Vergebungsprozess.

Langsam drehte sie Stella den Kopf zu. „Vier – was?", wiederholte sie.

„Vier Opfer. Ich glaube, es wird vier Opfer geben. Wenn es das ist, worum es dem Täter geht." Stella deutete auf den Ausdruck, der vor ihr lag. „Ein Vergebungsprozess. Er hat vier Phasen. Er kommt aus der spirituellen Psychotherapie."

„Ach du Scheiße", sagte Stefan, und Charlie musste grinsen.

„Du musst nicht dran glauben, Stefan, du musst mir nur zuhören", fuhr Stella ihn an.

Charlie hob überrascht die Augenbrauen. Die zickig-bestimmte Stella, die nur selten an die Oberfläche drang, war Charlie nach wie vor lieber als die ruhige, zurückhaltende, betont höfliche, autoritätshörige Stella.

Stefan grinste breit und hob abwehrend die Arme.

„Okay, worum geht es, Stella?“, fragte Jan, der mit zusammengezogenen Augenbrauen den Artikel überflog.

„Es ist ein Vier-Phasen-Modell, um zu Vergebung und damit zur Seelenruhe zu finden. Ja, ich weiß, dass sich das ziemlich schwülstig anhört, aber manchen Menschen hilft dieser Weg. Das Modell ist gut zwei Jahrzehnte alt, also im wissenschaftlichen Sinne noch recht jung, aber ich habe recherchiert und herausgefunden, dass das Modell in der Praxis durchaus angewendet wird. Angenommen, unser Täter hat sich in der Vergangenheit therapeutische Hilfe gesucht …“

„… oder ist selbst Therapeut“, unterbrach Stefan sie. „Es heißt doch immer, die Psychotypen haben selbst die größten Macken.“

„Wie auch immer“, sprach Stella weiter. „Das Modell wird in der Praxis eingesetzt.“

„Wofür?“, fragte Jan. Er klang interessiert. „Wofür konkret, meine ich.“

„Persönlich kränkende, herabwürdigende Belastungen. Starke Verbitterungsemotionen. Gefühle der Hilflosigkeit und Wut. Aggressive Fantasien gegen sich und andere.“

„Und dieses Modell enthält den Vorschlag zu morden?“, fragte Stefan und grinste süffisant.

„Nein, Stefan“, sagte Stella und funkelte ihn an. „Es leitet den Betroffenen an, vier Phasen zu durchschreiten. Du kannst es mit dem Zwölf-Stufen-Programm der Anonymen Alkoholiker vergleichen. Vier Phasen, die der Betroffene abhandeln muss.“

„Und unser Täter hat das Ganze …. Was? Missinterpretiert?“, fragte Charlie. So recht konnte sie sich mit diesem theoretischen Modell noch nicht anfreunden. Zumal sie auch nicht verstand, was das überhaupt mit ihren Mordfällen zu tun hatte.

„Vielleicht hat er versucht, das Phasenmodell anzuwenden und ist gescheitert“, sagte Stella. „Oder … er war gerade mittendrin und wurde durch irgendetwas getriggert. Das Trauma ist wieder aufgelebt. Er hat die Nerven verloren.“

„Okay, von vorn“, schaltete Jan sich ein. „Wie bist du zu dieser Erkenntnis gekommen, Stella?“

„Die ersten beiden Phasen passen zu den lateinischen Wörtern. Die erste Phase ist das Offenlegen der Wut oder Verletzung, die Offenlegungsphase. Die zweite ist die Entscheidungsphase. *Detectio* – Offenlegung. *Decisio* – Entscheidung. Ich halte das nicht für Zufälle.“

Jan nickte.

Charlie betrachtete das Schaubild auf dem Ausdruck, das die einzelnen Phasen darstellte. Es klang nicht abwegig, was Stella sagte. Irre, aber nicht abwegig. „Du denkst also, es gibt noch zwei weitere Morde?“, fragte sie.

„Wenn ich recht habe, dann bin ich sicher, ja. Ich bin sicher, dass es noch zwei weitere Morde gibt.“

Charlie atmete tief ein. Sie las die Bezeichnungen auf dem Schaubild. Die dritte Spalte war die Vergebungsphase, die vierte die Vertiefungsphase. „Also was werden deiner Meinung nach die nächsten beiden Wörter sein, mit denen der Täter seine Messer beschriftet?“, fragte sie.

„Vergebung kann mit dem lateinischen Wort *venia* übersetzt werden. Es bedeutet zugleich Gnade, Nachsicht, Verzeihung. Das würde passen. Vertiefung ist hingegen schwer zu übersetzen. Ich habe nur das Wort *vallicula* gefunden, das bedeutet aber eigentlich kleines Tal. Allerdings wird in dem Modell die Vertiefungsphase mit Sinnfindung und Erkenntnis gleichgesetzt, daher gehe ich davon aus, dass das Wort *agnitio* genutzt wird.“

Charlie holte tief Luft. Dann schüttelte sie den Kopf. „Leute …“, murmelte sie. Es wurde still im Raum. Charlie starrte weiter auf den Ausdruck. „Ich sage nicht, dass sie recht hat. Aber wenn sie recht hat, haben wir ein Problem.“ Sie hob den Kopf und sah Jan an.

Der nickte. „Uns läuft die Zeit weg.“

Nach der Besprechung waren Charlie und Stella zu einer weiteren Befragung von Iris Feldberg aufgebrochen. Sie mussten herausfinden, wo die Verbindung zwischen den beiden Opfern lag, so es überhaupt eine geben sollte. Aber wenn Stellas Theorie zutraf und es dem Täter tatsächlich darum ging, irgendwelche Phasen durchzuarbeiten, musste es eine Verbindung geben. Da passten Zufallsmorde kaum ins Bild, vielmehr wurde die Theorie, dass eine persönliche Bindung zwischen Opfer und Täter bestand, untermauert. Sie mussten die Befragungen von Verwandten und Freunden der Opfer also weiter intensivieren, solange es keine andere Spur gab. Daher saßen sie nun Iris Feldberg in einem kleinen Hotelzimmer gegenüber.

„Ich halte es in der WG gerade nicht aus", sagte Iris wie zur Rechtfertigung. Sie war aus dem Krankenhaus entlassen worden und hatte direkt in ein Hotel eingecheckt. „Und ins Haus meiner Mutter kann ich nicht."

„Das ist sehr verständlich", sagte Charlie.

Die Tochter des ersten Opfers sah schlecht aus. Furchtbar, um genau zu sein. Sie war blass und schien seit dem Fund ihrer toten Mutter an die zehn Kilo verloren haben. Dabei war sie davor schon sehr schlank gewesen. Iris saß zusammengekauert auf einem Sofa. Sie war in eine Decke eingewickelt und sah mehr durch Charlie hindurch denn direkt in ihr Gesicht. „Sie sagten, Sie hätten noch Fragen an mich?"

Charlie nickte. Sie wusste nicht recht, wie belastbar Iris war. Und was sie gleich zu hören bekommen würde, war zum Teil *sehr* belastend. Die Medien hatten den Mord an ihrer Mutter bereits aufgegriffen, und Charlie konnte nur hoffen, dass Iris keine Zeitungen las und sich diesem Wahnsinn nicht aussetzte. Von dem zweiten Mord war bisher noch nichts an die Medien gedrungen. Das war allerdings nur eine Frage der Zeit.

„Es gab einen weiteren Mord", sagte sie leise und beobachtete Iris' Reaktion. Die nickte langsam. „Exakt dasselbe Muster wie bei Ihrer Mutter."

Erneutes Nicken. „Okay …"

„Das zweite Opfer hieß Nathalie Morlocher. Kennen Sie den Namen?"

Iris dachte kurz nach, dann schüttelte sie den Kopf.

„Nathalie Morlocher war Krankenschwester hier im Stadtkrankenhaus. Hatte Ihre Mutter irgendeinen Bezug dorthin?"

„Ich … ich weiß nicht."

Charlie dachte an die Aussage von Herrn Seitzthaler. „Kennen Sie einen Mann namens Rudolph Seitzthaler?"

Wieder schüttelte Iris den Kopf. „Nein.“

Es war frustrierend, dass Iris so wenig über den Job ihrer Mutter wusste. Doch es gab niemanden, den sie sonst fragen konnten. Sie hatten es schon bei den übrigen Familienmitgliedern versucht, außerdem bei den Kollegen von Marianne Feldberg. Es war richtig, dass die Büros, in denen die Drogenberatung saß, von Solovia mitentwickelt worden waren. Einige der Kollegen hatten Herrn Seitzthaler ebenfalls persönlich gekannt. Somit konnte die Aussage des Unternehmers bestätigt werden. Aber das half ihnen nicht weiter.

Charlie nickte Stella zu. Die beugte sich vor und schlug ihre supermitfühlende Stimme an.

„Iris, wissen Sie, was Ihre Mutter von Psychotherapie hielt? Hatte Sie je etwas damit zu tun?“

Iris drehte Stella den Kopf zu. „Ähm … ja, schon. Ich meine, ich weiß nicht genau, wie sie das bei ihrem Job angewandt hat. Aber sie hat viele Bücher dazu gelesen.“

Charlie runzelte die Stirn. Im Haus von Marianne Feldberg hatten sie kaum Bücher gefunden. Sie war gerade im Begriff, eine entsprechende Nachfrage zu stellen, als Iris weitersprach. „Sie ging gern in Bibliotheken. Auch in die Unibibliothek. Sie hat sich viel mit Selbstverwirklichung und Weiterentwicklung und so was beschäftigt. Das … So was meinten Sie, oder?“

„So was in der Art“, sagte Stella und lächelte. „War sie je bei einem Psychotherapeuten?“

„Sie persönlich, meinen Sie?“

„Ja.“

„Nein. Aber ich glaube, sie hatte Kontakt mit welchen. Wegen dem Job. Deshalb hat sie sich mit dem Thema beschäftigt. Nicht nur für sich, sondern auch, um bei ihren Fällen besser helfen zu können.“

Stella nickte. „Okay, danke.“

Charlie schrieb eine Nachricht an Arnd, der nach wie vor alle Fälle durchforstete und versuchte, eine Verbindung zum Krankenhaus zu finden. Vielleicht gab es in den Akten ja Hinweise auf Psychotherapeuten.

„Wieso fragen Sie das?“, fragte Iris. „Haben Sie schon eine Spur?“

„Nein, leider nicht", sagte Stella. „Wir müssen jedem Hinweis nachgehen."

„Ich verstehe einfach nicht, wie das passieren konnte", sagte Iris und schluchzte kurz auf. „Sie hat doch nur geholfen. Sie hat immer nur geholfen. Wer … wer würde so etwas tun?"

Stella schüttelte den Kopf. „Ich weiß es nicht, Iris. Aber ich verspreche Ihnen, dass wir es herausfinden."

Als sie wieder im Auto saßen, blickte Charlie Stella fragend an. „Du versprichst?"

„Hm?", machte Stella.

„Du versprichst den Angehörigen, dass wir es herausfinden?"

Stella drehte sich zu ihr. „Was soll ich denn sonst sagen? Dass wir keine Ahnung und keine Spur haben?"

„Nein, aber falsche Hoffnungen solltest du auch nicht wecken."

„Wir kommen der Sache langsam näher."

„Ja, super", sagte Charlie. „Jeder weitere Mord ist ein weiterer Schritt."

Stella winkte ab. „Du bist viel zu pessimistisch."

„Bin ich nicht. Die Stationsleiterin wurde noch mal befragt, die Tochter wurde noch mal befragt, und nach wie vor wissen wir nicht, warum der Täter gerade diese beiden Opfer gewählt hat."

„Weil sie ihm Unrecht getan haben. In seiner Wahrnehmung. Deshalb. Sowohl Sozialarbeiter als auch Krankenpfleger haben viel mit den höchstpersönlichen Lebensbereichen von Menschen zu tun. Wir kommen der Sache näher, Charlie. Wir müssen einfach einen Schritt nach dem anderen gehen."

„Okay, schön. Gehen wir einen Schritt nach dem anderen." Sie blickte auf die Uhr, dann auf ihr Handy. Sie hatte Bela Rottenbach gestern Abend auf seine Nachricht geantwortet und noch keine Reaktion erhalten.

„Du starrst schon wieder auf dein Handy", sagte Stella. „Wie in der Besprechung vor zwei Tagen. Gibt es … Neuigkeiten? Bela?"

Charlie schüttelte den Kopf. Wie auf Kommando vibrierte ihr Handy. „Hat er jetzt auch noch telepathische Fähigkeiten?", fragte Charlie und öffnete die Nachricht, die soeben eingetroffen war.

Ich sitze vor Ihrem Haus.

Stella hatte sich zu ihr gebeugt und die Nachricht ebenfalls gelesen. „Ist das sein Ernst?", fragte sie und klang so schockiert, dass Charlie lachen musste.

Sie steckte das Handy weg. „Ja, ist es. Ich wohne in einem kleinen Ort, dort fühlt er sich offenbar sicherer als hier in der Stadt." *Und vermutlich will er mich auch psychisch unter Druck setzen, indem er um mein Einzugsgebiet herumkreist ...* Aber das sprach sie nicht laut aus.

„Welche Logik soll das sein?", fragte Stella.

„Belas."

Sie startete den Motor und fuhr nach Hause. Die Besprechung und die anschließenden Befragungen hatten den ganzen Tag gedauert. Nun war es schon sieben Uhr. Sie parkte den Wagen und staunte nicht schlecht, als nicht Bela, sondern Vincent vor ihrer Gartentür stand.

„Hey, alles okay?", fragte sie. Sie drehte sich nach Stella um, die nach wie vor im Auto saß.

„Da war ein Typ. Hab ihn verjagt. Unfassbar, die Leute! Ich sage dir, du brauchst eine Alarmanlage. Man ist nirgends mehr sicher. Auch in unserem beschaulichen Ort nicht."

„Ich brauche keine Alarmanlage, ich habe eine Waffe und mehrere Kampfausbildungen. Und der Typ war nicht irgendein Landstreicher, sondern ein wichtiger Zeuge, Vinni."

„In deinem Mordfall?"

„Ähm ... ja."

„Du lügst."

Charlie seufzte. Sie war normalerweise eine gute Lügnerin. Nur nicht bei Vincent. Sie griff zu ihrem Handy und schrieb eine Nachricht an Bela.

„Hallo? Bekomme ich eine Erklärung?", fragte Vincent.

„Du musst aufhören, mein Haus zu beobachten, Vinni."

„Sag mir, was du aussheckst."

„Wir treffen uns morgen Abend in der Bar und ich erzähle dir alles, okay?"

Vincent beäugte sie kritisch, dann ging sein Blick zu ihrem Wagen. Stella strahlte mit jeder Faser ihres Körpers aus, wie unwohl sie sich fühlte. „Was hast du mit Stella gemacht?"

„Nichts."

„Lotti … Irgendetwas ist im Busch. Ich sehe es dir an der Nasenspitze an. Du bist schon wieder dabei, Dummheiten zu machen. Also frage ich noch einmal: Wer war der Typ?"

Charlie sah Vincent nachdenklich an.

„Bela Rottenbach."

Charlie fuhr herum. Bela war geräuschlos aufgetaucht und streckte Vincent nun die Hand hin. Der war so baff, dass er ihn mit offenem Mund anstarrte.

„Freut mich", sagte Bela und lächelte.

Vincent reagierte nur langsam. Er wandte Charlie den Blick zu, presste die Lippen aufeinander, schüttelte den Kopf und sah dann wieder Bela an. Dann machte er auf dem Absatz kehrt und stapfte davon.

„Netter Typ", sagte Bela.

Charlie wandte sich zu ihm. „Schlecht gewählter Treffpunkt, Bela. Meine privaten Securities wohnen nur ein paar Häuser weiter."

„Ist notiert." Er beugte sich an Charlie vorbei. „Und die wunderschöne Dame in Ihrem Auto gehört auch zu Ihrem privaten Sicherheitsteam?"

Stella öffnete die Tür und stieg aus. Sie blieb auf Abstand. Davon ließ sich Bela allerdings nicht beeindrucken. Er ging auf sie zu und streckte ihr die Hand hin. Stella blickte kurz zu Charlie, dann wieder zu Bela. Zögerlich griff sie seine Hand.

„Bela Rottenbach. Sehr erfreut."

Stella nickte und schwieg.

Bela sah zu Charlie, ohne Stellas Hand loszulassen. „Spricht die schöne Dame nicht?"

„Nicht mit Ihnen, wie es aussieht. Gehen wir rein."

Aus dem Augenwinkel sah Charlie, wie Stella ihm die Hand entriss und den beiden mit einigem Sicherheitsabstand folgte.

„Tragen Sie eine Waffe?", hörte Charlie Bela hinter sich fragen.

„Ja", gab Stella zurück.

„Sexy."

„Lassen Sie das!"

Charlie sperrte gerade die Gartentür auf, drehte sich nun aber zu Stella und Bela um. So offen feindselig hatte sie Stella selten erlebt.

Bela schien diese Art weniger offensiv als vielmehr unterhaltsam zu finden. „Mehr Worte, weniger böse Blicke?", fragte er und setzte ein charmantes Lächeln auf.

„Ich habe Ihre psychologischen Profile gelesen", gab Stella zurück.

Belas Augenbrauen schnellten nach oben. Er sah zu Charlie. „Ich wusste gar nicht, dass ich so etwas habe."

Charlie nickte. Kriminalpsychologen hatten versucht, aus den Befragungsprotokollen ein Täterprofil von Bela Rottenbach zu erstellen. Die Bandbreite ihrer Einschätzungen lag irgendwo zwischen Hannibal Lecter und Elon Musk. Das allerdings sagte sie nicht laut. Bela hätte es als Kompliment verstanden.

Er lächelte Stella an. „Und? Spannende Lektüre?"

„Aufschlussreiche Lektüre. – Gehen wir rein, es ist kalt."

Charlie ging zum Haus, öffnete die Tür und bat die beiden herein.

Bela stieß einen Pfiff aus. „Nettes Haus, Charlie. So ganz und gar nicht Ihr Stil."

„Gut erkannt." Charlie deutete nach vorn zum Durchgang, der den Eingangsbereich mit dem großen Ess- und Wohnzimmer verband.

Bela ging voraus und setzte sich wie selbstverständlich auf die große beige Wohnlandschaft, von der aus man durch die deckenhohen Fenster bei Tageslicht einen schönen Blick auf den Teich hatte. Charlie hatte hinten im Garten keine Lichter, aber der Himmel war klar und der fast vollständige Vollmond tauchte den Teich in ein silbriges Licht.

Stella blieb unschlüssig stehen. „Er sitzt auf deiner Couch", raunte sie ihr zu, als könnte sie es einfach nicht fassen. Ihr Blick war auf Bela gerichtet und lag irgendwo zwischen Sorge, Angst und Faszination.

„Er ist nicht gefährlich."

„Er ist ein Mörder."

„Mutmaßlicher Mörder."

Stella drehte sich zu ihr. „Ich halte das alles hier für keine gute Idee, Charlie.“

„Und doch bist du hier.“

„Du hast mich ja quasi hierher entführt. Ich hatte nicht mal Zeit nachzudenken.“

„Dann denk jetzt nach. Während du mit ihm sprichst.“

Charlie ging ins Wohnzimmer und setzte sich ebenfalls aufs Sofa. Stella kam langsam nach und blieb in einigem Sicherheitsabstand neben dem Esstisch stehen.

Bela nickte Richtung Stella und sah dann Charlie an. „Sie mag mich nicht besonders, oder?“

„Ich auch nicht“, gab Charlie zurück.

„Schade. Ich fand, wir wären auf derselben Wellenlänge. Sonst wäre ich ja nicht zu Ihnen gekommen.“

„Sie sind zu mir gekommen, weil Sie glauben, mich besser manipulieren zu können als andere, mit denen Sie keine Verbindung haben. Das wird nicht funktionieren.“

Er beugte sich etwas vor, verschränkte die Finger ineinander und stützte die Ellbogen auf seine Knie. „Und was wird funktionieren, Charlie?“

„Fakten.“ Charlie nickte Stella auffordernd zu.

Belas Blick ging zu ihr. „Was wird das? Guter Bulle – böser Bulle?“

„Nein“, antwortete Charlie. „Sie könnte helfen. Sie hat gute Verbindungen. Aber sie hat Fragen.“

Bela schenkte Stella ein strahlendes Lächeln. „Vierundvierzig Jahre alt. Steinbock. Single. Ich liebe Chardonnay zu Fisch und Cabernet Sauvignon zu Steak. Ich bin allergisch gegen Nüsse. Nie verheiratet, bis vor Kurzem keine Kinder.“

„Lassen Sie das“, sagte Stella mit eisiger Stimme.

„Okay, schön. Sie könnten mir Ihren Namen verraten.“

„Stella Meislow.“

„Wunderschöner Name, Stella. Also? Welche Fragen wollen Sie mir stellen?“

„Sind Sie ein Mörder?“

Bela lachte auf. Seine dunklen, fast schwarzen Augen funkelten vergnügt. Dann neigte er den Kopf etwas zur Seite und sein Blick nahm etwas Sanftes an. „Nein, Stella. Nein, ich bin kein Mörder. Ich bin jemand, der in etwas Schlimmes hineingeraten ist und da alleine nicht mehr herausfindet.“

„Dann stellen Sie sich der Justiz.“

„Ich habe kein faires Verfahren von der Justiz zu erwarten. Wie gut kennen Sie sich mit Politik aus?“

Charlie schnaubte und kassierte von Stella einen wütenden Blick.

Als Stella nicht auf seine Frage antwortete, sprach Bela weiter. „Unser Unternehmen hat viel Lobbyismus betrieben. Durch meinen Geschäftspartner, nicht durch mich. Da gab es viele Freunde, aber auch viele Feinde. Ein Verfahren bei dieser Beweislage wäre für mich nicht viel mehr als ein Glücksspiel. Und ich spiele Roulette nicht sonderlich gern, wenn der Einsatz mein eigenes Leben ist.“

„Sie sagen, bei *dieser* Beweislage“, setzte Stella an. Sie lehnte sich gegen den Küchentisch und verschränkte die Arme vor dem Oberkörper. „Was meinen Sie damit?“

„Sie sind mit den Fakten des Falles vertraut?“

„Ja.“

„Sie wissen also, dass alles gegen mich spricht. Fingerabdrücke auf der Waffe. Schmauchspuren auf dem linken Ärmel meiner Jacke. Meine DNA auf einem der zwei Gläser.“

„Ja.“

„Und dann gibt es noch ein paar Berichte, auf denen mein Name und meine Unterschrift auftauchen. Interne Geschäftsberichte, die mich nicht gut aussehen lassen. Ach ja, und außerdem wären da noch die beiden Flussleichen, deren Ermordung man mir ganz bequem gleich mit in die Schuhe schieben möchte, obwohl es dafür keinerlei Beweise gibt ...“

Stella sah zu Charlie, Charlie sah zu Bela. Bela hatte die internen Geschäftsberichte ganz bewusst angesprochen, die Charlie kannte, aber nie in die offiziellen Akten aufgenommen hatte. Bela wusste das, Stella nicht. Daher wusste Stella auch nicht, worum es gerade ging. Charlie hatte stets vorgehabt, die Berichte, die sie persönlich gefunden hatte, als

Beweismittel einzutragen, hatte aber gezögert. Sie hatte zweifelsfrei belegen wollen, dass die Berichte korrekt und nicht gefälscht waren. Dann war Bela geflohen und die Akte war in der Ablage für ungelöste Fälle verschwunden.

„Charlie?", fragte Stella.

Charlie schüttelte den Kopf und nickte zu Bela.

„Alles, was ich sagen will, ist: All die Beweise, die Sie, werte Stella, zu meinem Fall gelesen haben, könnten auch platziert worden sein. Das ist Ihnen klar, oder?"

„Ihr Geschäftspartner Martin Umbacher hat sich also Ihre Jacke angezogen, hat sich selbst erschossen und die Jacke dann wieder ausgezogen und in den Schrank in Ihrem Büro gehängt, bevor er gestorben ist?" Stella hob die Augenbrauen und starrte Bela auffordernd an. „Ein bisschen abwegig, meinen Sie nicht?"

Bela lächelte. „So, wie Sie es darstellen, wäre es tatsächlich sehr abwegig, ja. Hören Sie, Sie kannten Martin nicht. Ich schon. Er war ein Planer."

„Wieso, Herr Rottenbach? Wieso sollte er das alles geplant haben? Nur um Ihnen etwas in die Schuhe zu schieben?"

„Nennen Sie mich Bela."

„Nein."

Bela seufzte. „Ich dachte, Sie kennen meinen Fall? Martin hat Gelder veruntreut. Die Schlinge um seinen Hals wurde immer enger. Es wäre nicht das erste Mal, dass Geschäftsmänner sich eine Kugel ins Gehirn jagen, wenn ihr Imperium zu zerbrechen droht. Schon mal etwas vom Schwarzen Freitag gehört? Weltwirtschaftskrise 1929?"

„Ja. Und ich habe auch gehört, dass die viel zitierte Selbstmordwelle, von der wir alle immer im Geschichtsunterricht in der Schule lernen, nie belegt werden konnte."

„Sie sind schlau."

„Sie klingen überrascht."

„Irrtum, Stella. Ich klinge erfreut. Nicht viele Frauen, die so schön sind wie Sie, machen sich die Mühe, sich zu bilden."

Charlie rollte mit den Augen und seufzte demonstrativ.

Bela sah kurz zu ihr. „Hey, *Sie* wollten, dass wir uns kennenlernen."

„Ich wollte, dass Sie Stella und mich davon überzeugen, dass Sie die Wahrheit sagen. Oder dass Sie sich einen Ruck geben und den Mord gestehen. Das würde das Ganze abkürzen."

Bela lehnte sich zurück und sah wieder zu Stella. „Er hat es geplant. Martin. Er wusste mindestens eine Woche vor seinem Tod Bescheid, dass seine Finanzkonstruktionen aufgeflogen sind. Es wäre nur eine Frage der Zeit gewesen, bis die Staatsanwaltschaft anklopft. Er hatte genug Zeit, alles zu planen."

„Und wieso sollte er planen, Ihnen alles in die Schuhe zu schieben?", fragte Stella. „Ich dachte, Sie wären beste Freunde gewesen?"

„Weil er sichergehen wollte, dass sein Name reingewaschen wird. Er hat eine Frau. Drei Kinder. Zwei Generationen einflussreicher Bänker über sich. Er konnte nicht als das schwarze Schaf der Familie sterben. Wenn Sie ihn gekannt hätten, wüssten Sie, wie wichtig ihm die Familienehre war."

„Was ist Ihrer Meinung nach also passiert?", fragte Stella.

„Er hatte meine Jacke an. Er muss sie aus meinem Büro geholt haben. Und er hat einen Schuss aus der Pistole abgefeuert, mit der er sich später erschossen hat. Wie und wann und wo, weiß ich nicht. Das gilt es herauszufinden." Er warf Charlie einen vielsagenden Blick zu, bevor er sich wieder zu Stella wandte und weitersprach. „So kamen die Schmauchspuren auf meine Jacke. An dem Abend, an dem er starb, hat er mich zu sich gerufen. Wir haben getrunken. Ich saß auf dem Stuhl neben der Bürotür. Er ging zu seinem Schreibtisch und zog die Schublade auf. Nahm eine Kiste heraus. Brachte sie zu mir. Öffnete sie. Da war die Pistole drin. Er erzählte irgendetwas von Erbstück und wertvollem Geschenk und wollte unbedingt, dass ich sie mal in die Hand nehme. Was ich getan habe. So kamen meine Fingerabdrücke darauf. Dann nahm er sie mir aus der Hand, ging zu seinem Schreibtisch, setzte sich hin und sah mich einen Moment lang schweigend an. ‚Ich kann nicht anders, es tut mir leid', sagte er. Ich war erstaunt und wollte fragen, was er meint. Da hielt er sich die Pistole an die Schläfe und drückte ab."

Charlie öffnete den Mund. Sie starrte Bela an. Hatte sie das gerade richtig gehört? Hatte er das gerade tatsächlich gesagt? Er hatte das noch nie zugegeben. Er hatte noch nie erzählt, dass er im Raum gewesen war, als Martin Umbacher gestorben war.

„Sagten Sie gerade …", hörte Charlie Stella sagen. „Sagten Sie, Sie waren zum Tatzeitpunkt am Tatort?"

14. Kapitel

STELLA war auf dem Weg zu Rudolph Seitzthalers Haus. Sie war alleine. Charlie war zur selben Zeit unterwegs zum Büro des Unternehmers, um ihn eingehender über seine Verbindungen zu Marianne Feldberg und Nathalie Morlocher zu befragen, während Stella seine Ehefrau treffen würde. So bestand keine Gefahr, dass das Ehepaar sich absprechen konnte.

Die ganze lange Fahrt in das kleine Dorf, in das Seitzthaler aufgrund seiner Affäre mit Nathalie geflohen war, dachte Stella über den gestrigen Abend nach. Sie versuchte zu verstehen, was Charlie antrieb. Nichts von dem, was Bela erzählt hatte, konnte Stella überzeugen, dass er tatsächlich die Wahrheit sagte. Er hatte schlüssige Argumente vorgebracht. Das war aber auch schon alles. Bela hatte genügend Zeit gehabt, sich eine gute Geschichte auszudenken. Eine, die zu den Fakten passte. Er hatte keine Beweise, die ihn entlasteten. Die Ermittlungen hingegen hatten zahlreiche Beweise gefunden, die ihn belasteten. Wieso also hatte Stella das Gefühl, dass Charlie zunehmend davon überzeugt war, Bela wäre unschuldig?

Nun, er hatte gestern ein Geständnis abgelegt. Er war im Raum gewesen. Das hatte er erstmals zugegeben. Aber das konnte Berechnung sein. Er warf den Ermittlerinnen Brotkrümel zu, in der Hoffnung, ihr Vertrauen zu gewinnen, wenn er zeigte, dass er ihnen vertraute. Es war dieselbe Taktik, die sie schon bei Herrn Seitzthaler vermutet hatte.

„Dann werden wir mal sehen", sagte sie, parkte den Wagen vor dem Haus, ging zur Tür und klingelte.

Die Frau, die öffnete, war klein, zierlich, unscheinbar und hatte im Gesicht zu viele Falten für ihr Alter, das Stella auf Ende vierzig schätzte.

„Sie sind von der Polizei?", fragte Frau Seitzthaler anstelle einer Begrüßung.

„Ja. Stella Meislow. Wir ermitteln in zwei Mordfällen."

Die Frau nickte und ließ sie herein. Sie machte sich weder die Mühe, sich offiziell bei Stella vorzustellen, noch, ihr ein Getränk oder eine Sitzmöglichkeit anzubieten. Sie ging einfach voraus in die Küche und setzte sich an den Esstisch. Stella setzte sich ihr gegenüber.

„Frau Seitzthaler, wir haben Ihren Mann zu den Mordfällen befragt, weil er beide Opfer gekannt hat. Wir müssen seine Alibis überprüfen. Das ist Standard. Sie müssen sich keine Sorgen machen.“

Die Frau winkte ab. „Machen Sie sich keine Mühe. Ich weiß von seinen Affären.“

Stella hob die Augenbrauen und sah die Frau überrascht an. Herr Seitzthaler hatte – vermeintlich – viele Anstrengungen unternommen, um seine Affäre mit Nathalie vor seiner Frau geheim zu halten.

„Ist er deshalb ein Verdächtiger? Weil er mit diesen Frauen eine Affäre hatte?“

„Hatte er mit Marianne Feldberg eine Affäre?“, fragte Stella zurück.

Frau Seitzthaler zuckte mit den Schultern. „Ich weiß nicht, welchen Namen seine außerehelichen Abenteuer tragen, Frau …?“

„Meislow.“

„… Frau Meislow. Ich weiß, dass er immer wieder welche hat. Ehefrauen wissen immer Bescheid.“ Der Blick der Frau ging unstet durch den Raum. „Ich frage mich, warum Männer denken, wir wären so dumm“, sagte sie mehr zu sich als zu Stella.

„Es tut mir leid, Ihnen mit dieser Befragung Kummer zu bereiten.“

„Ich habe mich mit den Affären abgefunden. Nur zu, fragen Sie mich, was Sie wollen.“

„Es geht um die Nacht vom achtundzwanzigsten Februar und jene vom zweiten März“, sagte Stella.

Frau Seitzthaler stand auf, ging durchs Vorzimmer, öffnete eine gegenüberliegende Tür, die zu einem kleinen Büro führte, und kam dann mit einem Kalender in der Hand wieder zurück. „Das ist unser Haushaltskalender. Jeder schreibt hier alle Termine rein. Mein Mann hat auch einen digitalen Kalender, aber auf den können auch seine Sekretärinnen zugreifen und die Sekretärinnen seiner Kollegen. Ich will nicht, dass Arbeit und Privatleben ständig vermischt werden. Wir machen das analog, so wie ich es immer gehandhabt habe. Wir haben drei Kinder. Ich arbeite Teilzeit in einem Museum, ehrenamtlich, mein Mann ist Immobilienentwickler. Unsere Zeit muss sehr gut eingeteilt werden." Wie zur Erklärung präsentierte sie Stella den Kalender, auf dem Stella Einträge in fünf verschiedenen Farben sah. Jeder Tag war durchgetaktet, selbst die Abendessen waren mit Uhrzeit, Menü und Personen eingetragen, auf einem Post-it daneben las Stella eine Einkaufsliste. Sie sah Einträge zu Schulterminen, Dinnerpartys, Seminaren. Auf einer A4-Seite war das gesamte Leben einer Woche protokolliert.

„Also, an den besagten Abenden hatte Rudolph keine Termine", sagte Frau Seitzthaler, während sie im Kalender blätterte. „Wenn er zu seinen Flittchen fährt, sagt er entweder, er hat Tennis, oder er sagt, er muss noch einmal spontan auf eine Baustelle. Seit Jahren sind das dieselben Codewörter für ‚Ich treffe meine Freundin'." Die Mundwinkel der Frau zuckten, allerdings nur in Richtung eines verbitterten Lächelns. Stella tat die Frau leid. „Hier steht aber nichts von solchen Dingen", sprach Frau Seitzthaler weiter, „und beim Abendessen war er an beiden Abenden auch da. Ich kann mich auch nicht erinnern, dass er danach weggegangen wäre. Bis auf den Hund."

„Den Hund?", fragte Stella. Erst jetzt fielen ihr der Fressnapf und die Wasserschüssel auf, die neben der Kücheninsel am Boden standen.

„Ja. Wir haben einen Deutschen Schäferhund. Rudolph geht abends mit ihm spazieren, wenn er da ist. Ich mag nicht raus, wenn es dunkel ist. In der Stadt war mir das egal. Aber hier ist ja weit und breit niemand."

Stella nickte und schrieb eine kurze Nachricht an Charlie. Rudolph Seitzthaler hatte also ein Alibi von seiner Ehefrau. Sie wohnten zu weit von der Stadt entfernt. Ein vermeintlicher Spaziergang mit dem Hund reichte zeitlich nicht aus, um die Morde zu begehen. Es sei denn …

„Sie sind an beiden Abenden gemeinsam zu Bett gegangen?", fragte Stella und versuchte, so taktvoll wie möglich zu klingen.

„Was meinen Sie?"

„Nach dem Abendessen. Nach dem Hundespaziergang. Sind Sie dann immer gemeinsam schlafen gegangen?"

„Nein, ich gehe immer früher als Rudolph schlafen."

„Aber Sie wachen auf, wenn er ins Bett kommt? Entschuldigen Sie bitte, dass ich so genau nachfragen muss. Wir müssen einfach sichergehen, was die Alibis angeht. Dienstvorschrift.“

Frau Seitzthaler wirkte nicht sehr interessiert an dieser Rechtfertigung. Sie wirkte aber auch nicht so, als wären ihr diese Fragen unangenehm. „Ich bekomme gar nichts mit, wenn ich schlafe. Ich habe einen sehr unruhigen, leichten Schlaf und nutze daher Schlafmittel. Die wurden mir verschrieben. Zur Beruhigung der Nerven. Ich habe starke Migräne, ich darf mich nicht aufregen. Und guter Schlaf hilft, sagt mein Arzt.“

Schlafmittel. Beruhigungsmittel. Barbiturate.

„Ich verstehe. Danke, Frau Seitzthaler.“

„Nennen Sie mich Nina.“

„Nina.“

Stella wusste nicht, ob Nina verstand, dass sie die Alibis Ihres Ehemanns gerade massiv abgeschwächt hatte. Aber das würde sie ihr nicht sagen. Stattdessen wollte sie lieber nachhaken, was die beiden Opfer anging. „Sie sagten, Sie kannten Marianne Feldberg nicht? Oder Nathalie Morlocher? Sagen Ihnen diese Namen etwas?“

Nina schüttelte den Kopf.

„Es … könnte auch sein, dass hier nur berufliche Verbindungen bestanden haben, Nina. Wir fragen nicht, weil wir Belege haben, dass es um Affären ging.“ Das stimmte zwar nur in einem Fall, aber Stella hatte das Gefühl, dass diese Information Nina möglicherweise motivieren konnte, offener zu sein. Doch wenn das so war, ließ Nina sich nichts anmerken.

„Aha“, sagte sie unbeeindruckt. „Mir sagen die Namen trotzdem nichts. Waren die beiden Frauen Kolleginnen meines Mannes? Oder Sekretärinnen?“

„Nein. Marianne Feldberg war Sozialarbeiterin. Nathalie Morlocher Krankenschwester im selben Krankenhaus, in dem Ihr Mann bis vor einigen Monaten behandelt wurde.“

Nina nickte. „Dialyse“, erklärte sie. „Er braucht eine Niere.“

„Ich verstehe“, sagte Stella.

„Und die Sozialarbeiterin?", fragte Nina. „Die kannte er auch aus dem Krankenhaus?"

„Nein. Die war in einer Beratungsstelle für Jugendliche beschäftigt und danach in einem Jugendzentrum, bevor sie in die Drogenberatung gewechselt ist. Deshalb kannte ihr Mann sie. Die Büros der Drogenberatung liegen in einem Haus, das von der Firma Ihres Mannes mitfinanziert wurde."

Nina nickte. „Jugendzentrum … Das im Bezirk Mitte?"

„Ja. Sie kennen es?"

„Ja. Eine Freundin von mir hat ein … nun, man könnte es wohl als Problemkind bezeichnen. Sie wollte es in die gleiche Privatschule geben, in die unsere Kinder gehen, aber das hat nicht lange gehalten. Jetzt geht es in diese Brennpunktschule. Das Jugendzentrum ist dort ziemlich aktiv. Meine Freundin hatte leider auch schon unfreiwilligen Kontakt mit den Beraterinnen."

Brennpunktschule.

Da klingelte etwas bei Stella. Das Gleiche hatte die Stationsleiterin gesagt. Über Nathalie Morlocher.

Ihre Praxis hat sie hier absolviert, dann war sie ein paar Jahre als Schulkrankenschwester tätig, das hat ihr aber nicht so gefallen und sie kam wieder hierher zurück.

Die Schule, in der Nathalie Morlocher tätig gewesen war, hatte die Stationsleiterin als Brennpunktschule bezeichnet.

„Wissen Sie zufällig, wie diese Brennpunktschule heißt, in die das Kind Ihrer Freundin geht?"

„Ja. Das ist die Realschule am Stadtpark."

Stella sah Nina gebannt an. Da war es, wonach sie die ganze Zeit über gesucht hatten.

Eine Verbindung.

15. Kapitel

CHARLIE saß in ihrem Büro und starrte auf die dicken Ordner, die den gesamten Ermittlungsverlauf zu Bela Rottenbach enthielten. Daneben lag ein kleiner schwarzer Notizblock. Ihr eigener. Mit ihren persönlichen Aufzeichnungen. Normalerweise musste sie über all ihre Notizen ein Protokoll anfertigen, das ebenfalls in die Akte eingefügt wurde. Das tat sie in der Regel auch. Nur hatte sie in diesem Fall ein paar Dinge nicht übertragen.

Sie öffnete den Notizblock und blickte auf die zusammengefalteten Blätter, die sie vor über einem Jahr hineingelegt hatte. Interne Protokolle, die belegten, dass Bela über alle Machenschaften von Martin Umbacher nicht nur Bescheid gewusst, sondern diese auch mitentschieden hatte.

Charlie war nahezu sicher, dass sie gefälscht waren. Bela war ziemlich intelligent. Wenn er bei Martins Veruntreuungen mitgemacht hätte, wäre er niemals so dämlich gewesen, darüber ein Protokoll zu führen und dieses auch noch zu unterschreiben. Und genau hier lag das Problem. Es war lediglich ein Bauchgefühl, das Charlie hatte. Sie hatte keine Beweise, dass es stimmte. Und wenn sie die Akte nun wieder aktivierte? Wenn sie die Berichte offiziell freigab? Würden andere sie genauso kritisch hinterfragen wie sie selbst? Oder würden die Dokumente einfach als Beleg für etwas gewertet werden, was für die meisten ohnedies schon klar war? Nämlich, dass Bela schuldig war.

Jemand muss hängen …

Das hatte Bela gesagt, als er sich am Vortag verabschiedet hatte. „Sie wissen es, und ich weiß es, Charlie. Das Volk will jemanden hängen sehen. So ticken wir. So haben wir immer schon getickt. Bitte. Helfen Sie mir.“

Er hatte recht. Es ging nicht nur um mächtige Geschäftspartner, die betrogen worden waren, oder um Politiker, die in die Sache verstrickt gewesen waren. Es ging auch darum, dass viel Geld einfach verschwunden war. Und dass für einiges davon der Steuerzahler hatte einspringen müssen. Das war etwas, das von den Medien gerne breitgetreten wurde. Jeder kannte Bela Rottenbach. Jeder wollte, dass er bestraft wurde. Nicht zwangsweise für den Mord an seinem feigen Geschäftspartner, der sich verspekuliert und dann den einfachen Ausweg gewählt hatte. Sondern für das viele, viele Geld, das verschwunden war.

Was sollte sie also tun? Bela hatte sie gebeten, die Berichte zu vernichten. Früher oder später würde die Fallakte in andere Hände als Charlies gelangen, spätestens, wenn Stella sich bereit erklärte, zu helfen und das Innenministerium einzuschalten. Und dann? Die Berichte waren nicht nur ein Problem für Bela, sie waren auch eines für Charlie. Sie hatte sie verheimlicht.

„Was mache ich nur?", fragte sie.

„Du bist noch hier?"

Charlie fuhr auf. Stella stand in der Tür. Eilig schob Charlie die Ausdrucke in den Notizblock und klappte ihn zu. „Ja. Bin ich. Wie war die Befragung der Ehefrau?"

„Aufschlussreich. Ich wollte gerade das Protokoll überspielen. Wie war die Befragung des Ehemanns?"

„Weniger aufschlussreich. Hat die Ehefrau sein Alibi bestätigt?"

Stella kam ins Büro und setzte sich Charlie gegenüber. Ihr Blick war auf den Notizblock gerichtet und verriet, dass sie ziemlich genau wusste, was Charlie da gerade versteckt hatte. „Nein", sagte sie knapp und sah Charlie an. „Nicht wirklich. Er war an den beiden Abenden, als die Morde passierten, zu Hause und hat angeblich auch dort geschlafen, aber Nina Seitzthaler kann das nicht mit hundertprozentiger Sicherheit sagen, weil sie Schlafmittel nutzt."

„Hm. Das ist interessant."

„Noch viel interessanter ist, worauf ich durch Zufall gestoßen bin. Du erinnerst dich, dass die Stationsleiterin von einer Brennpunktschule gesprochen hat, in der Nathalie Morlocher Schulkrankenschwester gewesen ist, bevor sie wieder ins Krankenhaus ging?"

„Ja."

„Die Beratungsstelle für Jugendliche, in der Marianne Feldberg vor der Drogenberatung tätig war, war für diese Brennpunktschule zuständig. Ich habe es bereits überprüft. Die Zeit stimmt überein."

Charlie horchte auf. „Was meinst du? Welche Zeit?"

„Die Jahre 2009 bis 2012. In dieser Zeit überschneiden sich die Tätigkeiten der beiden Frauen hinsichtlich der Brennpunktschule."

Charlie lehnte sich zurück und sah Stella nachdenklich an. „Das ist die einzige Verbindung, die wir bisher haben. Abgesehen von Rudolph Seitzthaler."

Stella nickte. „Im Moment gibt es zwei Optionen. Entweder die Morde haben mit dem Privatleben der Frauen zu tun. Seitzthaler kannte beide. Mit einer davon hat er eine Affäre zugegeben. Eine aus seiner Sicht problematische Affäre."

„Wieso sagst du das? Aus seiner Sicht?"

„Seine Frau weiß von seinen Affären."

„Oh, oh." Charlie hob die Augenbrauen. „Auch das ist interessant."

„Ja. Sehr. Aber wir dürfen nicht voreilig sein", sagte Stella. „Wir müssen auch die zweite Option in Betracht ziehen. Dass es etwas mit dem Berufsleben zu tun hat."

„Wegen etwas, das über zehn Jahre her ist?", fragte Charlie zweifelnd.

Stella nickte. „Wir dürfen nichts ausschließen."

„Nein, dürfen wir nicht. Wir müssen uns diese Schule genauer ansehen." Charlie blickte auf die Uhr. „Ich muss jetzt los. Vincent wartet auf mich in der Bar." Sie zögerte kurz, dann sah sie Stella an. „Willst du mitkommen?"

„Ja. Gern. Danke."

Die beiden standen auf und gingen Richtung Bürotür. „Charlie?", fragte Stella.

„Ja?"

„Das ist Belas Ermittlungsakte, oder?"

„Ja."

„Überlegst du zu tun, was ich denke?"

„Ich weiß nicht, was du denkst."

Charlie wollte durch die Tür, doch Stella verstellte ihr den Weg. „Du weißt ganz genau, was ich denke. Es geht um diese Berichte, oder? Er will, dass sie verschwinden, bevor wir den Fall neu aufrollen."

Charlie sagte nichts.

Stella seufzte. „Denkst du wirklich, dass er unschuldig ist, Charlie?"

Charlie legte den Kopf in den Nacken und richtete den Blick zur Decke. Sie holte tief Luft, bevor sie Stella wieder ansah und antwortete. „Ich denke, ich bin es ihm schuldig, zweifelsfrei festzustellen, was passiert ist."

Stella sah sie einen Moment lang schweigend an. Dann nickte sie knapp. „Okay. Dann helfe ich dir."

Als sie in ihrer Stammbar ankamen, saß Vincent bereits an ihrem Tisch und starrte auf sein Bier. Er wirkte weitaus griesgrämiger als sonst. Die Bar war ziemlich voll, also bot Stella an, ihre Getränke direkt an der Theke zu bestellen, während Charlie sich zu Vincent setzte.

„Hey, Vinni."

Er blickte auf. „Komm mir nicht mit Hey. Ich will wissen, was los ist. Wieso saß gestern ein Mörder vor deiner Haustüre?"

Charlie versuchte gar nicht erst, dieses Gespräch abzuwürgen. „Ich will den Fall aufklären."

„Alleine oder was? Wieso sitzt er nicht in Untersuchungshaft?"

„Er ist auf mich zugekommen. Er hat mich gebeten …"

„Er hat dich *gebeten*? Charlie! Er hat dich schon einmal manipuliert."

„Hat er nicht."

„Hat er doch! Du warst knapp davor, den Fall zu lösen und hattest alle Belege zusammen. Er hat sich die besten Anwälte der Welt geschnappt, hat sich aus der Untersuchungshaft geklagt und ist geflohen. Und als du die Chance hattest, ihm das Handwerk zu legen, hat er dich eingelullt und ist verschwunden."

„Er hat mich nicht eingelullt, ich habe ihn immerhin angeschossen."

„Ich weiß, wie gut du schießen kannst. Wenn du ihn kampf- und laufunfähig hättest machen wollen, hättest du das getan." Vincent machte eine kurze Pause, schüttelte den Kopf und nahm einen großen Schluck von seinem Bier. „Ich verstehe dich einfach nicht."

„In diesem Fall stimmen einige Dinge nicht, Vincent. Ich muss einfach …“

„Was? Was musst du?“

Charlie atmete tief ein und sah Vincent einen Moment lang schweigend an. Sie wusste, dass er sich nur Sorgen machte. Was sollte sie ihm also sagen? Dass sie auf ihr Bauchgefühl hören musste? Dass sie nicht nur der Welt da draußen, sondern vor allem auch sich selbst beweisen musste, dass sie diesen groben Fehler nicht einfach grundlos begangen hatte? Dass sie nicht eher ruhen konnte, bevor sie ein für alle Mal wusste, was tatsächlich passiert war? Sie konnte und wollte nichts von alldem laut aussprechen. Deshalb schüttelte sie nur stumm den Kopf und senkte den Blick.

„Er ist gefährlich, Charlie. Du kannst ihn nicht einfach bei dir rein und raus spazieren lassen.“

„Das tue ich auch nicht.“

„Sag nicht, ich hätte dich nicht gewarnt.“

Nun sah sie ihn wieder an. „Ich will nicht, dass du dir Sorgen machst.“

„Und ich will nicht, dass du Dummheiten machst. Aber beide Willensbekundungen sind illusorisch, nicht wahr?“

Charlie lachte schnaubend.

Stella kam zurück, setzte sich, begrüßte Vincent und stellte Charlies eiskaltes Bier und ihren Rotwein ab. „Langer Tag“, sagte sie und nahm einen Schluck. „Langer, langer, langer Tag.“

„Wie läuft es bei eurem Fall?“, fragte Vincent.

„Ich weiß es nicht genau“, antwortete Stella. „Wir kommen ein bisschen weiter. Zumindest habe ich das Gefühl, dass es so ist. Wir haben zwei mögliche Verbindungen der beiden Opfer.“

„Wenn ihr noch einen konkreten Verdächtigen habt, ist das doch schon die halbe Miete, oder nicht?“, fragte Vincent.

Stella und Charlie wechselten einen Blick. „Es gibt schon einen Verdächtigen“, erklärte Stella, als Vincent sie fragend anblickte. „Es ist nur schwer, an ihn ranzukommen.“

„Warum?“

„Er hat ein Alibi. Kein gutes, aber es wird uns dennoch daran hindern, ihn einfach so festzunehmen, wenn wir nicht schnell weitere Beweise gegen ihn finden. Er ist nicht leicht zu durchschauen. Er ist …"

„… eiskalt", schloss Charlie Stellas Gedanken und diese nickte. „Schlau. Ein mächtiger Geschäftsmann."

Vincent schnaubte. „Noch ein mächtiger Geschäftsmann? Gab es die bei euch zum Sonderpreis oder was?", fragte er und warf Charlie einen vielsagenden Blick zu.

Charlie wollte etwas entgegen, doch plötzlich fiel ihr etwas ein. Ihre Lippen verzogen sich zu einem Lächeln und sie prostete Vincent zu. „Danke, Vinni."

„Danke wofür?", fragte der verdutzt.

„Du hast mich gerade auf eine Idee gebracht."

16. Kapitel

ALS Stella am nächsten Morgen früh in die alte Kaserne kam, war sie wenig überrascht, in Charlies Büro Licht brennen zu sehen. Sie klopfte an den Türrahmen.

Charlie blickte von ihrem Computer auf. „Du auch schon hier?"

„Ja." Sie setzte sich Charlie gegenüber und sah deren Notizblock. „Du beschäftigst dich mit Bela." Es war keine Frage, sondern eine Feststellung.

Charlie sah Stella nachdenklich an. „Vincent hat mich gestern auf eine Idee gebracht. Ich habe recherchiert und ..."

Als Charlie nicht weitersprach, blickte Stella sie fragend an. „Und?"

„Mächtige Geschäftsmänner", sagte Charlie.

„Was ist mit ihnen?"

„Sie kennen sich in aller Regel, oder?"

„Und weiter?"

„Rudolph Seitzthaler. Wir müssen mehr über ihn in Erfahrung bringen. Was er für ein Typ ist. Welche Leichen in seinem Keller versteckt sein könnten. Ich habe recherchiert und eine interessante Verbindung gefunden."

„Welche?", fragte Stella. Als sie das Funkeln in Charlies Augen sah, ahnte sie bereits, wie die Antwort ausfallen würde.

„Bela Rottenbach. Die Firmen der beiden Männer hatten viel miteinander zu tun. Und nicht nur das. Sie bewegten sich über viele Jahre in denselben Kreisen. Es gibt Fotos von ihnen. Charity-Events und so was. Bela kennt Rudolph Seitzthaler."

„Nur, weil sie sich flüchtig kennen ...", gab Stella zu bedenken.

„Sie *kennen* sich. Ich habe Bela gefragt."

Stella hob überrascht die Augenbrauen. „Okay. Wow. Das könnte unter Umständen hilfreich sein."

„Ja. Könnte es. Aber Bela wird uns nicht einfach so helfen." Charlie sah Stella eindringlich an.

Die nickte knapp. „Okay, schon klar. Eine Hand wäscht die andere, oder so was." Sie griff zu ihrem Telefon. Sie hatte dieses Gespräch lang genug hinausgezögert. Stella wählte die Nummer des Privathandys ihres Vaters und er ging sofort ran.

„Hallo, Püppi. Schön, dass du dich meldest", sagte er. Er klang gehetzt.

„Hallo, Papa. Störe ich?"

„Wir haben gerade eine Besprechung. Ich bin direkt aus dem Raum geeilt, als ich deinen Namen auf dem Display gesehen habe."

„Das ... hättest du nicht müssen. So wichtig ist es nicht."

„Ich habe dir schon als kleines Mädchen gesagt, dass du mich immer erreichen kannst. Daran halte ich mich. Ist alles in Ordnung?"

„Ja. Ich ..." Sie brach kurz ab und blickte zu Charlie, die sie abwartend anstarrte. „... ich habe eine Sache, die ich dich gerne fragen würde."

Sie hörte Schritte und leises Gemurmel durch das Telefon, dann fiel eine Tür ins Schloss. „Okay, ich bin in meinem Büro. Worum geht es, Püppi?"

„Das ist schwer zu erklären. Lass mich einfach aussprechen, okay?"

„Gut."

„Wir haben einen Fall. Keinen offiziellen Fall, sondern einen ..." Sie hatte viel darüber nachgedacht, wie sie mit dieser Sache an ihren Vater herantreten sollte. Dennoch wusste sie nicht, wie sie mit der Geschichte beginnen sollte.

„... einen inoffiziellen?", half ihr Vater ihr auf die Sprünge.

„So was in der Art. Alle Beweise sprechen gegen den Verdächtigen. Wenn wir den Fall ... offiziell behandeln, würde er sofort in Untersuchungshaft kommen, und ich denke nicht, dass er ein faires Verfahren erwarten kann. Uns ist daran gelegen, *zuerst* zu klären, ob alle Beweise tatsächlich korrekt sind oder ..." Sie brach ab. Was sie da unterstellte, war nicht weniger als ein Skandal, wenn es herauskam. Viele Kollegen waren in der damaligen Mordkommission beschäftigt gewesen. Charlie, Jan, andere. Sie alle waren dem Innenministerium unterstellt. Sie alle hatten disziplinarrechtliche Fragen beantworten müssen, nachdem Bela geflüchtet war. Und jetzt wollten sie den Fall wieder aufrollen, mit dem Argument, die Beweise wären nicht richtig interpretiert worden?

„Sag mir einfach, worum es geht, Püppi“, sagte ihr Vater, als sie zu lange geschwiegen hatte.

„Es ist kompliziert. Und … es ist inoffiziell, Papa. Ich rufe dich gerade als Tochter an, nicht als Ermittlerin.“

„In Ordnung.“

Sie holte tief Luft und blickte Charlie fragend an. Die nickte knapp. „In Ordnung“, sagte Stella. „Es geht um Bela Rottenbach. Er ist bereit, sich zu stellen.“

Einen Moment lang war es totenstill. Sie hörte ihren Vater noch nicht mal atmen. Stella drehte sich auf dem Stuhl, um dem hypnotisierenden Blick von Charlie zu entkommen.

„Rottenbach?“, fragte ihr Vater nach einer Weile. „Was soll das heißen?“

„Ich … kann nicht ins Detail gehen. Noch nicht. Aber er hat uns kontaktiert und will die Sache hinter sich bringen.“

„*Uns*?“, hakte ihr Vater nach.

Stella überging die Nachfrage. „Er sagt weiterhin, dass er unschuldig ist. Wir brauchen die Möglichkeit, die Beweise zu prüfen. Spuren, DNA, einfach alles. Und gegebenenfalls auch neue Beweise überprüfen zu lassen, so wir welche finden. Inoffiziell … Das ist aber schwierig bis unmöglich, außer …“

Außer du hilfst uns.

Die Worte kamen ihr nicht über die Lippen. Ihr Vater wusste auch so, was Stella von ihm wollte. Wieder schwieg er. Wieder war es totenstill. Stella fragte sich, ob es tatsächlich richtig gewesen war, ihren Vater in all das einzubeziehen.

„Stella …“, sagte er.

„Ja?“

„Wo bist du da nur reingeraten?“

Sie schluckte. „Ich … nun …“

„Ich will nicht, dass du dich weiter damit beschäftigst." Diese Reaktion war seiner Sorge um sie geschuldet. Dennoch fühlte es sich an wie ein Schlag in die Magengrube. „Er ist gefährlich."

„Papa, ich …"

„Bela Rottenbach ist gefährlich, Stella. Wer auch immer dich dazu angestiftet hat, du …"

„Niemand hat mich …"

„Stella! Unterbrich mich nicht. Ich schätze es, dass du mit dieser Sache zu mir kommst. Es ehrt dich und deinen Gerechtigkeitssinn. Ich werde mir Gedanken machen, was ich tun kann und will, und ich werde mir anhören, was seine Forderungen sind. Denn darum geht es schließlich, nehme ich an?"

Stella räusperte sich. „Unter anderem, ja."

„In Ordnung. Ich weiß, du bist eine sehr gute Ermittlerin, und ich weiß, du hast gute Gründe, wenn du sagst, dieser Fall muss noch einmal überprüft werden. Ich vertraue deinem Urteil."

Wow. Das war neu. Stella öffnete den Mund, doch ein Kloß steckte in ihrem Hals, und sie presste die Lippen wieder aufeinander, bevor sie etwas sagen konnte.

„Ich will trotzdem nicht, dass du dich weiter in all das hineinziehen lässt. Hast du verstanden?"

„Ja, Papa."

„In Ordnung. Ich muss jetzt wieder in die Besprechung. Ich melde mich."

Er legte auf, bevor sie sich verabschieden konnte. Langsam drehte sie sich wieder zu Charlie.

„Und?", fragte die unruhig.

„Er wird uns helfen."

Charlie hatte nicht weiter nachgefragt und darüber war Stella denkbar froh. Ihr Vater hatte eingewilligt, aber das hatte sie von vornherein gewusst. Er schlug ihr nie eine Bitte ab. Gleichzeitig hatte er ihr aber auch zu verstehen gegeben, dass sie diese Sache nichts mehr anging, sobald er sich darum kümmerte. Stella verstand es sehr gut, zwischen den Zeilen zu lesen, wenn ihr Vater am Wort war.

Aber ihr Stolz war etwas, worum sie sich in ihrem Privatleben Sorgen machen konnte. Hier und jetzt hatte er keinen Platz. Charlie hatte sofort Nägel mit Köpfen gemacht, ein Treffen mit Bela vereinbart und Jan erklärt, sie und Stella könnten nicht bei der Ermittlungsbesprechung teilnehmen, weil sie einen wichtigen Zeugen befragen mussten.

„Denkst du wirklich, das bringt etwas?", fragte Stella zweifelnd.

„Jede Befragung und jede Information bringen potenziell etwas", sagte Charlie, die gerade über die Hauptstraße brauste und halsbrecherische Überholungsmanöver veranstaltete.

„Treffen wir uns wieder bei dir zu Hause?", fragte Stella.

„Nein. Im Stadtpark. Dann können wir uns gleich diese Realschule ansehen."

„Okay. Gut."

Charlie parkte direkt vor dem Haupteingang des Stadtparks. Bela Rottenbach wartete bereits auf sie. Stella folgte Charlie und blieb auf Abstand. Bela nickte Charlie zu, dann lächelte er Stella an.

„Es freut mich, Sie so schnell wiederzusehen, Stella."

Stella ignorierte ihn. Bela Rottenbach war zweifelsohne ein attraktiver, charmanter Mann mit einer Ausstrahlung, die ganze Säle einnehmen konnte, bevor er überhaupt ein Wort sagte. Genau das machte Stella auch so misstrauisch. Wie konnte jemand je mit Sicherheit wissen, ob ein Mann wie Bela die Wahrheit sagte, wenn schon ein Lächeln von ihm reichte, um jemanden zu vereinnahmen? Sie wandte den Blick ab und folgte Charlie, die eine Picknickbank in der Nähe des Eingangs ansteuerte.

Bela wartete auf Stella und ging direkt neben ihr. „Wie geht es Ihnen heute, Stella?"

„Ich habe kein Interesse an Smalltalk, Herr Rottenbach."

Bela blieb stehen und Stella, ohne recht zu wissen, wieso, tat es ihm gleich. Sie blickte ihn fragend an.

„Das ist kein Smalltalk, sondern eine ernst gemeinte Frage. Sie wirken bedrückt."

„Ich wirke konzentriert."

Bela neigte den Kopf etwas zur Seite und betrachtete sie eingehend. „Nein. Ich denke, diesen Unterschied würde ich erkennen."

„Sie kennen mich nicht.“

„Das würde ich gerne ändern.“ Wieder ein Lächeln.

Stella wandte sich abrupt um und ging zu Charlie, die eine ungeduldige Geste in ihre Richtung machte. Stella setzte sich neben Charlie, Bela setzte sich ihnen gegenüber.

„Also schön, meine Damen. Worum geht es?“, fragte Bela.

„Es besteht die Möglichkeit, dass wir Ihnen helfen“, sagte Charlie.

Bela sah sie einen Moment lang an. „Ich kenne Sie als Nägel-mit-Köpfen-Typ, Charlie. Solche umständlichen Satzkonstruktionen sehen Ihnen gar nicht ähnlich.“

„Keine Ahnung, wovon Sie sprechen.“

„Es besteht die Möglichkeit, dass …“, wiederholte er. „Sehr kryptisch. Nägel mit Köpfen, Charlie. Worum geht es, wann passiert es, was brauchen Sie von mir?“

Charlie sah kurz zu Stella.

Die nickte Bela zu. „Wir haben einen Kontakt im Innenministerium, der …“

„Ihren Vater“, unterbrach Bela sie.

Stella presste sofort die Lippen aufeinander. Sie merkte, wie ihre Wangen glühten, und ärgerte sich über sich selbst. Woher wusste Bela das? Hatte er über sie recherchiert? Was wusste er noch? Wusste er über die Ermordung ihrer Mutter Bescheid?

Ist das nicht völlig egal?

Als Stella nichts sagte, sprang Charlie ein. „Ja, wir sprechen von Berndt Wasserthal, Stellas Vater.“

„Sie sehen überrascht aus“, sagte Bela zu Stella.

Die schüttelte den Kopf, obwohl augenscheinlich war, wie perplex sie war.

„Auch ich habe gute Verbindungen. Gehabt, meine ich“, erklärte Bela und lächelte.

„Schön, okay“, brachte Charlie sich barsch ein. „Wir alle haben super Verbindungen. Können wir weitermachen? Wie ich schon sagte, es besteht die Möglichkeit, dass wir Ihnen helfen. Aber zuerst müssen Sie uns helfen.“

Bela sah Stella weiter an. „Wie?“

„Rudolph Seitzthaler“, sagte Charlie.

Nun wandte Bela ihr den Blick zu. „Was ist mit ihm?“

„Sie kennen ihn.“

„Ja.“

„Was wissen Sie über ihn?“

Stella spürte, dass Bela wieder sie ansah. Sie ermahnte sich, sich zusammenzureißen, hob den Kopf und hielt seinem Blick stand.

„Wenn Sie mir sagen, worum es geht, kann ich Ihnen sagen, was ich über ihn weiß.“

„Umgekehrt, Herr Rottenbach. Ihre Hand wäscht zuerst die unsere.“ Und als Bela keine Reaktion zeigte, fügte sie leise, aber eindringlich hinzu: „Bitte.“

Belas Mundwinkel zuckten. „In Ordnung. Weil Sie so nett Bitte gesagt haben.“

Charlie räusperte sich demonstrativ und Belas Blick flog zu ihr. „Was wollen Sie wissen?“, fragte er.

„Was für ein Typ ist er? Hat er Geheimnisse? Wir wollen alles wissen, um uns ein Bild von seinem Charakter machen zu können“, antwortete Charlie.

Bela blickte wieder zu Stella. „Es geht um den Mordfall, richtig? In den Zeitungen wurde darüber berichtet. Erstochene Herzen, Nägel in den Augen. Es ist Ihr Fall?“

Stella nickte knapp.

„Und Sie verdächtigen Rudolph?“ Bela hob überrascht die Augenbrauen.

„Sie denken nicht, dass er zu so etwas fähig wäre?“, fragte Stella.

„Das habe ich nicht gesagt.“

„Dann sprechen Sie in Worten, nicht in Mimik. Bitte.“

Bela schenkte ihr ein strahlendes Lächeln. „Sie sind sehr viel freundlicher als Charlie. Sie beide haben wahrlich eine interessante Guter-Bulle-Böser-Bulle-Nummer am Laufen.“

„Bela …“, warf Charlie warnend ein.

„Schon gut. Er ist Immobilienentwickler, und zwar einer, der verdammt gut vernetzt ist. Große Ausschreibungen gehen in der Regel an seine Firma. Er hat viel Geld und viel Einfluss. Er liebt seine Kinder über alles, sie sind ihm das Wichtigste. Einmal wurde eine Entführung des Jüngsten angedroht. Erpresserbrief. Er hat brav bezahlt, einen Detektiv eingeschaltet, den Erpresser ausforschen und ihn verschwinden lassen. Das Geld hat er sich wiedergeholt. Alles ohne Polizei. Ohne Medienrummel. Unter der Hand. *Dieser* Typ Mann ist er.“

„Was heißt, er hat ihn verschwinden lassen?“, fragte Stella nach.

Bela warf ihr einen vielsagenden Blick zu und antwortete nicht. „Er liebt auch seine Frau. Er würde alles für sie tun. Die beiden sind ein Team, sie waren schon zusammen, als er noch ein Niemand war. Er würde für sie töten.“

„Er betrügt sie“, sagte Stella.

„Ja“, gab Bela zurück. „Aber das tut nichts zur Sache.“

„Nichts zur Sache? Was soll das heißen?“

„Sex ist das eine, die Partnerschaft das andere. Rudolphs Ehefrau steht für ihn auf einem unantastbaren Podest. Alles andere ist belanglos für ihn. Völlig unwichtig. Zeitvertreib.“

„Ich kann mir nicht vorstellen, dass sie das genauso sieht“, sagte Stella und schüttelte den Kopf.

„Sie sind eine Frau mit viel Ehrgefühl“, gab Bela zurück. „So etwas findet man selten.“

Stella wollte fast mit einem „Danke“ antworten und fragte sich sofort, was mit ihr nicht stimmte. Schnell sah sie zu Charlie.

Die übernahm nun. „Wir müssen an ihn rankommen, Bela. Wir haben kein Druckmittel. Er redet mit uns, aber er sagt nur so viel, wie er gerade muss. Er ist bislang unser einziger Verdächtiger.“

„Warum?“, fragte Bela.

„Warum was?“

„Warum ist er überhaupt ein Verdächtiger?“

„Wir können über laufende Ermittlungen nicht …“

Bela unterbrach Charlie. „Er hatte mit den Opfern eine Affäre, ja? Deshalb haben Sie danach gefragt? Hm …“ Bela spitzte die Lippen, als dächte er eingehend über diese neue Erkenntnis nach. Dann schüttelte er den Kopf. „Sie liegen falsch, denke ich.“

„Wieso?“, fragte Charlie.

„Das habe ich Ihnen bereits gesagt. Seine Affären sind unbedeutend für ihn.“

„Was, wenn eine Affäre Druck auf ihn ausgeübt hat?“

„Dann hätte er die Sache einfach beendet.“

„Und wenn der Druck weitergegangen wäre?“, schaltete sich nun Stella wieder ein. „Wenn die Affäre seine Frau bedroht hätte? Seine Kinder? Wenn sie ihn erpresst hätte?“

„Möglich … Ist das denn geschehen?“, fragte Bela.

„Das gilt es herauszufinden“, antwortete Charlie.

Bela nickte. „Die Kinder. Das ist das Einzige, worauf er reagiert. Bringen Sie die Kinder ins Spiel.“

Charlie nickte. „Danke, Bela. Das hat geholfen.“

Als Charlie sich gerade erheben wollte und Stella es ihr gleichtat, hob Bela auffordernd die Hand. „Haben Sie nicht etwas vergessen?“

„Was?“, fragten Charlie und Stella gleichzeitig.

„Dass ich jetzt dran bin?“

Stella setzte sich wieder. „Womit?“

„Eine Hand wäscht die andere?“

„Auf Ihren Händen gibt es noch nicht so viel zu waschen, soweit ich weiß“, sagte Stella.

Bela lächelte. „Ich habe Ihnen gesagt, was passiert ist, und jetzt muss danach gehandelt werden.“

„Was stellen Sie sich vor?“, fragte Charlie. „Und wo wir schon bei dem Thema sind: Wie kommt es, dass Sie erst jetzt mit dieser Version der Story herausrücken? Ich habe bei Ihren Befragungen nichts davon gehört.“

„Meine Befragungen waren ein Stasi-ähnliches Verhör, Charlie, das wissen Sie genau. Ich war damit beschäftigt, meinen Hintern zu retten.“

„Sie waren damit beschäftigt, jede einzelne unserer Fragen von einem Anwalt überprüfen zu lassen.“

„Charlie … Eine Frau wie Sie sollte genau wissen, wie das läuft.“

Stella sah Charlie abwartend an.

Die sagte nichts, also sprach Bela einfach weiter. „Ein Fuchs, der in der Falle sitzt, hat kein Druckmittel gegen den Jäger. Ein Fuchs in der freien Wildbahn hingegen schon.“

„Und welches Druckmittel soll das sein?“, fragte Stella, als Charlie immer noch nichts sagte.

Bela sah ihr in die Augen und lächelte wissend. „Die Bewahrung des ökologischen Gleichgewichts.“

Stella sah Bela fragend an, während Charlie mit ihren Fingern auf das raue Holz des Picknicktisches trommelte.

„Sie sprechen in Rätseln“, sagte sie nach einer Weile.

„Nein, tue ich nicht.“ Belas Blick ging zwischen Charlie und Stella hin und her. „Hier gilt es, ein Gleichgewicht herzustellen. Die Verhandlungsmacht muss auf beiden Seiten gleich stark sein, sonst kommt es zu keinem guten Ergebnis. Wenn ich in einer Zelle sitze, ist meine Verhandlungsmacht im Minusbereich. Ich musste freikommen, um eine Chance zu haben, zu beweisen, dass ich unschuldig bin. *Deshalb* haben Sie direkt nach meiner Festnahme nie gehört, was wirklich geschehen ist. Und jetzt möchte ich, dass Sie mir helfen, Beweise zu finden.“

„Und wie stellen Sie sich das vor?“, fragte Charlie.

„Wenn Martin geplant hat, dass sein Selbstmord wie ein Mord aussehen soll, muss es dafür irgendwelche Belege geben. Er hatte meine Jacke an und hat mit dem linken Arm eine Kugel aus seiner Pistole abgefeuert. Und zwar am Tag seines Selbstmordes, denn an diesem Tag habe ich die Jacke am Morgen in mein Büro gehängt. Das weiß ich, weil es ein verregneter Tag war, während es die Wochen davor immer warm gewesen ist. Irgendwann ist er mit meiner Jacke aus dem Büro verschwunden. Finden Sie heraus, was passiert ist.“

Charlie schwieg einen Moment. Stella starrte sie gespannt von der Seite an. Irgendwann nickte Charlie. „In Ordnung. Ich tue mein Bestes.“

Bela nickte ebenfalls. „Danke, Charlie.“ Er erhob sich. „Wir hören uns. Und Charlie?“

„Ja?“

„Viel Glück bei Ihrem Fall.“

Stella erhob sich ebenfalls. Bela ging auf sie zu, nahm sanft ihre Hand und hauchte einen Kuss auf den Handrücken. Ein letzter intensiver Blick, dann drehte er sich um und verschwand. Stella steckte ihre Hände eilig in die Jackentaschen und wandte sich zu Charlie. Die blickte sie sichtlich amüsiert an und sah aus, als stünde sie kurz davor, einen spitzen Kommentar loszulassen.

Stella schüttelte energisch den Kopf. „Sag einfach nichts, okay? Nur ein einziges Mal."

Charlie zuckte mit den Schultern. „Okay. Ausnahmsweise."

„Ich verstehe nicht, warum es immer *diese* Typen sind, die Gefallen an mir finden", murmelte Stella und starrte auf ihre Schuhe.

„Ich dachte, ich soll nichts dazu sagen?"

Stella hob wieder den Kopf. „Sollst du auch nicht."

„Dann lade mich nicht dazu ein."

Stellas Handy klingelte. Es war Jan. Sie hob ab. „Hallo, Jan. Wir sind schon auf dem Weg ins …"

„Scheiße, Stella …"

„Was ist passiert?"

„Er hat wieder zugeschlagen."

Stella schloss für einen Moment die Augen.

Verdammt.

„Was ist?", fragte Charlie.

Stella sah sie an. „Ein weiterer Mord."

„Scheiße", stieß Charlie aus.

„Wo?", fragte Stella. „Wo sollen wir hinkommen? Und … wie heißt sie?"

„West-Bezirk. Rademacherstraße 14. Und … es ist diesmal keine Sie."

„Wie bitte?"

„Stella …", sagte Jan und die Art und Weise, wie er ihren Namen aussprach, ließ das Blut in ihren Adern gefrieren. „Es ist ein Mann. Er … er ist Polizist."

17. Kapitel

„VERDAMMT", stieß Charlie aus.

Sie hatte sich auf den Beifahrersitz gesetzt und Stella das Steuer überlassen, während sie sich alle Daten aufs Handy schicken ließ, die bislang bekannt waren.

„Was? Wer ist es?", fragte Stella.

„Carl Jost", gab Charlie zurück.

„Kanntest du ihn?"

„Nein. Aber ..." Sie schluckte. *Verdammt.*

„Aber – was?"

„Vincent. Vincent kannte ihn. Carl Jost war bis vor einigen Jahren Verkehrspolizist. Die beiden waren Kollegen." Charlie schüttelte den Kopf. *Das kann doch alles nicht wahr sein!*

„Bis vor einigen Jahren? Wie alt ist das Opfer?"

„Fünfzig. Er wurde vom Dienst suspendiert und dann in den vorzeitigen Ruhestand geschickt. Alkohol."

Charlie musste es Vincent persönlich sagen, auch wenn ihre Finger bereits ein Eigenleben entwickelt hatten und wie automatisch zu Vincents Namen in ihrer Kontaktliste scrollten. Eilig packte sie das Handy weg. Sie schüttelte den Kopf. „Was passiert hier?", fragte sie.

„Ich habe keine Ahnung."

„Wir müssen so schnell wie möglich den Tatzeitpunkt erfahren und jemand muss zu Seitzthaler fahren", sagte Charlie.

„Ja. Denkst du ..."

„Was?"

„Denkst du, das stärkt oder schwächt unsere Theorie über Rudolph Seitzthaler?"

Charlie dachte kurz nach. „Ich weiß es nicht. Du hast gehört, was Bela über ihn gesagt hat."

Stella nickte. „Nichts Gutes, wenn du mich fragst."

„Nein. Aber das hat nichts zu bedeuten. – Wir sind da."

Charlie stieg aus und sah sich um. Sie befanden sich im ehemaligen Industrieviertel, in dem über die Jahre zahlreiche Fabrikgebäude zu Wohnungen umfunktioniert worden waren. Alle Häuser waren massive Ziegelbauten, die Fenster im Erdgeschoss waren zum Teil vergittert. Der West-Bezirk war ziemlich heruntergekommen und wurde von einer entsprechend armen Bevölkerungsschicht bewohnt. Zwischen zwei Ziegelbauten, vor denen Charlie stand, befand sich ein kleiner Durchgang, der nun mit Polizeiabsperrband gesichert war. An der Straße parkten zahlreiche Einsatzwagen. Charlie sah Toni, der seinen Schutzanzug zur Hälfte ausgezogen hatte, sodass nur noch seine Beine in der weißen Hülle steckten, während sein Oberkörper von einem roten Fleecepullover gewärmt wurde. Seine große Kamera baumelte um seinen Hals, und er unterhielt sich lächelnd mit einem Kollegen der Spurensicherung. Unschlüssig blieb Charlie stehen.

„Gehen wir nicht rein?", fragte Stella hinter ihr.

„Doch, gleich. Ich …"

Toni blickte auf, sah sie und hob die Hand zum Gruß. Sofort formten Charlies Lippen wie automatisch ein strahlendes Lächeln.

Stella räusperte sich neben ihr. „Ich … hole mal die Schutzanzüge." Sie winkte Toni zu und ging zu einem der Einsatzwagen.

Charlie wollte ihr nachgehen, doch ihre Beine bewegten sich zu Toni. „Hallo", sagte sie. „Warst du schon drinnen?"

„Ja." Jemand kam vorbei und klopfte Toni mitfühlend auf die Schulter.

Charlie sah dem Kollegen nach. „Kanntest du das Opfer, Toni?"

„Flüchtig. Von früher. Es ist …" Er brach ab, räusperte sich kurz und lächelte dann wieder. Kleine Falten bildeten sich um seine Augen, und Charlie konnte ihren Blick nicht von den langen Wimpern abwenden. „Es ist immer eine eigene Sache, wenn es um einen Kollegen geht … Ich bin sprachlos. Ich habe schon viel gesehen, aber …" Er sah sie betroffen an.

Sie nickte. „Ich kannte ihn nicht, aber Vincent …"

Toni nickte, legte ihr mitfühlend die Hand an den Oberarm und drückte sanft zu. „Ich bleibe hier und warte auf dich."

Charlie blinzelte ein paarmal. „Was? Nein. Ich meine, warum?“

„Weil niemand alles immer nur alleine stemmen kann. Darum.“

Sie schüttelte den Kopf. „Danke, Toni, aber … das hier ist mein Job. Es ist okay. Ich meine … nicht okay-okay. Ein Mord ist nie okay. Es …“

Was, verdammt noch mal, redest du da?

Sie brach eilig ab und blickte zu Stella, die bereits im Schutzanzug steckte und auf sie wartete. „Ich muss dann mal.“ Schnell ging sie davon und blickte sich nicht mehr um.

„Toni ist echt nett“, sagte Stella, als Charlie an ihr vorbeirauschte.

Charlie stieg ebenfalls in den Schutzanzug und ignorierte Stellas Kommentar. „Gehen wir rein“, sagte sie und stapfte voran. Der Durchgang führte von der Straße zum Innenhof des Fabrikgebäudes, von dem aus mehrere massive Türen in verschiedene Bereiche des Ziegelbaus führten. Eine davon stand offen, Kollegen gingen ein und aus. „Ich schätze, dort sind wir richtig.“

Sie trat durch die Eingangstür und blickte sich um. Die Wohnung, in der sie sich befand, erinnerte an allen Ecken optisch an eine Produktionshalle. Nur kleiner. „Wer will hier wohnen?“, fragte sie niemand Bestimmten.

„Es ist billig“, sagte Stella.

„Es ist grauenhaft. Eiskalt. Im tatsächlichen und im übertragenen Sinne.“

„Naja, die Stadt vermietet einige der ehemaligen Hallen und Büros als Sozialwohnungen.“

Charlie schüttelte den Kopf. „Carl war Polizist. Wieso …“ Sie brach ab. Sie konnte sich denken, wieso er sich nichts Besseres mehr hatte leisten können. Sie hatte seine Akte überflogen, als sie hierhergefahren waren. Die Suspendierung lag schon ein paar Jahre zurück. Und im vorzeitigen Ruhestand war das Einkommen sicher nicht sehr hoch. Und wenn er den größten Teil für Alkohol ausgab …“

Diese Sorgen hat er jetzt wohl nicht mehr.

Sie stand in einem Zimmer, das zugleich als Wohn- und Schlafzimmer fungierte. Eine Tür ging rechts zum kleinen Badezimmer, eine weitere ging links zur Küche. Charlie stellte sich vor die offene Tür und blickte auf den toten Körper zu ihren Füßen.

Carl Jost lag auf dem Boden. Er trug eine zerschlissene Jeans und ein fleckiges Hemd, das vorne offen stand und seinen wabbeligen Bauch zur Schau stellte. Er war an Hand- und Fußgelenken mit Klebeband gefesselt. Die Hände waren an das Heizungsrohr, die Füße an den Esstisch gebunden. Charlie ging in die Hocke und besah sich den Oberkörper genauer.

„Hämatome", sagte Stella hinter ihr.

Charlie nickte. „Das ist neu."

„Genauso wie das hier", gab Stella zurück.

Charlie richtete sich auf und folgte ihrem Blick. Sie sah zu den Handflächen. Sie waren knallrot, als hätte der Mann sich verbrüht. Charlie trat vorsichtig um die Leiche und griff auf die Heizung, an der die Hände angebunden waren.

„Ziemlich warm." Im Gegensatz zum Wohn-Schlaf-Raum war es in der Küche tatsächlich sehr warm. Vermutlich hatte Carl es sich nicht leisten können, die gesamte Wohnung konstant zu beheizen. Sie griff zum Heizungsrohr und zuckte zurück. „Der Zulauf ist heiß."

Wieder sah Charlie auf den toten Körper hinab. Er machte einen weitaus weniger geordneten Eindruck als die ersten beiden Opfer. Was hatte das nur zu bedeuten?

Sie ging in die Knie und warf einen Blick auf den Griff des Küchenmessers, das im Herzen des Opfers steckte. „Du bist gut, Stella", sagte sie.

Stellas Lippen zuckten kurz, doch für ein Lächeln war die Szenerie zu tragisch. „*Venia*?", fragte sie.

Charlie nickte. „Ja. Vergebung, richtig?"

„Ja. Die dritte Phase."

„Scheiße."

Charlies Blick ging zu den Nägeln. Alles sah so aus wie bei den ersten beiden Opfern, bis auf …

„Kratzer", sagte sie und deutete auf den Bereich um die Augen. „Da sind kleine Kratzspuren."

Stella trat neben sie, ging in die Hocke und besah sich das Gesicht des Opfers genau. „Ich hoffe, das hat nicht das zu bedeuten, was ich befürchte."

„Dass er sich gewehrt hat?", fragte Charlie.

Stella richtete sich wieder auf. „Sieh ihn dir an", sagte sie. „Hämatome. Kratzspuren. *Er* hat sich gewehrt."

„Das hier war anders als bei den ersten beiden Morden. Aber wieso?"

„Tendenziell würde ich sagen, es ist einfacher, gegen eine Frau zu kämpfen als gegen einen schweren, großen Mann. Deshalb liegt er auch auf dem Boden. Und wer weiß ..."

„Was?", fragte Charlie.

„Damit Schlaf- oder Beruhigungsmittel richtig wirken, muss man die Dosis gut bemessen. Wie gesagt: Carl Jost ist groß. Er ist schwer. Er war Alkoholiker. Vielleicht haben sie nicht sofort gewirkt. Vielleicht musste unser Täter hier kämpfen."

Charlie nickte und winkte einen Kollegen von der Spurensicherung heran, der gerade an der Küchentür vorbeikam. „War der Rechtsmediziner schon da?", fragte sie.

„Ja, er hat sich die Leiche bereits angesehen. Ich glaube, er steht noch draußen."

Charlie ging sofort hinaus, sah sich nach Doktor Steiner um und entdeckte ihn neben einem schwarzen Kombi, in den der Mediziner gerade einsteigen wollte. „Herr Doktor!", rief sie.

Er wartete auf sie. „Nur keine Eile, Fräulein Charlotte", sagte er und schüttelte ihr die Hand. „Ich hätte schon auf Sie gewartet. Es ist nur so kalt hier draußen."

„Ich mache es kurz, Herr Doktor. Die Hämatome? Die Kratzer im Gesicht?"

Er nickte. „Ja. Hier gibt es eindeutige Kampfspuren."

„Die Nägel ... Meinen Sie, sie wurden in diesem Fall vor dem Tod in die Augen getrieben?"

„Ich kann Ihnen diese Dinge mit Sicherheit erst nach der Obduktion bestätigen, aber ..."

„Aber?"

„Ich habe mir die Kratzer um die Augenpartie genau angesehen. Und sie sehen durchaus so aus, als könnten sie durch heftige Bewegungen des Kopfes entstanden sein. Sehen Sie ..." Der Doktor hob die Hand und formte Zeigefinger und Daumen so, als hielte er einen Gegenstand.

Die Hand bewegte er ruckartig auf Charlies Gesicht zu, woraufhin sie sich instinktiv wegdrehte. „Das meine ich. Sie sind gefesselt, aber wach. Jemand will Ihnen Nägel in die Augen stechen. Sie bewegen den Kopf hin und her, hin und her. Der Täter hält ihn am Kinn fest – haben Sie die Druckspuren gesehen?"

„Nein", gab Charlie zu.

„Sie waren blass, aber doch sichtbar. Der Täter hat das Opfer fest am Kinn gepackt, um besser zielen zu können, aber der Mann war sehr kräftig … Er hat dennoch gezuckt. Also ja, die Spuren deuten darauf hin, dass dieses Mal nicht gewartet wurde, bis das Opfer tot war."

Charlie blickte nachdenklich an Doktor Steiner vorbei irgendwo ins Nichts. „Aber warum?", fragte sie tonlos.

„Das, wertes Fräulein Charlotte, dürfen *Sie* herausfinden. Ich versuche, Ihnen zu bestätigen, was ich vermute."

„Danke, Herr Doktor."

„Er ist im Übrigen schon länger tot. Zwei bis drei Tage, würde ich schätzen."

Charlie nickte. Sie war wie benommen.

Der Mediziner verabschiedete sich, setzte sich ins Auto und fuhr weg.

Zwei bis drei Tage.

Der Mann lag mehrere Tage tot in seiner Wohnung und niemand hatte sich darum geschert. Gefunden hatte ihn ein Trinkkumpan, der einen Ersatzschlüssel besaß und sich gewundert hatte, warum Carl nicht zu einer Verabredung aufgetaucht war. Sonst hatte niemand Carl vermisst. Er war ganz allein gewesen.

Charlie schluckte, drehte sich langsam um und sah zu dem Ziegelbau. Ihr Magen fühlte sich an, als wäre er aus Eis. Sie holte tief Luft und blickte über ihre Schulter nach links. Einige Fußlängen entfernt stand Toni. Er hatte die Arme vor der Brust verschränkt und blickte sie mit einem sanften Lächeln an. Sie erwiderte es und sah ihm einen langen Moment regungslos in die Augen.

Nur ein Moment, dachte sie. *Ein Moment Wohlgefühl, bevor die brutale Welt um mich sich weiterdreht.*

18. Kapitel

DIE Stimmung im Besprechungszimmer war gedrückt. Niemand sprach, jeder starrte auf die Tischplatte oder auf seine Hände. Stella wusste, dass all ihre Kollegen empfanden, was sie selber fühlte.

Wir haben versagt.

Der Täter ging in einem rasanten Tempo vor. Das erste Opfer war vor gerade einmal einer Woche ermordet worden.

Eine Woche. Drei Opfer.

Der Täter meinte es ernst mit seinem Vergebungsprozess. Umso bestätigter fühlte Stella sich in ihrer Ansicht, dass etwas den Täter getriggert haben musste. Etwas war passiert. Etwas, das den Täter völlig aus der Fassung gebracht hatte. Das ihn veranlasst hatte, zur Tat zu schreiten. Der Serienmörder, mit dem sie es hier zu tun hatten, war kein Triebtäter und kein Sadist im klassischen Sinne. Es war ihm bei den ersten beiden Opfern nicht um Qual gegangen. Noch nicht mal um Macht oder Unterwerfung.

Es geht nur um den Täter. Er sucht nach Erlösung.

Daher die Eile. Daher das schnelle Vorgehen. Der Täter hatte keine Zeit zu verlieren. Er wollte sich endlich von etwas befreien, das ihn so stark belastete, dass er damit nicht mehr leben konnte.

Aber was? Was haben die drei dir nur angetan?

Die ersten beiden Opfer, Marianne und Nathalie, hatte das Team zwischenzeitlich komplett durchleuchtet. Es war, als würden die Ermittler die beiden Frauen persönlich kennen. Doch sie hatten nichts gefunden. Keine Leichen im Keller. Keine Geheimnisse oder Skandale.

Und Carl Jost? Da standen sie ganz am Anfang. Sie warteten ungeduldig auf die Ergebnisse der Obduktion. Parallel hatten Arnd und Holger mal wieder eine Nachtschicht eingelegt, hatten die digitale Person Carl Jost durchleuchtet, beruflich wie privat, alle Daten, alle Akten. Sie saßen nach wie vor in ihrem Büro, während der Rest des

Teams, mit Ausnahme von Jan, im Besprechungsraum saß und überlegte, was zu tun war.

Nun kam auch Jan dazu. Er wirkte zerstreut und hatte tiefe Ringe unter den Augen. „Der Freund, der Carl Jost gefunden hat, sein Trinkkumpan, ist nach wie vor nicht ansprechbar. Er hat sich so viel Alkohol in so kurzer Zeit in den Rachen geschüttet, als er seinen Freund gefunden hat, dass ihm der Magen ausgepumpt werden musste. Die Ex-Frau hat seit Jahren nichts mehr von Carl gehört, die Kinder ebenfalls nicht. Wir haben *nichts.*"

„Wir haben Rudolph Seitzthaler", sagte Charlie.

Stella nickte. „Und die Schule."

Jan holte tief Luft und ließ sich auf einen Stuhl plumpsen. „Ja, okay. Wir brauchen also eine Verbindung zwischen Carl Jost und Rudolph Seitzthaler."

„Oder eine Verbindung zwischen Carl Jost und der Schule", fügte Charlie hinzu.

Jan machte eine auffordernde Geste Richtung Charlie. „Charlie und Stella, ihr fragt mal bei Arnd und Holger, ob sie etwas gefunden haben. Stefan und Mike, ihr fahrt ins Krankenhaus und wartet, bis der Trinkkumpan befragungsfähig ist. Und irgendjemand macht bei der Rechtsmedizin Dampf, wir benötigen dringend den Obduktionsbericht!"

Stella und Charlie waren schon zur Tür raus, als Jan sein Team noch weiter einteilte.

„Jan sieht schlecht aus", sagte Stella.

„Wir sehen alle schlecht aus. Richtig, richtig schlecht."

„Was könnte Seitzthaler mit Carl Jost zu tun gehabt haben?", fragte Stella, während sie Charlie zu Arnds Büro folgte.

„Alles? Nichts?"

„Wir könnten Bela fragen. Herrn Rottenbach, meine ich."

Stella sah mit einem Seitenblick, wie Charlie mit den Augen rollte, und hakte nicht weiter nach.

Charlie ging ins Büro. „Bitte, Arnd, sag mir, dass ihr etwas gefunden habt, mit dem wir arbeiten können."

Arnd, ein kleiner Mann mit breiten Schultern, schütterem Haar und einem breiten Mund, der immer ein Lächeln zeigte, nickte.

Charlie seufzte erleichtert. „Du bist mein Lieblingsmensch."

„Das sagst du doch zu all deinen Männern", gab Arnd zurück.

Charlie legte ihm die Hand auf die Schulter. „Nur, wenn sie es verdienen. Was hast du gefunden?"

„Nichts, was eine Verbindung zu Seitzthaler herstellen würde. Carl Jost war nie bei der Kripo, hat nie Kapitalverbrechen untersucht. Er war einfacher Streifenpolizist. Also wenn Seitzthaler nicht gerade in Rage geraten ist, weil er mal ein Strafmandat bekommen hat, fehlt mir da der Bezug."

„Nicht sehr hilfreich, Arnd."

„Abwarten, Charlie. Die Schule …"

Stella horchte auf. „Hast du eine Verbindung gefunden?"

„Sieht so aus. Ich weiß aber nicht, wie relevant sie ist. Ihr habt gesagt, der Zeitraum, in dem die Tätigkeit der ersten beiden Opfer bei der Realschule sich überschneidet, war 2009 bis 2012, richtig?"

„Ja", sagten Charlie und Stella gleichzeitig.

„Nun, es gab eine Sache, zu der Carl Jost hinzugezogen wurde. Ein Brandanschlag in der Schule. Ein Lehrer, der durchgedreht ist und gekündigt wurde …"

„Durchgedreht?", fragte Stella.

„Man könnte wohl Burnout sagen, nehme ich an. Jedenfalls war er eine Zeit lang im Krankenstand und wurde da gekündigt. Da ist er dann völlig durchgedreht, wie es aussieht, und hat einen Brandanschlag geplant. Allerdings hat jemand mitbekommen, wie er an der Schule rumlungert, und hat alarmiert die Polizei gerufen. Carl Jost kam mit seinem damaligen Kollegen an. Sein Name war Thomas Kalker, der ist allerdings schon verstorben. Herzinfarkt. Sie haben das Brandmaterial gefunden und den gekündigten Lehrer mitgenommen. Anzeige, Strafverfahren wegen versuchter schwerer Brandstiftung. Ein Jahr unbedingte Haft. Danach ist sein Leben den Bach runtergegangen. Ich habe nachgesehen, es gab noch weitere Anzeigen und Platzverweise gegen ihn. Er lungert nach wie vor immer mal wieder bei der Schule rum. Kann wohl nicht abschließen mit dem Ganzen. Und jetzt kommt das Aber …"

„Das hätte sich auch alles irgendwie zu gut angehört", murmelte Charlie.

„Die Sache mit dem Krankenstand war 2014. Der Brandanschlag 2016. Also nach dem Zeitraum, den ihr genannt habt."

„Aber war der Lehrer im Zeitraum 2009 bis 2012 in der Schule beschäftigt?", fragte Stella.

„Ja, war er. Da lief alles gut. Zumindest habe ich keine gegenteiligen Informationen gefunden."

„Drei Opfer an einer Schule. Das ist kein Zufall", sagte Stella.

„Das sehe ich auch so", bestätigte Charlie. „Gib mir bitte Name und Adresse von diesem netten Mitglied der Gesellschaft, Arnd."

„Frederik Kohlhofer, Maulbergstraße 8, Tür 3, Erdgeschoss."

Stella schnappte nach Luft.

„Was ist?", fragte Charlie.

„Maulbergstraße 8", sagte sie.

„Was ist damit?"

„West-Bezirk, Charlie. Das ist im West-Bezirk. Wo auch Carl Jost …"

Charlies Augen weiteten sich. Sie klopfte Arnd auf die Schulter. „Danke, Arnd."

„Immer gern, Mädels."

Stella und Charlie steuerten im Laufschritt auf Charlies Wagen zu. Charlie brauste los und hielt fünfzehn Minuten später mit quietschenden Bremsen an der angegebenen Adresse. Auch hier wirkten die Wohnhäuser heruntergekommen. Ein Sozialbau stand neben dem anderen, die grauen mit Graffitis übersäten Mauern waren schier endlos.

Stella und Charlie gingen zur Hausnummer 8 und klingelten bei Tür 3. Der Türöffner summte, ohne, dass sich jemand an der Gegensprechanlage meldete. Stella folgte Charlie durch die Eingangstür in den engen Gang, der direkt zum Treppenhaus und einer kleinen, wenig vertrauenserweckenden Liftanlage führte. Im Erdgeschoss gab es vier Türen, eine wurde gerade aufgerissen.

„Das wurde auch verdammt noch mal Zeit“, blaffte ein schlanker Mann mit Halbglatze und dicker Brille auf der langen Nase. Als er die beiden Frauen sah, zog er die buschigen Augenbrauen zusammen. „Ihr seid nicht die vom Lieferdienst, oder?“

„Nein“, sagte Charlie.

Sie ging auf Frederik Kohlhofer zu, Stella stellte sich neben sie. „Mein Name ist Charlie Bekker, das hier ist meine Kollegin Stella Meislow. Wir sind von der Kriminalpolizei, Ständige Mordkommission. Und wir würden Ihnen gerne ein paar Fragen stellen.“

Der Mann blickte Charlie verdutzt an, dann ging sein Blick zu Stella. Seine Augen waren weit aufgerissen, sein Mund stand ebenfalls offen, seine Stirn war in Falten gezogen. „Ah“, machte er dann. „Ich, ja, gern. Einen Moment …“

Und bevor Charlie oder Stella reagieren konnten, wurde die Tür vor ihrer Nase zugeknallt.

19. Kapitel

DIE Tür fiel krachend ins Schloss. Charlie zögerte nur eine Sekunde. Dann presste sie ihr Ohr an die billige Wohnungstür und hörte Laufschritte. „Scheiße, der flieht!"

Sie fuhr herum und sprintete nach draußen. So schnell sie konnte, lief sie um die Ecke zur Hinterseite des Wohnhauses und zog ihre Waffe. Gerade, als sie ankam, sah sie, wie ein Fenster geöffnet wurde und Frederik Kohlhofer sich nach draußen fallen ließ. Sie lief zu ihm und richtete die Waffe auf ihn, als er sich gerade aufrichten wollte. Er starrte aus angsterfüllten Augen in den Lauf der Pistole.

„Tun Sie nichts Dummes, Herr Kohlhofer. Sie kommen mit uns."

Stella war direkt an ihrer Seite und packte den Mann an einem Arm, während Charlie den anderen nahm.

„Wir nehmen Sie wegen Fluchtgefahr fest", erklärte Charlie knapp. Im Auto würde sie ihm die kompletten Rechte vorsagen, doch zuerst einmal musste sie sichergehen, dass der Mann mit Handschellen gefesselt sicher im Auto saß.

Frederik Kohlhofer blieb stumm und stieß nur ein leises Wimmern aus, als Charlie ihm die Handschellen anlegte. Er ließ sich, ohne sich zu wehren, auf den Rücksitz bugsieren und gab ab da keinen Mucks mehr von sich.

In der alten Kaserne brachten Stella und Charlie ihn in ein Befragungszimmer. Charlie deutete auf einen Stuhl und rückte sich und Stella ebenfalls einen zurecht.

„Ich gebe Jan kurz Bescheid", sagte Stella.

Charlie nickte. „Die Handschellen bleiben noch dran, bis ich weiß, dass Sie keine Dummheiten vorhaben. Können wir jetzt in Ruhe reden?"

Frederik Kohlhofer sah aus, als ob er gleich zu weinen beginnen würde. Dabei hatte Charlie ihm noch keine einzige Frage gestellt. „Wieso sind Sie vor uns geflohen?"

„Instinkt", gab der ehemalige Lehrer einsilbig zurück.

Charlie lachte schnaubend. „Wollen Sie witzig sein, oder wie darf ich diese Antwort verstehen? Sie wissen doch noch nicht mal, was wir von Ihnen wollen. Oder, lassen Sie mich das anders formulieren: *Wenn* Sie wissen, was wir von Ihnen wollen, haben Sie ein ziemlich großes Problem."

„Ich musste die Dinger online kaufen, weil es die bei uns nicht gibt! Diese scheißverdammte EU hat sie nicht zugelassen. Ich … wusste nicht, dass das illegal war, okay?"

Charlie blinzelte ein paarmal. Dann streckte sie den Rücken durch, lehnte sich zurück und begann, mit den Fingern auf die Tischplatte zu trommeln. „Herr Kohlhofer … Sie haben verstanden, in welcher Abteilung meine Kollegin und ich tätig sind?"

„Polizei", gab Frederik Kohlhofer zurück.

„*Kriminal*polizei. Ständige *Mord*kommission."

Der ehemalige Lehrer starrte sie schweigend an. „Und?", fragte er dann.

„Und … von welchen *Dingern* auch immer Sie sprechen, sie gehen mich persönlich nichts an. Aber hey, wenn Sie ein Geständnis über illegalen Medikamentenkauf ablegen wollen, hole ich gern einen Staatsanwalt her."

„Nein. Will ich nicht. Ich … Ich verstehe nicht. Was wollen Sie von mir?"

„Die Frage hätten Sie mir auch an Ihrer Wohnungstür stellen können, dann hätten wir uns die ganze Action hier ersparen können."

Die Tür ging auf und Stella kam zurück. Sie setzte sich neben Charlie und legte ihr Tablet auf den Tisch.

„Was wollen Sie von mir?", wiederholte Herr Kohlhofer und klang mit einem Mal überaus misstrauisch.

„Ein paar Antworten zu einem Fall, in dem wir gerade ermitteln", gab Charlie zurück. „Kennen Sie Marianne Feldberg?"

Frederik Kohlhofer hob die Augenbrauen so stark an, dass sie fast in seinem Haaransatz verschwanden. „Ähm, ja, der Name sagt mir etwas. Aber das ist ewig her, dass ich mit ihr zu tun hatte. Was ist mit ihr?"

Charlie überging seine Rückfrage. Stattdessen stand sie auf und öffnete die Handschellen des ehemaligen Lehrers. „Was hatten Sie mit ihr zu tun?"

„Beruflich. Ich war Lehrer. Sie war Sozialarbeiterin. Die Beratungsstelle für Jugendliche, in der sie tätig war, war ja direkt nebenan und eine wichtige Anlaufstelle für die Schüler. Wir hatten viele Problemkinder. Sagt man das heute so? Keine Ahnung mehr, was erlaubt ist und was nicht."

„Hatten Sie viel miteinander zu tun?", fragte Charlie weiter.

„Nicht viel, nein. Nur, wenn es um Schüler ging, die in meinen Klassen waren."

„Sie kannten sie also nicht gut?"

„Nein."

„Was ist mit Nathalie Morlocher?"

„Die war Schulkrankenschwester. Das ist aber auch schon ewig her. Mindestens zehn Jahre."

„Wie gut kannten Sie sich?"

Frederik Kohlhofer zuckte mit den Schultern. „Man hat sich eben gegrüßt. Ich hatte nicht viel mit ihr zu tun. – Kann ich ein Wasser haben?"

Stella ging nach draußen und kam kurz darauf wieder mit einem großen Glas Wasser zurück.

„Carl Jost", sagte Charlie, nachdem Frederik Kohlhofer das Wasser in einem Zug fast geleert hatte.

Der ehemalige Lehrer knallte das Glas so heftig auf den Tisch, dass Stella neben Charlie zusammenzuckte. „Was ist mit ihm?", fragte Herr Kohlhofer. Seine Stimme klang offen feindselig.

„Sie kennen ihn?"

„Ich kenne ihn. Er ist ein Arschloch."

„Er ist tot. Genauso wie die beiden Frauen, nach denen ich Sie gerade gefragt habe."

Frederik Kohlhofer sah Charlie mit einem Blick an, den sie nicht deuten konnte. „Ich kann nicht behaupten, dass die beiden Damen den Tod verdient hätten. Aber Jost bestimmt. Wie jetzt? Die wurden ermordet oder was?"

„Lesen Sie Zeitung, Herr Kohlhofer?“

„Nein, Gott bewahre. Ich bin froh, wenn ich mit dieser Welt so wenig wie möglich zu tun habe. Ich bleibe in meiner Wohnung und lese. So verbringe ich mein Leben. Zu mehr bin ich nicht in der Lage. Das alles hier …“, er machte eine ausladende Geste, „… ist einfach zu viel für meine Nerven. Ich bin in Frührente, wie Sie sicher wissen. Krankheitsbedingt. Ich habe öfters erwogen, mich in eine sichere Umgebung zurückzuziehen. Aber noch konnte ich diesen Schritt nicht wagen.“

„Sichere Umgebung?“, fragte Stella.

„Betreutes Wohnen, wenn Sie so wollen. Manche Menschen sind für diese Welt nicht gemacht. Oder … umgekehrt. Ich hatte einen Zusammenbruch. Aber das wissen Sie vermutlich, richtig?“

„Ja, das wissen wir.“

„Ich bin in Behandlung. Die funktioniert mal mehr, mal weniger gut.“

„Psychotherapeutische Behandlung?“, fragte Stella nach.

„Ja.“

Charlie betrachtete den Mann eingehend. Sie versuchte, sich ein Bild von ihm zu machen. Viel Positives war an ihm nicht zu erkennen. Seine gesamte Ausstrahlung war eine einzige Abwehrhaltung. Sein Blick ging unstet durch den Raum, als erwarte er, dass jeden Moment Berufskiller auf ihn losgehen würden. Er war eindeutig nicht ganz bei Sinnen. Er strahlte Depression, Unzufriedenheit und Frust aus.

Und Intelligenz, schoss es ihr durch den Kopf.

„Wir brauchen Ihre Alibis“, sagte Charlie. Sie holte ihren Notizblock aus der Jackentasche und öffnete die Seite, auf der die Tatzeitpunkte notiert waren. Den Tatzeitpunkt des dritten Opfers hatte Doktor Steiner vor Kurzem auf den sechsten März eingegrenzt, etwa drei Uhr früh.

Sie schob Herrn Kohlhofer den Notizblock zu. Er warf einen kurzen Blick darauf. „Ich war daheim.“

„Sicher?“, fragte Charlie.

„Ja, sicher. Ich bin immer daheim. Immer-immer. Ich gehe nicht raus. Da draußen sind nur Kriminelle und Arschlöcher unterwegs.“

„Sie sind mehrfach vorbestraft, Herr Kohlhofer. Nur mal so als kleiner Denkanstoß.“

„Ich bin krank. Da können Sie meinen Therapeuten fragen. Was stimmt mit unserem System nicht, dass Leute wie ich vorbestraft sein können?“

„Was für eine außerordentlich gute Frage“, gab Charlie zurück. „Sie wollen mir also sagen, dass Sie keine Alibis haben, verstehe ich das richtig?“

Frederik Kohlhofer rollte mit den Augen, nahm seine Brille ab und putzte sie mit dem Ärmel seines Pullovers. „Soll ich Sie anlügen?“

„Nein.“

„Dann habe ich keine Alibis.“ Er setzte die Brille wieder auf. „Ermordet habe ich die drei trotzdem nicht. Hallo? Ich sagte doch, es ist ewig her, dass ich mit denen zu tun hatte. Welchen Grund soll ich überhaupt haben?“

„Bei Carl Jost fallen mir einige ein“, antwortete Charlie.

„Bei Carl Jost würden Ihnen auch bei anderen Leuten, die Sie befragen, einige Gründe einfallen. Ich sagte doch, er war ein Arschloch. Der hat gesoffen. Der hat nach Alkohol gestunken, als er mich festgenommen hat. Interessiert das bei euch niemanden? Und als ich ihm das gesagt habe, hat er mich geschlagen.“

„Ganz unmotiviert, nehme ich an?“, fragte Charlie.

„Polizeigewalt war das! Können Sie alles nachlesen bei meinem Fall.“

„Danke für den Hinweis, das habe ich schon. Sie kommen nicht besonders gut weg.“

„Jost aber auch nicht.“

„Sie leben und er ist tot. Ermordet. Sieht nicht gut aus für Sie, Herr Kohlhofer.“

Erneut rollte er mit den Augen und sagte dann: „Wissen Sie was?“

„Nein. Was?“

„Ich will einen Anwalt haben. Sofort.“

Charlie atmete tief ein. Sie stand auf und machte eine auffordernde Geste Richtung Stella. „Wird sofort erledigt.“

Charlie ging nach draußen und wies eine der Sekretärinnen an, einen Pflichtverteidiger zu bestellen. Als sie zurück ins Befragungszimmer wollte, hielt die Sekretärin sie auf. „Warten Sie, Charlie. Da ist jemand, der Sie sprechen will.“

„Ich habe jetzt keine Zeit.“

„Er sagt, es sei wichtig. Er … Ich konnte ihn nicht abweisen.“

„Was soll das heißen?“

„Sein Name ist Berndt. Berndt Wasserthaler. Er wartet in Ihrem Büro.“

20. Kapitel

STELLA war an die zwanzig Minuten mit Frederik Kohlhofer alleine im Befragungsraum gewesen und hatte versucht, sich ein Bild von dem Mann zu machen. Er war ihr nicht gerade sympathisch, was aber weniger an ihrer Wahrnehmung als vielmehr an seiner offen zur Schau gestellten Abneigung gegen Gott und die Welt lag. Er war auch nicht sonderlich kooperativ und beantwortete selbst belanglose Fragen nach seinem Wohlbefinden schnippisch und einsilbig. Als der Pflichtverteidiger dann eintraf, bat dieser direkt um ein Vieraugengespräch mit seinem neuen Mandanten.

Stella schloss die Tür hinter sich und fragte sich, ob sie nun endlich die richtige Spur hatten. Sie hatten zwei Verdächtige mit zwei völlig unterschiedlichen Motiven. Rudolph Seitzthaler hatte private Verbindungen zu zwei der Opfer. Da passte Carl Jost bisher nicht gut ins Bild. Aber das musste nichts heißen. Frederik Kohlhofer hingegen hatte, wie es bisher aussah, eher berufliche Motive. Und er kannte alle drei Opfer. Das hatte er zugegeben. Jetzt mussten sie nur hoffen, dass die Befragung zu eindeutigen Ergebnissen führen würde.

Stella blickte sich um und fragte sich, wo Charlie eigentlich blieb. Sie ging zum Sekretariat und wurde darüber informiert, dass Charlie in ihr Büro gegangen war. Stella fand es eigenartig, dass Charlie nicht mehr aufgetaucht war, um auf den Pflichtverteidiger zu warten. Stella steuerte auf Charlies Büro zu und wollte gerade an die angelehnte Tür klopfen, als sie eine vertraute Stimme hinter der Tür hörte.

Papa?!

Sie blieb wie angewurzelt stehen, unfähig, einfach das Büro zu betreten, ebenso unfähig, sich umzudrehen und zu verschwinden. Stattdessen stand sie an der Tür und hörte die eindringliche Stimme ihres Vaters.

„Hören Sie, Frau Bekker, ich bin mit dem Fall Rottenbach sehr gut vertraut. Sie haben recht, wenn Sie sagen, dass Fehler begangen wurden. Unter anderem von Ihnen persönlich."

„Nennen Sie mich Charlie. Personen, die mich freiheraus kritisieren, dürfen mich gerne beim Vornamen nennen."

„Sie wissen selbst, dass es ein Fehler war, ihn fliehen zu lassen, Charlie."

„Ja. Dieser Fehler begleitet mich Tag für Tag seit über einem Jahr. Ich brauche niemanden, der mich darauf aufmerksam macht, so hoch sein Beamtenstatus auch angesiedelt sein mag."

Stella konnte förmlich sehen, wie die Mine ihres Vaters sich verhärtete, während er gleichzeitig ein freundliches Lächeln auf den Lippen trug.

„Haben Sie ein Autoritätsproblem, Charlie?"

„Nur, wenn es angebracht ist."

„Hier ist es nicht angebracht."

„Dann sagen Sie mir, warum Sie zu mir gekommen sind. Diese Frage habe ich Ihnen bereits eingangs gestellt aber bisher noch keine Antwort von Ihnen bekommen, Herr Wasserthal."

„Nennen Sie mich Berndt. Personen, die mit meiner Tochter befreundet sind, dürfen mich gerne beim Vornamen nennen."

Fast erwartete Stella die unmittelbare Korrektur von Charlie, dass sie und Stella Kollegen, keine Freunde wären, doch stattdessen hörte sie Charlie sagen: „Worum geht es hier, Berndt?"

„Ich bin in mich gegangen. Ich vertraue darauf, wenn eine der besten Ermittlerinnen des Landes darauf beharrt, dass hier etwas überprüft werden muss. Ich hege sicherlich kein Interesse daran, einen Unschuldigen ins Gefängnis zu stecken. Gleichzeitig habe ich ein äußerst großes Interesse daran, den Fall Rottenbach abzuschließen. Sie sagen, Sie sind mit ihm in Kontakt?"

„Ja."

„Dann stellen Sie einen Kontakt zu mir her und ich höre mir an, was er zu sagen hat."

„Sie?"

„Ja, ich."

„Sie persönlich?"

Stella hörte ihren Vater kurz auflachen. Sie blickte sich um, stand aber nach wie vor alleine im Gang vor Charlies Bürotür.

„Ja, ich persönlich. Bevor ich Politiker wurde, war ich Staatsanwalt. Ich bin mit Befragungen Verdächtiger vertraut. Ich habe darin mehr Erfahrung als Sie, Charlie."

„Ich habe Ihr Wort?"

„Mein Wort wofür?"

„Dass Sie Bela *nur* anhören, bevor Sie irgendwelche Entscheidungen treffen?"

„Ja. Und ich habe Ihr Wort, dass Sie Stella aus alldem raushalten?"

„Ja."

Stella wich zurück, als hätte jemand eine Flasche nach ihr geworfen. Sie starrte auf die Bürotür und wusste nicht, was sie tun sollte. Da saß ihr Vater. *Ihr* Vater. Den *sie* auf Charlies Bitte mit ins Boot geholt hatte. Und dann hielten die beiden eine Privatkonferenz und schmiedeten Pläne ohne sie?

Wut flammte in ihr auf, doch Stellas Emotionen hatten die Angewohnheit, als Tränen hervorzutreten, unabhängig davon, ob sie ängstlich, traurig, nervös oder eben wütend war. Deshalb wandte sie sich abrupt ab und stapfte davon. Ihre Absätze klackerten auf dem Boden, doch es war ihr egal, ob die beiden sie hörten. Sollten sie doch wissen, dass sie alles mitbekommen hatte! Sollten sie ihr doch nachlaufen!

Doch als sie am Ende des Ganges angekommen war, lief niemand ihr nach. Niemand stand mit betroffenem Gesicht im Gang. Niemand bat sie um Entschuldigung. Niemand erklärte ihr, dass alles nur ein Missverständnis gewesen war.

Sie spürte, wie die Tränen immer weiter nach oben stiegen, also beschleunigte sie ihre Schritte und eilte nach draußen. Sie ging an ihrem Wagen vorbei, trat auf die Straße und blickte nach links, nach rechts und dann nach oben. Es war kalt und es regnete und sie hatte weder einen Mantel noch einen Schirm. Ihr Pullover war binnen einer Minute bis auf das Top durchnässt, und sie strich sich wütend ein paar nasse Haarsträhnen aus der Stirn.

„Unfassbar“, stieß sie aus.

Dann bog sie kurz entschlossen nach rechts ab und lief zu ihrer Stammbar.

Es war noch früh am Abend, daher war noch wenig los. Sie ignorierte ihren Stammtisch und setzte sich direkt an die Bar. „Einen Rotwein“, bestellte sie. „Und eine Packung Servietten.“

Der Barkeeper warf ihr einen mitleidigen Blick zu und reichte ihr die Servietten und ein frisches Geschirrtuch. „Mieser Tag?“, fragte er.

„Ja. Weißt du was? Gib mir bitte noch einen Gin. Doppelt.“

Sie nahm ein paar Servietten und trocknete sich das Gesicht. Dann zog sie den Pullover aus und wischte sich mit dem Geschirrtuch über die feuchten Arme. Sie bedeutete dem Barkeeper, dass sie kurz auf die Toilette ginge. Dort prüfte sie ihr Aussehen im Spiegel, wischte sich die verlaufene Wimperntusche unter den Augen weg und fuhr sich ein paarmal durchs Haar. Ihr schwarzes Trägertop war feucht. Stella erwog, sich kurz unter den Handtrockner zu stellen, doch in der Bar war es schön warm und sie fror nicht mehr.

Sie ging wieder nach draußen, setzte sich und griff zu dem Rotweinglas, das bereits an ihrem Platz stand. Sie nahm ein paar große Schlucke, stellte es ab und griff zum Gin. Den leerte sie in einem Zug. Eine angenehme Wärme bereitete sich in ihrem Inneren aus. Sie fühlte sich sofort ruhiger. Stella atmete ein paarmal tief ein und versuchte, ihre Gedanken zu ordnen. Sie wusste, dass das alles nicht ganz so schlimm war, wie sie es auffasste.

Doch, ist es.

Ihr Vater wollte sie beschützen. Okay. Schön. Das war nichts Neues. Und Charlie war egal, wie sie an ihre Ziele kam, Hauptsache, sie erreichte sie. Auch das war nichts Neues. Das war keine sonderlich charmante Art von Charlie, aber eine, die sie zu einer effizienten und außergewöhnlich guten Ermittlerin machte. Stella hatte sie um ihre Entschlossenheit immer schon beneidet. Sie konnte ihr nicht für etwas böse sein, was sie gar nicht getan hatte. Ihr Vater war es, der Stella aus dem Bild haben wollte. Charlie spielte nur mit.

Weil ihr deine Gefühle völlig egal sind.

Stella seufzte und bedeutete dem Barkeeper, ihr noch einen Gin zu bringen. Hatte sie tatsächlich immer noch nicht gelernt, härter zu werden? Abgebrühter? So wie alle anderen aus ihrem Team? Sie steckten mitten in ihrem zweiten Fall und nach wie vor fühlte Stella sich die meiste Zeit wie eine Außenseiterin. Was komplett und vollkommen an ihr selbst lag, nicht an der Art und Weise, wie ihre Kollegen sie behandelten. Das wusste sie. Was sie nicht wusste, war, wie sie sich endlich weiterentwickeln konnte. Wieso war *ihr* nicht einfach alles egal? Das Leben schien sehr viel einfacher für die zu laufen, die es so hielten.

„Stella?"

Sie drehte sich um und sah Toni vor sich stehen. „Hey."

„Hallo. So früh schon hier?" Er blickte sich um und Stella musste lächeln. Sie wusste, dass er sich nach Charlie umsah.

Sofort fror ihr Lächeln ein. „Sie ist nicht da."

„Wer?", fragte er mit Unschuldsmine und setzte sich neben sie.

„Charlie."

„Oh. Ach so. Ähm … danke."

Sie beäugte ihn von der Seite, griff zu ihrem zweiten Glas Gin und leerte es.

„Harter Tag?", fragte Toni und bestellte ein Bier beim Barkeeper.

„Ja."

„Wie läuft euer Fall?"

„Du magst sie sehr, oder?", fragte Stella zurück, ohne auf Tonis Frage einzugehen.

„Wie bitte?" Er sah sie verdutzt an.

„Charlie. Du magst sie?"

„Ähm …"

„Wieso?" Sie nahm ihr Rotweinglas und leerte es ebenfalls.

Toni sah ihr interessiert dabei zu und überging ihre Frage. „Alles okay mit dir, Stella?"

„Nein. Nichts ist okay. Weißt du, wie es ist, ständig unterschätzt zu werden?"

„Kann ich nicht behaupten, n…"

„Und wie es ist, nie für voll genommen zu werden? Noch nicht mal von der eigenen Familie? Von überhaupt niemandem! Und dann auch noch neben Miss Oberperfekt-Superduper-Paradeermittlerin bestehen zu müssen? Weißt du, wie das ist, hm?"

„Wir reden wieder von Charlie?"

„Ja!", fuhr sie Toni an. Ihre Sinne waren vom Alkohol schon etwas betäubt, dennoch tat es ihr sofort leid.

Toni sah sie ruhig an, legte den Kopf schief und lächelte. „Wenn du jemanden zum Reden brauchst, Stella …"

Sie winkte ab. „Tut mir leid. Ich wollte dich nicht anfahren. Du bist wirklich nett. Sehr nett. Charlie kann sich glücklich schätzen."

Er lachte kurz auf und bestellte ein Glas Wasser. „Was meinst du?"

„Nichts."

„Habt ihr Streit?"

„Nein." *Noch nicht.*

Der Barkeeper brachte das Glas Wasser und Toni reichte es ihr.

„Gin wäre mir lieber", sagte Stella, nahm es aber dennoch dankend an. Sie trank einen Schluck und stellte das Glas ab. „Ich habe kein Trinkproblem", erklärte sie.

„Das freut mich für dich."

„Es ist nur … manchmal …" Sie schüttelte den Kopf und überlegte, ob sie sich noch einen Rotwein bestellen sollte. „Manchmal hilft es, das ist alles. Manchmal ist es zu viel … der Job und das Leben und die … Menschen. Und da hilft es."

„Ich bin nicht der Typ, der wertet."

Sie warf ihm einen Seitenblick zu. „Ja. Das glaube ich dir."

„Ich bin sicher, du bist sehr gut in deinem Job, Stella. Wir kennen uns nicht wirklich, aber ich weiß es trotzdem. Du solltest dich nicht verunsichern lassen. Von was oder wem auch immer."

Sie nickte und schwieg.

„Worüber möchtest du denn reden?"

„Du musst nicht hier sitzen bleiben", sagte sie. „Du hattest doch sicher etwas anderes vor, oder?"

„Ich hatte vor, ein Feierabendbier zu trinken, nach Hause zu fahren, den Fernseher anzuschmeißen und eine Dokumentation über Wale anzusehen."

Stella lachte kurz auf. „Wale?"

„Oder Delfine. Oder Bären. Ich sehe mir gerne Naturdokus an."

„Dann will ich dich nicht aufhalten."

„Ich habe gute Ohren, Stella."

Sie blickte ihn fragend an.

„Ich kann gut zuhören. Und du siehst so aus, als könntest du jemanden zum Reden brauchen. Also bleibe ich einfach sitzen, wenn das okay ist. Nur für alle Fälle."

Stella lächelte ihn dankbar an und prostete ihm mit ihrem Wasserglas zu. „Danke, Toni."

„Nichts zu danken."

21. Kapitel

CHARLIE war bereits früh in der alten Kaserne. Sie hatten keine Zeit zu verlieren. Verdächtige konnten nicht einfach beliebig lang zur Befragung festgehalten werden.

Achtundvierzig Stunden. Wir haben achtundvierzig Stunden.

Das war nichts. Charlie hätte am liebsten überhaupt nicht geschlafen. Aber da sie im Gegensatz zu vielen ihrer Kollegen auf Aufputschmittelverzichtete, musste sie ihrem Körper zumindest fünf Stunden Ruhe gönnen. Sie war dahingehend sehr diszipliniert. Nicht, weil sie gerne ruhte, sondern weil sie wusste, dass das Gehirn besser arbeiten konnte, wenn man dem Körper auch mal Pausen gönnte. Dennoch hatte sie nun das Gefühl, Zeit verschwendet zu haben. Der ehemalige Lehrer hatte mit seinem Anwalt was auch immer für eine Strategie vereinbart, und sie kamen in der Befragung kaum weiter. Ihnen lief die Zeit weg. Schneller und immer schneller.

Charlie stieg aus ihrem Wagen und staunte nicht schlecht, als sie Stellas Sportauto in die Einfahrt biegen sah. Immerhin war heute Sonntag. Charlie blickte auf die Uhr, und als sie wieder aufsah, setzte ihr Herzschlag für einen Moment aus. Aus dem Sportwagen stieg nicht nur Stella selbst, sondern auch Toni!

Charlie sah von Toni zu Stella, dann wieder zurück zu Toni. Ein unvermittelter Fluchtinstinkt packte sie, doch sie riss sich zusammen. Sie nickte Stella zu und ignorierte Tonis Lächeln.

„Hey", sagte sie zu Stella.

„Du auch schon hier?", fragte Stella kühl.

Charlie hob eine Augenbraue und betrachtete ihre Kollegin. Stella wirkte abweisend. Und wenn Stella einen auf abweisend machte, wirkte das zugleich immer auch ziemlich aufgesetzt und angestrengt. „Was ist mit dir?", fragte sie.

„Nichts."

„Guten Morgen, Charlie", hörte sie Toni neben sich sagen. Sie ignorierte ihn weiter.

„Ich habe dich gestern gesucht", sagte Charlie. „Wo bist du nach der Befragung hin?"

„Ich hatte zu tun."

„Schön. *Wir* haben *hier* ebenfalls zu tun. In der Befragung sind wir nicht weitergekommen. Uns läuft die Zeit weg und Frederik Kohlhofer ist unser wichtigster Verdächtiger. Sag mir bitte, dass das, was du zu tun gehabt hast, zu einem produktiven Ergebnis geführt hat."

„Wenn du es genau wissen willst, wir hatten eine Idee, weil Toni etwas auf einem der neuen Tatortfo…"

„*Wir*?", entfuhr es Charlie, bevor sie darüber nachdenken konnte.

Stella verschränkte die Arme vor der Brust. Zum ersten Mal ging Charlies Blick zu Toni. Der sah sie mit diesen Augen und diesem Blick und diesem Lächeln an. Er öffnete den Mund, doch Charlie hatte genug gehört. Sie fuhr herum und stapfte davon.

„Charlie!", hörte sie Toni hinter sich rufen.

Sie ging stur weiter. Er holte sie ein und packte sie am Arm. Sie riss sich los. „Was ist?"

„Du bist wütend", sagte er und grinste sie breit an.

„Bin ich nicht."

„Du bist unglaublich wütend. Das ist süß."

„Ich bin *nicht* süß!"

„Okay, süß ist das falsche Wort für eine Frau wie dich. Aber jetzt, in diesem Moment, doch, ja. Süß."

„Hör auf damit."

„Auf gar keinen Fall."

„Hey, wenn du etwas mit Barbie anfangen willst, ist mir das völlig egal. Aber dann flirte nicht mit mir. Auf so was kann ich gar nicht."

Und nun lächelte er schon wieder! Er lächelte einfach nur und sagte nichts und diskutierte nicht mit ihr und ließ ihr einfach so das letzte Wort und hatte *diesen Blick*!

„Hör auf damit!", wiederholte sie.

Er lachte und hob abwehrend die Hände. „Ich sage doch gar nichts."

Charlie öffnete den Mund, wusste aber nicht, was sie antworten sollte und schloss ihn wieder.

„Ich habe nichts mit Stella", erklärte Toni. „Wir haben festgestellt, dass wir nur zwei Straßen entfernt voneinander wohnen, und sie hat mir angeboten, mich mitzunehmen, weil mein Auto in der Werkstatt ist. Ich wollte euch die neuen Tatortfotos so schnell wie möglich bringen. Das ist alles."

„Das ist alles?", fragte Charlie und biss sich sofort auf die Unterlippe, weil sie klang wie ein Teenager, der hoffte, von seinem Schwarm ins Kino eingeladen zu werden. *Geht's noch?*

Toni hob die Hand und strich ihr sanft über den Oberarm. Es war eine winzige Berührung. Aber die allein reichte, dass Charlie das Gefühl hatte, den Boden unter den Füßen zu verlieren. Gleichzeitig bekam sie Angst. Und Charlie hasste es, Angst zu empfinden. Sie hatte die Kunst, das Gefühl der Angst von sich zu schieben, perfektioniert. Im Job. Im Privatleben allerdings …

Sie räusperte sich. „Ich … ähm … muss …" Sie deutete zur Tür.

„Die Welt von den Bösen befreien. Ich weiß. Wir sehen uns, Charlie."

Sie ging nach drinnen. Ihr Herz pochte ihr bis zum Hals. Und noch bevor die Tür sich schloss, hörte sie Stellas leise Stimme hinter sich: „Ich habe dir ja gesagt, es wird klappen."

Charlie blieb irritiert stehen. Dann hörte sie Stellas Absätze auf den Stiegen und eilte davon. Toni hatte irgendetwas von Tatortfotos gesagt und würde ebenfalls nach drinnen kommen und Charlie konnte nicht noch einmal wie ein Volldepp vor ihm stehen.

Sie lief um die Ecke und wartete, bis Toni sich von Stella verabschiedete, um in Richtung Sekretariat zu gehen. Stella kam in ihre Richtung. Charlie trat vor sie und stierte sie an. „Was hat geklappt?", fragte sie sofort.

„Wie bitte?", fragte Stella.

„Du hast Toni da draußen etwas zugeflüstert. *Was* hat geklappt?"

Stella rollte mit den Augen und verschränkte die Arme vor der Brust. „Du bist emotional gehandicapt, weißt du das?"

„Was soll das heißen?""

„Es ist eine ganz normale Frage. Ist es dir bewusst, Charlie? Dass dem so ist?“

„Was ist heute in dich gefahren?“

Charlies Handy klingelte. Es war Doktor Steiner. Sie ging ran. „Herr Doktor, Sie arbeiten auch sonntags?“

„Nur, wenn es die Umstände erfordern.“

„Haben Sie etwas für uns?“

„Ja, das Obduktionsergebnis von Carl Jost ist fertig. Ich kann Ihnen bestätigen, was wir bereits vermutet haben.“

„Nämlich?“

„Es gibt Kampfspuren. Kratzspuren, Schläge, Tritte. Zwei Rippen waren angebrochen. Und die Nägel wurden ihm in die Augen gesteckt, als er noch lebte. Abgesehen davon war das Vorgehen gleich. Der Stich ins Herz, die Betäubungsmittel.“

„Danke, Herr Doktor.“

„Keine Ursache. Schönen Sonntag noch, Fräulein Charlotte.“

Charlie legte auf und sah Stella an.

„Was ist? Was hat er gesagt?“

„Unsere Vermutung war richtig.“

„Welche?“

„Der Täter hat sein Vorgehen geändert.“

22. Kapitel

„DER Täter hat sein Vorgehen geändert", sagte Charlie, als hätte es die kleine private Fehde eben nicht gegeben. Das katapultierte auch Stella zurück in ihren Job. Von einer Sekunde auf die andere war sie fokussiert, und alles, was gestern Abend und gerade eben passiert war, wurde unwichtig. Sie wollte fragen, was passiert war, wurde jedoch von Stefan und Mike unterbrochen, die plötzlich auftauchten. Stefan warf ihr einen seiner anzüglichen Blicke zu und Stella wandte sich genervt ab.

„Du auch hier? Sonntags?", fragte er sie, was Stella noch zusätzlich verärgerte.

„Ja, Stefan, ich auch hier."

„Neuigkeiten?", fragte Charlie.

„Wir waren gestern bis abends bei Seitzthaler. Haben ihn noch mal befragt. Vor allem zu Carl Jost. Auch seine Ehefrau haben wir noch mal befragt. Beide behaupten, Jost nicht zu kennen. Und Seitzthaler wird langsam unhandlich."

„Was soll das heißen?", fragte Charlie.

„Er wird ungeduldig. Er hat keine Lust mehr, mit uns zu sprechen. Wenn wir nicht bald etwas Konkretes gegen ihn finden, müssen wir ihn wohl von der Verdächtigenliste streichen. Seid ihr bei unserem Lehrer weitergekommen?"

Charlie seufzte. „Nein, nicht wirklich. Und uns läuft die Zeit weg. Wisst ihr, wie es bei der Hausdurchsuchung von Kohlhofer läuft?"

Frederik Kohlhofer hatte einer freiwilligen Hausdurchsuchung nicht zugestimmt, also hatten sie auf den richterlichen Beschluss warten müssen, was alles noch mal verzögert hatte. Charlie wurde das Gefühl nicht los, dass Kohlhofer auf Zeit spielte. Und im Moment war die auf seiner Seite.

„Bisher haben die Kollegen noch nichts gefunden, was uns bei unserem Fall helfen würde. Dafür sehr viel anderes Zeug.“

„Was meinst du?“, fragte Charlie.

„Tausende von Büchern. Viele über Verschwörungstheorien, sehr viele über Psychologie und Psychotherapie.“

Charlie hob interessiert die Augenbrauen und blickte zu Stella. „Aber … das würde doch gut zu unseren netten Messerbotschaften passen, oder?“

„Ja“, antwortete Stella. „Die Kollegen sollen Bescheid geben, falls sie etwas über den Vergebungsprozess finden oder … Ich denke, es wäre am besten, wenn ich selbst hinfahre?“ Sie blickte Charlie fragend an.

Die zuckte mit den Schultern. „Sag Jan Bescheid.“

Stella wandte sich um.

„Hey, warte!“, rief Charlie ihr nach. Sie verabschiedete sich von Stefan und Mike und folgte Stella. „Was sollte das vorhin heißen?“

„Was meinst du?“, fragte Stella und setzte eine Unschuldsmiene auf.

„Du weißt genau, was ich meine. Was du zu Toni gesagt hast.“

Stella blieb stehen. „Du klingst wie ein Schulmädchen.“

„Ja. Und ich hasse mich dafür. Zufrieden?“

„Ein bisschen. Ich beantworte dir deine Frage, wenn du mir zuerst meine beantwortest.“

„Welche?“

„Was wollte mein Vater von dir?“

Charlie seufzte. „Gehen wir in mein Büro.“ Stella folgte ihr. Charlie schloss die Tür. Beide setzten sich. Stella sah sie abwartend an.

„Du weißt also, dass dein Vater hier war?“, fragte Charlie.

„Ja. Das sagte ich gerade. Was wollte er?“

„Er wollte meine Meinung zu Bela Rottenbach hören.“

„Die habe *ich* ihm bereits dargelegt.“

„Er wollte sie von mir hören. Dann hat er sich bereit erklärt, Bela anzuhören.“

„Sonst noch etwas?“

„Was meinst du?“

„Hat er sonst noch etwas gesagt?“, hakte Stella nach.

„Ja. Er hat gesagt, dass er dich aus allem raushalten will. Also verstoße ich im Moment genau genommen gegen das Versprechen, das ich ihm gegeben habe."

„Oh." Damit hatte Stella nun nicht gerechnet. Nicht, dass sie Charlie nicht zutraute, die Wahrheit zu sagen, aber sie hatte angenommen, dass Charlie diese ganze Sache völlig egal war und es ihr deshalb einfacher erscheinen würde, diesen Teil der Geschichte auszusparen.

Charlie hob eine Augenbraue. „Was ist?"

Stella räusperte sich. „Nichts. Ich … ich dachte nur, du würdest mich anlügen", gab sie wahrheitsgemäß zurück.

„Ich verstehe nicht, was du meinst, Stella."

„Ich habe euer Gespräch gehört, okay?", gab sie zu. „Ich habe dich gesucht, ich kam zu deinem Büro und ich habe euch gehört. Jedenfalls einen Teil. *Jenen* Teil, bei dem es um mich ging. Ich dachte, du … würdest mich anlügen."

„Wieso sollte ich das tun?"

Stella lächelte sie voller Dankbarkeit an und wusste nicht recht, was sie sagen sollte. Sie hatte sich auf ein völlig anderes Gespräch eingestellt.

Charlie beäugte sie kritisch. „Okay, hör zu. Ich weiß nicht, was zwischen dir und deinem Vater abgeht, und im Grunde ist es mir auch egal, solange es meine Ermittlungen nicht beeinträchtigt. Aber wenn du mich fragst: Du bist eine sehr gute Ermittlerin. Besser, als du selbst es dir zutraust. Du kannst tun und lassen, was du willst, nicht, was dein Vater will."

Stella nickte und war kurz davor, aufzustehen und Charlie zu umarmen. Das schien Charlie ihr anzusehen. Sofort hob diese abwehrend die Arme. „Okay, Schluss jetzt. Sag mir, was das mit Toni war."

Stella grinste. „Er mag dich."

„Wer klingt hier jetzt wie ein Schulmädchen?"

Stella winkte ab. „Er mag dich, aber du lässt ja nie jemanden an dich ran."

„Das stimmt ni…"

„Und ob das stimmt“, unterbrach Stella sie. „Aber ich weiß, dass du ihn gernhast, und ich finde, ihr wärt super zusammen. Also hatte ich die Idee, dich aus der Reserve zu locken.“

„Entschuldigung?“

„Ich wusste, dass du heute im Revier sein wirst. Toni und ich haben uns gestern zufällig getroffen. Wir haben über dies und das geredet und festgestellt, dass wir ziemlich nah beieinander wohnen. Ich habe ihn gefragt, warum er dich nicht einfach um ein Date bittet, und er meinte, du wärst noch nicht so weit.“

Charlie klappte der Mund auf und Stella unterdrückte ein Grinsen. „Was soll das heißen?“, fragte Charlie.

„Deine Scheidung, dein neuer Job, unser erster Fall, jetzt direkt der zweite. Er ist rücksichtsvoll. Ein rücksichtsvoller Mann, dieser Toni.“ Stella warf Charlie einen vielsagenden Blick zu und diese verschränkte sofort die Arme vor der Brust, als fühlte sie sich entblößt. „Meine Güte, wie kann man nur so abweisend sein …“, murmelte Stella.

„Ich bin nicht abweisend. Ich bin einfach auf meine Arbeit fokussiert. Und … ihr redet über mich?“ Charlies Frage klang misstrauisch und einen Ticken feindselig.

„*Ich* habe über dich geredet. Toni ist sehr taktvoll. Taktvoll und rücksichtsvoll. Was ist dein Problem? Wieso lässt du dich nicht einfach darauf ein?“

„Was ist das hier? Ein Therapiegespräch?“

Stella legte den Kopf in den Nacken und blickte zur Decke. „Himmel hilf.“ Dann sah sie wieder Charlie an. „Ich habe ihm gesagt, ich beweise ihm, dass du Gefühle für ihn hast. Er ist sich nämlich nicht sicher. Weil *du* abweisend bist. Aber man kann dich aus der Reserve locken. Du hättest mal dein Gesicht sehen sollen, als Toni aus meinem Auto ausgestiegen ist.“ Stella sah, dass Charlie bereits zu einem Protest ansetzte, und hob die Hand. „Ich bin noch nicht fertig, Charlie! Jetzt bin ich mal dran, große Reden zu schwingen. Du bist nicht halb so geheimnisvoll, wie du denkst, Charlie. Du bist eine intelligente, starke, beeindruckende Frau mit viel zu viel Stolz und viel zu viel Misstrauen in die Welt im Allgemeinen und in die Männer im Speziellen. Das ist vollkommen unnötig. Gesteh dir lieber mal ein, dass du Toni gernhast,

und leg Miss Unnahbar das nächste Mal ab, wenn er auf dich zukommt."
Stella stand auf. „Und bevor du jetzt gleich falsch abbiegst: Das alles
war meine Idee. Ich war gestern sauer auf dich. Dafür möchte ich mich
entschuldigen. Thema erledigt?"

Charlie spitzte die Lippen und sah sie einen Moment lang
nachdenklich an. Dann zuckte sie mit den Schultern. „Okay. Thema
erledigt."

„Gut. Dann fahre ich jetzt zu Frederik Kohlhofers Haus und wühle
mich durch seine Literatur."

„Okay. Ich sehe mal nach ihm. Danach muss ich zu Vinni."

„Sonntagsbraten?", fragte Stella und zwinkerte ihr zu.

„Schön wär's", gab Charlie zurück.

Dann verabschiedeten sie sich.

23. Kapitel

CHARLIE saß mit Vincent auf der überdachten Terrasse und hörte dem Regenprasseln zu, während Dagmar drinnen die Küche säuberte und Kaffee und Kuchen zubereitete. Heute hatte es anstelle eines anständigen Sonntagsbratens ein Fenchelgratin gegeben, allerdings ohne Sahne und Käse, also war es eher Fenchel mit Was-auch-immer. Dazu Salat, davor eine Gemüsesuppe. Charlie sehnte sich nach Fleisch und erwog, bei der Rückfahrt in die alte Kaserne beim Kebabimbiss ihres Vertrauens zu halten.

„Also … Carl Jost, was?", fragte Vincent.

Charlie nickte. Natürlich hatte er bereits vom Tod seines ehemaligen Kollegen gehört. Das überraschte sie wenig. „Was kannst du mir über ihn sagen?"

„Dass er ein ziemlicher Drecksack war."

„Interessant. So was in der Art hat der Lehrer auch schon gesagt."

„Verdächtiger Nummer eins? Der hat einfach zugegeben, dass er ihn kannte?"

„Ja", antwortete Charlie. „Es hätte aber auch wenig Sinn gemacht, das zu leugnen. Ihre gemeinsame Vergangenheit ist aktenkundig. Jost hat Frederik Kohlhofer festgenommen. Versuchter Brandanschlag."

„Wow. Da habt ihr euch einen netten Verdächtigen eingefangen."

„Ja, dieser Lehrer ist ziemlich …"

„Ja?", fragte Vincent nach.

„Ich weiß nicht. Er ist ein komischer Typ. Ein bisschen irre. Vielleicht paranoid. Er sagt von sich selber, dass er geistig nicht gesund ist. Dass er erwägt, freiwillig in eine Anstalt zu gehen. Oder wohin auch immer. Ich meine … er ist nicht ganz sauber, aber …"

„Aber du denkst nicht, dass er es gewesen ist?", fragte Vincent.

„Das kann ich noch nicht sagen. Ich weiß nur nicht, ob ich es ihm zutraue. Ich meine, er ist der Typ, der feige Brandanschläge verübt und heimlich an der Schule rumlungert, die ihn rausgeschmissen hat. Würdest *du* so jemandem einen kaltblütigen Mord zutrauen? Oder drei kaltblütige Morde? Perfekt geplant? Ohne Spuren?"

„Das weiß ich nicht. Aber wenn dein Bauchgefühl Nein sagt, Lotti ..."

Charlie seufzte. Es hatte Zeiten gegeben, da hatte sie ihrem Bauchgefühl kompromisslos vertraut. Aber sie hatte dazugelernt. Und jetzt war sie nicht mehr sicher. Nicht hundertprozentig jedenfalls.

Nicht kompromisslos.

„Der Täter hat bei Jost sein Vorgehen verändert. Wir wissen nicht, was das zu bedeuten hat."

„Inwiefern?", fragte Vincent.

„Es gab einen Kampf. Und er hat die Nägel in die Augen gesteckt, als Jost noch lebte. Nicht wie bei den anderen, die waren schon tot."

„Hm ... Erinnerst du dich, was ich dir damals erklärt habe? Was die wichtigste Ermittlungsregel ist?", fragte Vincent.

Charlie lächelte. „Oft ist die einfachste Erklärung die richtige."

„Richtig."

„Und was willst du mir damit sagen?"

„Ich will damit sagen", antwortete Vincent, „dass das eine mit dem anderen zu tun haben könnte."

Charlie drehte sich zu ihm. „Was?"

„Es gab einen Kampf. Also hat er ihm die Nägel in die Augen gerammt. Täter sind auch nur Menschen. Sie sind kranke, grauenvolle Menschen. Aber sie sind Menschen. Also reagieren sie menschlich. Euer Täter hat einen Plan, ja? Und er hat ihn zweimal richtig gut ausgeführt. Alles hat geklappt. Und dann läuft es plötzlich nicht mehr so rund. Dein Täter steht vor einem fetten Säufer, die Betäubungsmittel wirken nicht, wie sie sollen, es kommt zum Kampf. Die Dinge laufen aus dem Ruder. Was wäre da die erste natürliche Reaktion?"

Charlie dachte kurz nach. „Wut."

„Und deine zweite, nachdem du etwas Zeit hattest, dir Gedanken zu machen?"

„Rache."

Vincent nickte zufrieden. „Richtig."

„So einfach, ja?“

„Manchmal schon, Lotti. Erzähl mir von eurem anderen Verdächtigen.“

„Seitzthaler ist eiskalt“, sagte sie. „Wir kommen nicht an ihn ran. Seine Frau gibt ihm ein Alibi, und sonst haben wir nichts gegen ihn, das es uns erlauben würde, ihn festzuhalten. Und wir haben keine Beweise, dass es eine Verbindung zwischen Seitzthaler und Jost gibt.“

„Hm. Das könnte ich herausfinden.“

Charlie sah Vincent überrascht an. „Wie?“

Vincent grinste. „Ich habe meine Wege, Lotti. Und meine Beziehungen.“

„Wir haben Carl Josts Akten schon durch.“

„Vergiss die Akten. Ich frage rum. Lass mich nur machen.“

„Ich will nicht, dass du dich in Gefahr bringst, Vinni.“

Er sah sie entrüstet an. „Ich war schon Kriminalpolizist, da hast du noch in deinen Windeln gesteckt! Jetzt mach mal halblang, Kleine.“

Charlie lachte. „Okay, schön.“ Sie dachte kurz nach. „Wir stecken zwar in den Ermittlungen fest, aber etwas Gutes hat der Status Quo trotzdem“, sagte Charlie.

„Und was?“

„Ein Verdächtiger sitzt im Befragungsraum und einer wird beschattet. Wenn einer von den beiden der Täter ist, dann …“

„… kann es keine weiteren Opfer mehr geben.“

Der Prozess

MEINE *Finger zittern, und ich bin wütend auf mich selbst. Ich verschränke die Finger ineinander und presse meine Handflächen so fest zusammen, bis es schmerzt. Ich habe Stunden gebraucht, um mich hierher zu trauen. Stunden. Und alles nur wegen dem fetten Stück Dreck, das alles fast kaputtgemacht hätte.*

Dumm, dumm, dumm. Ich war so dumm! So unachtsam. Dabei weiß ich doch, dass es um Präzision geht.

Ich darf keinen Fehler machen. Ich bin so kurz vor meinem Ziel. Ich darf keine Verunsicherung in mir spüren.

Und doch zittern meine Finger.

Dabei ist alles ganz ruhig. Ich betrachte den Körper, der gefesselt und geknebelt auf dem Tisch liegt. Alles läuft perfekt. Die Begrüßung. Der Tee. Die Betäubungsmittel. Ja, alles läuft nach Plan. Bis auf die Tatsache, dass die Augen offen sind. Und mich anstarren. Und ich unfähig bin, mich zu bewegen. Seit einigen Minuten schon.

Ich drehe mich um, lasse den Kopf sinken, löse meine verkrampften Finger und beginne, mir die Schläfen zu massieren.

Einatmen. Ausatmen.

Noch eine Minute, dann drehe ich mich wieder um. Ich bin ruhiger. Ich gehe auf den Tisch zu und stelle mich dem Blick.

„Hallo", sage ich.

Ein knappes Nicken.

„Da sind wir wieder. Du fragst dich, was passiert ist, richtig?"

Ein Blinzeln. Das bedeutet vermutlich Ja.

„Ich habe dir Betäubungsmittel in den Tee gegeben. Dann habe ich dich auf den Tisch gehoben, gefesselt und geknebelt. Ich habe dir sonst nichts getan. Du bist unversehrt."

Ein Geräusch. Was war das? Ein Wimmern? Ein Stöhnen? Ein Laut der Zustimmung?

„Ich bin nicht sicher, ob ich dir den Knebel abnehmen kann.“ Ich schlucke und greife zu dem Messer, das ich aus der Schublade genommen habe. Ich halte es kurz in die Höhe, dann lege ich es wieder hin. Dann greife ich zu den Nägeln in meiner Tasche. Erneut beginnen meine Finger zu zittern. Ich ziehe die Nägel heraus und zeige sie her. „Das habe ich mitgebracht“, sage ich. „Und jetzt muss ich dir eine Frage stellen.“ Die Augen weiten sich. Angst? Neugierde? Es ist mir unmöglich, diesen Blick zu deuten.

Aber hier, in der letzten der vier Phasen, ist ohnedies alles am schwierigsten. Vielleicht ist es normal, dass ich mich so unsicher fühle. Vielleicht muss es so sein.

„Damals ...“, sage ich. „Du erinnerst dich, was passiert ist? Du erinnerst dich, was ich dir erzählt habe? Worum ich dich gebeten habe? Ja, dass ich dich angefleht habe?“

Ein Blinzeln.

„Ja?“

Noch ein Blinzeln.

„Gut. Dann frage ich dich ... Ich frage dich, ob du bereit bist, für den Fehler, den du damals begangen hast, zu büßen.“

Keine Reaktion. Was vermutlich an meiner zittrigen Stimme liegt. Ich räuspere mich und greife nach dem Messer. Es gibt mir Kraft und beruhigt mich. Ich muss den Blick abwenden. Ich bin viel zu aufgewühlt. Ich weiß, dass ich das auch ausstrahle.

„Antworte mir“, sage ich, den Blick starr auf die Messerklinge gerichtet. „Verstehst du, dass du einen Fehler begangen hast?“

Wieder dieses Geräusch. Ich sehe wieder in diese Augen. Sie sind weit aufgerissen. Ich versuche, darin zu lesen. Ist es wieder nur Todesangst, die ich sehe?

Nein.

Diesmal ist es anders. Diesmal ist alles anders.

Ich halte das Messer direkt ans Gesicht und greife mit der anderen Hand zum Knebel. Mit einer ruckartigen Bewegung löse ich ihn. „Wenn du schreist, steche ich sofort zu. Mitten in die Wange. In den Rachen. In die Lippen. Ohne mit der Wimper zu zucken. Verstehen wir uns?“

Ich bekomme ein Blinzeln als Antwort, obwohl der Knebel gelöst ist.

„Beantworte meine Frage", sage ich, während die Spitze des Messers sich in die Wange bohrt. Sanft nur. Sanft, aber bestimmt.

Die Lippen öffnen sich. Meine Sinne sind zum Zerreißen gespannt. Ich rechne mit allem. Einem Schrei. Einem Betteln. Flehen, fluchen, bitten, kreischen, weinen. Ja, ich rechne mit wirklich allem. Nur nicht mit den flüsternd gesprochenen Worten, die ich jetzt zu hören bekomme.

„Es tut mir leid. Es tut mir so unendlich leid. Bitte, sag mir, dass du mir vergibst, bevor du mich tötest."

24. Kapitel

STELLA saß Frederik Kohlhofer und dessen Anwalt gegenüber. Sie würden Kohlhofer heute entlassen müssen. Achtundvierzig Stunden. Das war eine ziemlich kurze Zeit, wenn man ohne Beweise dastand.

In Kohlhofers Bibliothek hatte Stella ein paar interessante Bücher gefunden, die sie nun vor ihn auf den Tisch gelegt hatte. Zwar enthielt keines der Bücher explizite Hinweise auf den Vergebungsprozess, doch hatte der ehemalige Lehrer sich zweifelsohne mit spiritueller Psychotherapie beschäftigt.

„Wie lange lesen Sie schon solche Bücher, Herr Kohlhofer?", fragte sie.

„Lange. Seit ich Lehrer geworden bin und begonnen habe, mich zu fragen, was mit dieser verdammten Welt nicht stimmt."

„Was halten Sie von *Coping*-Methoden?" Stella hatte den Artikel zum therapeutischen Vergebungsprozess fast auswendig gelernt und versuchte, den Lehrer so dazu zu bringen, etwas preiszugeben, das er vielleicht lieber für sich behalten wollte.

„Theoretisch interessant, praktisch sinnlos. Was sollen mir *Coping*-Strategien wie die Unterdrückung konkurrierender Aktivitäten, positive Neubewertung oder – meine Lieblingsstrategie – *Humor* helfen, wenn ich mit eskalierenden Teenagern zu tun habe, die das Wort *Nein* noch nie in ihrem Leben gehört haben?"

Stella nickte. Der Mann kannte sich mit der Materie gut aus. Kein Wunder, nach eigenen Angaben verbrachte er seine Lebenszeit mit Lesen.

„Was halten Sie für die passende Methode, Wut- oder Rachegefühle zu überwinden?"

„Wenn ich das wüsste, könnte ich ein normales Leben führen, meinen Sie nicht?", gab der ehemalige Lehrer zurück.

„Herr Kohlhofer, ich ersuche Sie noch einmal, uns die Erlaubnis zu geben, mit Ihrem Therapeuten zu sprechen."

„Nein."

„Es würde Sie gegebenenfalls entlasten."

„Nein."

„Mein Mandant hat das schon mehrfach verneint", schaltete der Anwalt sich ein.

Stella lächelte ihn freundlich an. „Manchmal kommen Menschen etwas später zur Vernunft."

„Was soll daran vernünftig sein, mich ans Messer zu liefern?", fragte Frederik Kohlhofer.

„Herr Kohlhofer …", mahnte sein Anwalt.

Der Lehrer winkte ab. „Ist doch so." Er funkelte Stella an. „Denken Sie, ich bin blöde? Wenn mein Therapeut anfängt, über meine psychischen Probleme zu reden, verwenden Sie das nur gegen mich."

„Nein, das werden wir nicht. Wie ich schon sagte: Es könnte Sie auch entlasten."

„Und wie ich schon sagte, nur mit anderen Worten: Ich glaube nicht mehr an den Weihnachtsmann."

Stella lächelte weiter, allerdings bezweifelte sie, dass ihr Lächeln besonders authentisch wirkte. Sie erhob sich. „Ich hole mir einen Tee. Möchten die Herren noch etwas trinken?"

Beide schüttelten den Kopf. Stella ging nach draußen, blieb allerdings bei der Kaffeeküche nicht stehen, sondern ging weiter Richtung Ausgang. Sie brauchte frische Luft.

Und eine Eingebung.

Frederik Kohlhofer war auf seine Art ebenso eiskalt wie Rudolph Seitzthaler. Er war undurchdringlich. Seine provokante Art war nichts anderes als ein Abwehrmechanismus. Er war zweifelsohne ein ebenso intelligenter wie psychisch labiler Mensch. Eine Kombination, die man bei Serientätern oft antraf. Das war ein Indiz, dass sie bei ihm auf der richtigen Spur waren. Ein Indiz, mehr aber auch nicht. Die Hausdurchsuchung hatte nichts Verdächtiges ergeben, und sie hatten auch keine Belege dafür gefunden, dass Kohlhofer in jüngster

Vergangenheit mit den Opfern Kontakt gehabt hatte. Alle Kontakte waren ein gutes Jahrzehnt her.

Stella lehnte sich gegen die Hauswand, blickte in den Himmel und genoss die kühle, frische Luft auf ihrer Haut. Natürlich war es denkbar, dass jemand erst viel später zu Taten schritt. Nicht immer wurden Rachegedanken sofort ausgeführt.

Nicht immer. Aber sehr, sehr oft.

Ein Jahrzehnt? Das war eine lange Zeit. Andererseits … In Frederiks Fall war es trotzdem denkbar. Er hatte versucht, sich helfen zu lassen. Er versuchte es ja immer noch. Er ging zur Therapie. Er hatte sichtlich den Wunsch, ein normales Leben zu führen. Das sagte er immer wieder, wenn auch in einem zynischen Tonfall. Was also, wenn er lange Zeit versucht hatte, die starken Emotionen, die ihn verfolgten, zu überwinden und irgendwann – jetzt – an den Punkt gekommen war, an dem er akzeptieren musste, dass dieser Weg nicht funktionierte?

Auch dann muss ein Trigger her …

Irgendwas hatte die Entscheidung, jetzt zur Tat zu schreiten, ausgelöst. Aber was?

Stellas Handy vibrierte. Es war Charlie. Stella ging ran. „Was gibt es?"

„Wie läuft die Befragung?"

„Schlecht. Ich versuche, ihn über seine Bücher zu knacken. Aber er ist … schwierig."

„Mist. Uns läuft die Zeit weg."

„Ja."

„Hör mal, ich rufe wegen etwas anderem an."

Stella horchte auf. „Weshalb?"

„Bela. Wir waren in Kontakt. Wir wollen uns noch mal treffen und alles besprechen. Zu dritt. Sag deinem Vater noch nichts. Bela ist noch etwas misstrauisch."

„Okay. Wann und wo?"

„Morgen, achtzehn Uhr, im Stadtpark, gleicher Treffpunkt wie letztes Mal."

„Gut. Bis dann."

Stella legte auf und blickte weiter in den Himmel. Das würde interessant werden.

25. Kapitel

„WIESO habe ich das Gefühl, dass wir wieder bei null anfangen müssen?", fragte Charlie und starrte frustriert auf den Bildschirm.

Stella saß ihr gegenüber und blätterte durch die Fachbücher, die Frederik Kohlhofer ihr mit einem süffisanten Lächeln überlassen hatte, als sie ihn gestern entlassen mussten. Charlie war dabei gewesen und hätte am liebsten die Krallen ausgefahren.

Im wahrsten Sinne des Wortes ...

Aber was brachte das schon? Sie hatten Kohlhofer nicht festnageln können. Er mochte ein bisschen wirr und labil sein, aber das machte ihn nicht automatisch zu einem Mörder. Und jetzt? Jetzt standen sie wieder am Anfang. Sie hatten keine weiteren Spuren gefunden, obwohl das ganze Team damit beschäftigt war, Befragungsprotokolle zu studieren und weitere Befragungen der immer gleichen Personen durchzuführen. Wenig überraschend bekamen sie keine neuen Informationen mehr. Es war frustrierend.

„Ich habe kein gutes Gefühl", sagte Stella, blickte von einem Buch hoch und sah Charlie an.

„Ich auch nicht. Aber ... was meinst du genau?"

„Der Täter ist noch nicht fertig."

„Ich weiß."

„Die vierte Leiche fehlt. Die vierte Phase seines Prozesses. Etwas wird passieren."

„Wir beschatten Seitzthaler und Kohlhofer", gab Charlie zurück. „Wenn einer der beiden etwas vorhat, wissen wir es, bevor es passiert. Dann haben wir auch endlich Beweise."

Stella klappte das Buch energisch zu. „Und das ist alles? Wir sitzen und warten, bis einer der potenziellen Täter etwas tut?"

„Hast du einen besseren Vorschlag?"

„Wir fahren in die Schule."

Charlie hob die Augenbrauen. „Das haben doch Stefan und …“

Stella winkte ungeduldig ab. „Ich *weiß*, dass wir dort schon Befragungen durchgeführt haben. Aber vielleicht haben wir etwas übersehen.“ Sie stand auf. „Ich will nicht einfach hier herumsitzen und nichts tun.“

Charlie sah Stella interessiert an und zog einen Mundwinkel hoch. „So kenne ich dich gar nicht.“

Stella rollte mit den Augen und schwieg. Charlie erhob sich grinsend und klopfte Stella im Vorbeigehen auf die Schulter. „Wir färben langsam, aber sicher auf dich ab.“

Sie fuhren zur Realschule am Park. Charlie saß am Steuer, während Stella die bisherigen Befragungsprotokolle am Tablet durchging, um zu prüfen, ob sie irgendwo nachhaken konnten. Doch wie es schien, hatten ihre Kollegen gute Arbeit geleistet. Sie hatten Alibis überprüft, zwischenmenschliche Beziehungen abgeklopft, ein paar Geheimnisse aufgedeckt, die zwar teilweise pikant, aber für den Fall wenig hilfreich waren, und dabei keine Lücken hinterlassen. Stella seufzte und stopfte sichtlich frustriert das Tablet zurück in ihre Tasche.

„Befragen wir den Hausmeister noch mal“, sagte Charlie, als sie am Parkplatz vorfuhr und den Wagen abstellte.

„Wieso?“

Charlie zuckte mit den Schultern. „Im Zweifel ist der die beste Anlaufstation für alles, was in einer Schule abläuft. Vor allem, wenn es um Dinge geht, über die niemand so gern sprechen möchte.“

„Und diese Erkenntnis hast du … woher genau? Aus dem Basislehrbuch Kriminalistik?“

Charlie warf Stella einen Seitenblick zu. „Nein. Aus Charlies Basislehrbuch der Lebenserfahrung. Komm.“

Sie betraten die Schule, ein kalter Betonklotz, der weder Wärme noch Charme, geschweige denn eine Zukunftsperspektive für die knapp vierhundert Schüler ausstrahlte, die hier angemeldet waren. Hinter dem Eingang stand man bereits mitten in der Aula, in der ein großer Wegweiser sämtliche relevante Räumlichkeiten zeigte. Büro der Direktion, Lehrerzimmer, Hausmeister und Schulkrankenstation waren alle im Erdgeschoss rechts der Aula untergebracht. Charlie und Stella folgten den Schildern zum Seitentrakt und klopften kurz darauf an die Tür mit der Aufschrift *Hausmeister*.

Ein ungepflegt wirkender Mann mit Halbglatze, müden Augen und einem kugelrunden Bauch öffnete. Er blickte die beiden Ermittlerinnen verdutzt an. „Was ist?", fragte er.

„Mein Name ist Charlie Bekker, das ist meine Kollegin Stella Meislow. Wir sind von der Ständigen Mordkommission und …"

„Schicken die jetzt auch schon Damen für besondere Gefälligkeiten oder was? So gern ich darauf einsteigen würde, ich hab doch schon alles gesagt, was ich weiß."

Charlie sah aus dem Augenwinkel, dass Stella der Mund aufklappte. Sie räusperte sich. „Dürfen wir eintreten, Herr …?"

„Schultze. Klar. Is nich aufgeräumt, ich sag's gleich."

„Keine Sorge, wir sind nicht von der Putzpolizei."

Charlie betrat das Büro, wandte sich um und sah, wie Herr Schultze Stella halb den Weg versperrte und sie mit unverhohlener Begeisterung anstarrte. Stella drückte sich an ihm vorbei, wobei sie penibel darauf zu achten schien, weder Herrn Schultze noch irgendein Möbelstück in seinem schmuddeligen Büro zu berühren.Dann stellte sie sich schräg hinter Charlie.

„Und? Was jetzt?", fragte Herr Schultze, der jede von Stellas Regungen beobachtet hatte und sich nun mit ihren Brüsten zu unterhalten schien.

„Wir würden gerne ein paar Punkte durchgehen, die Sie bereits mit unseren Kollegen besprochen haben. Vielleicht fangen wir ganz allgemein an und …" Charlie unterbrach sich, als Herr Schultze anfing, Berge von Magazinen von einem Bürostuhl zu wischen, um diesen Stella zuzuschieben. Charlie verschränkte die Arme vor der Brust, trat einen Schritt zur Seite und lehnte sich halb belustigt, halb genervt gegen ein Regal. „Können wir weitermachen?", fragte sie, als Stella sich gesetzt hatte.

„Ich such noch einen weiteren Stuhl für Sie, Fräulein."

„Danke, ich stehe gern."

„Ah." Herr Schultze nickte und fuhr sich mit der Hand über seine Halbglatze, um ein paar widerspenstige Strähnen zu bändigen. Charlie hoffte inständig, dass er nicht auf die Idee kam, seine Spucke als Haargel zu verwenden. Er wirkte auf sie wie jemand, der das tun würde.

„Hören Sie …“, setzte er an, den Blick konzentriert auf Stellas Brüste gerichtet. „Schon klar. Diese Schule hier ist nichts Besonderes. Aber das heißt nich, dass man hier ständig rumschnüffeln muss. Die Sache mit dem Zusammenbruch war ja schon die Ausnahme.“

„Sie sprechen von Frederik Kohlhofer?“, fragte Charlie.

„Hä?“, machte der Hausmeister. Sein Blick zuckte für eine Sekunde zu ihr, nur, um sich dann wieder an Stellas Brüste zu heften. „Ach so, Kohli. Ja.“

„Sie und … *Kohli* … Sie waren befreundet?“

Der Hausmeister winkte ab. „Ne.“

„Aber …?“ Charlie hatte da so ein Gefühl. Hier war der Moment nachzuhaken.

Nun wandte sich Herr Schultze ihr langsam zu. „Ich muss mich ja wohl kaum selbst belasten, oder?“

„Nein, müssen Sie nicht. Aber wenn Sie mich anlügen, mache ich es mir zur Lebensaufgabe, Sie in meinen Befragungsraum zu zerren. Und dort dürfen wir Sie achtundvierzig Stunden lang befragen. Wenn Sie mir jetzt aber gleich die Wahrheit darüber verraten, dass Sie, so wie ungefähr jeder zweite Hausmeister sämtlicher Realschulen in Deutschland, für die Drogen- und Medikamentenlieferungen hier vor Ort zuständig sind, werde ich das nickend zur Kenntnis nehmen.“

Herr Schultze sah sie so verwirrt an, dass Charlie sich fragte, ob der Satz, den sie gerade an ihn gerichtet hatte, vielleicht zu lang für seine Aufmerksamkeitsspanne war. Doch als er die Augenbrauen zusammenzog und sie wachsam anblickte, verstand sie, dass er nur abwog, ob sie ihm eine Falle stellte.

„Und sonst nix oder was?“, hakte er schließlich nach.

„Ich würde Sie danach fragen, an wen von den Lehrern Sie verkauft haben.“ Alles, was Charlie gerade machte, war, ihrer Intuition zu folgen. Sie fragte ins Blaue. Mehr konnte sie auch nicht tun. Die Drogenfährte war eine, die weder sonderlich kreativ noch sonderlich vielversprechend war. Sie entsprang einfach der schlüssigen Theorie, dass Menschen, die Dreck am Stecken hatten, oftmals an mehreren Fronten Dreck am

Stecken hatten. Irgendetwas hatte es mit dieser Schule auf sich. Sie wussten nur noch nicht, was.

„Ich kann nicht …“, sagte Herr Schultze nach einer Weile und schüttelte energisch den Kopf.

„Ich bin nicht an aktuellen Mitarbeitern interessiert. Sie sind seit fast fünfzehn Jahren hier beschäftigt, richtig?“

„Ähä.“

„Also auch im Zeitraum 2009 bis 2012?“ Das war der Zeitraum, in dem sich die Tätigkeiten der ersten beiden Opfer hinsichtlich der Brennpunktschule überschnitten hatten.

„Jup.“

„Irgendeine Vorstellung, an wen Sie da so verkauft haben? Vom Lehrpersonal?“

Bevor der Hausmeister wieder in Abwehrhaltung gehen konnte, stieß Charlie sich ruckartig vom Regal ab und schritt energisch auf ihn zu. Er sprang zur Seite, als er sah, dass sie seinen zugemüllten Schreibtisch ansteuerte. Charlie fischte ein Blatt Papier aus dem Chaos und presste es ihm mit der flachen Hand gegen seine breite Brust. „Schreiben Sie mir die Namen auf. Sie bekommen keine Schwierigkeiten. Sie haben mein Wort.“

Herr Schultze zog einen Schmollmund, was ihm das Aussehen einer eingeschnappten Bulldogge verlieh, lehnte sich dann aber über seinen Schreibtisch, wischte einen Stapel Ausdrucke zur Seite und begann zu schreiben. Kurz darauf richtete er sich wieder auf und ging zu Stella, um ihr das Blatt zu reichen. „Irgend’ne Chance, dass Sie mir da Ihre Telefonnummer draufschreiben, Süße?“

Charlie presste die Lippen aufeinander und wandte den Blick ab, um nicht loslachen zu müssen. Sie hörte, dass Stella aufstand, kurz darauf wurde sie fest am Arm gepackt und nach draußen gezogen.

„Gott. Da drin hat es gerochen, als ob irgendwo ein Tierkadaver verrottet“, sagte Stella und schüttelte sich angeekelt.

Charlie grinste, sagte jedoch nichts.

Die beiden gingen zurück zum Wagen. Sie setzten sich hinein. Stella sah so frustriert aus, dass es fast schon lustig war.

„Das war Zeitverschwendung", sagte sie mit Blick auf das Blatt Papier. „Diese Namen kennen wir schon. Kohlhofer steht da drauf. Außerdem die Namen Mayer, Hürser und Kavalcek. Da gab es schon Befragungen. Dann Bertels und Stieler. Beide verstorben. Wenz und Kehrer. Beide inhaftiert. Das wissen wir alles schon." Sie ließ das Blatt Papier sinken. „Zeitverschwendung", wiederholte sie.

„Du hättest ihm deine Nummer aufschreiben können. Dann wäre es zumindest für einen von uns dreien keine gewesen." Charlie lachte.

„Witzig."

„Ein bisschen schon, weil …"

„Könnten wir uns auf den Fall konzentrieren?", unterbrach Stella sie.

Charlie, die gerade dabei gewesen war, den Motor zu starten, ließ ihrem Arm wieder sinken, lehnte sich zurück und blickte nachdenklich durch die Windschutzscheibe Richtung Himmel. „Okay, gehen wir weitere Namen durch."

Stella nickte entschlossen. „Was ist mit Carl Jost? Er muss doch mit dem Täter, sei es Seitzthaler oder Kohlhofer oder sonst wem, Kontakt gehabt haben. Vor Kurzem."

„Arnd hat aber nichts gefunden. Am Handy nicht. Am Laptop nicht. Nirgends."

„Wir müssen mehr über ihn herausfinden. Wo war er die Tage vor seinem Tod? Die Tage vor dem ersten Mord? Vielleicht gibt es Personen in seinem Umfeld, die wir noch nicht befragt haben."

Charlie nickte, griff zu ihrem Handy und rief Vincent an.

„Bei der Arbeit?", meldete er sich.

„Hey, Vinni. Du bist im Ruhestand, schon vergessen?"

„Ich schnüffle für dich rum, schon vergessen? Was gibt's?"

„Hast du etwas über Carl Jost herausfinden können?"

„Ich habe all meine Beziehungen in seiner ehemaligen Abteilung angezapft. Ex-Kollegen von ihm, du weißt schon. Er war nicht sehr beliebt. Er hatte hier keine Freunde. So viel kann ich dir schon mal sagen. Er war ein Trinker."

„Welche Bar?"

„Im *Snooker's* war er oft. Und, was dich vermutlich wenig begeistern wird, auch im *Sparkly*."

„Ist das nicht ein Bordell?"

„Ist es."

„Spitze."

„Ich …"

„Du gehst da *nicht* hin und fragst die Mädchen aus, Vinni! Dagmar bringt mich um!"

„Okay, schön. Dann geh selber hin. Oder schick einen deiner Kollegen, die werden es dir danken. Soll ein netter Schuppen sein."

Charlie rollte mit den Augen. „Okay, danke fürs Erste. Irgendeine Verbindung zu Seitzthaler?"

„Nein. Carl Jost war mit völlig anderen Fällen betraut, der hatte nichts mit der Baubranche am Hut. Und privat haben die beiden sich in ziemlich unterschiedlichen Kreisen aufgehalten. Es sei denn …"

„Ja?"

„Na ja, auch reiche Männer gehen in Bordelle."

„Guter Punkt. Danke, Vinni. Wir halten uns auf dem Laufenden?"

„Immer, Lotti. Bis dann."

Charlie lächelte Stella an und tippte eine schnelle SMS an Stefan, von dem sie wusste, dass er gerade in der Innenstadt für eine Befragung unterwegs war. Da konnte er gleich einen Abstecher ins Bordell machen. Und eine männliche Begleitung war vermutlich hilfreich, so ungern Charlie das auch zugab.

„Und?", fragte Stella.

„Vincent hat den Namen der Stammbar von Carl Jost und von dem Bordell, in das er gerne ging."

„Igitt."

Charlie hob die Augenbrauen und verzog die Lippen zu einem süffisanten Lächeln. „Nur keine Zurückhaltung, Stella."

„Sorry. Das ist einfach … nicht meine Welt, das ist alles."

Charlie legte das Handy wieder ab. „Du wirst es kaum glauben, meine auch nicht. Aber in unserem Job müssen wir lernen, wenig zu werten, wenn es um solche Dinge geht, richtig?"

„Richtig. Also … wir fahren ins Bordell?"

„Wir fahren ins Bordell. Stefan kommt auch mit. Er ist schon in der Nähe. Männer haben tendenziell bessere Möglichkeiten, im Bordell an Informationen ranzukommen."

Stella verzog ihr Gesicht zu einer angeekelten Miene, sagte jedoch nichts. „Okay, gut. Vielleicht finden wir ja etwas heraus."

Sie fuhren in die Innenstadt. Das *Sparkly* gehörte zu den gehobenen Bordellen der Stadt, platziert an einer guten Adresse in der Nähe mehrerer internationaler Luxushotels. Gerade weil dort viele internationale Geschäftsmänner verkehrten, was das *Sparkly* auch bei lokalen Geschäftsmännern beliebt, die gerne so viel Anonymität wie möglich bewahren wollten.

Stefan wartete bereits vor dem Eingang. Er zwinkerte Stella anzüglich zu, dann nickte er Richtung Charlie. „Hey, Charlie. Neuigkeiten?"

„Wir waren noch einmal in der Schule."

„Da waren wir bereits."

„Ich weiß. Der Hausmeister …"

„Netter Typ, was?" Stefan lachte rau.

„Sehr. Jedenfalls hat er uns ein paar Namen von Lehrern notiert, an die er verkauft hat."

„Irgendetwas Interessantes dabei?"

„Nicht wirklich." Charlie deutete zum Eingang. „Gehen wir?"

„Klar. Sicher, dass das was für dich ist, Stella?", fragte Stefan grinsend.

„Klappe, Stefan", gab Charlie zurück.

Sie betraten das Bordell und wurden von einer übelkeiterregenden Wolke aus intensivem, süßem Raumduft empfangen. Oder, überlegte Charlie, vielleicht war es auch die Summe der Parfums, in denen die paar leicht bekleideten Mädchen gebadet hatten, die an der Bar lungerten. Die Gesichter der Mädchen erhellten sich kollektiv, als sie Stefan sahen, und schliefen sofort wieder ein, als sie danach Charlie und Stella wahrnahmen.

„Die riechen auf acht Kilometer Entfernung, dass wir Bullen sind", murmelte Stefan. Er ging entschlossen zur Bar. „Ihr Hübschen, wäre jemand von euch so freundlich, den Chef zu holen? Danke." Er zog seine Geldbörse heraus, nahm einen Fünfzig-Euro-Schein und hielt ihn in die Luft. Drei Mädchen sprangen von ihrem Barhocker, eine war schneller als die anderen beiden. Sie griff sich das Geld, steckte es zwischen ihre üppigen Brüste, zwinkerte Stefan zu und verschwand.

„Wow", hörte Charlie Stella neben sich sagen. „Das war ein bisschen … unethisch, oder?"

Charlie drehte ihr langsam den Kopf zu. „Hast du den Damen sonst irgendetwas zu bieten, das sie motivieren könnte, mit uns zu reden?"

„Die Androhung einer Finanzprüfung", gab Stella zurück.

Charlie lachte. „Alles klar."

Das Mädchen, das den Fünfziger an sich genommen hatte, kam mit einem großen Mann mit zurückgegeltem, schwarzem Haar zurück, der in einem teuren Anzug steckte und an beiden Händen mehrere goldene Ringe trug. Seine fast schwarzen Augen fixierten Stella, dann Charlie, danach Stefan.

„Wie kann ich helfen?", fragte der Mann ernst, aber freundlich.

„Mir gar nicht", sagte Stefan, machte eine auffordernde Geste Richtung Charlie und nickte dann dem Mädchen zu. „Wir zwei sind noch nicht fertig, meine Hübsche." Er bot ihr die Hand an und zog sie mit sich in den hinteren Bereich des Bordells.

Charlie trat auf den Chef zu. „Wir müssen Sie nach zwei potenziellen Kunden Ihres … Etablissements befragen."

Die breiten Lippen des Mannes verzogen sich zu einem spöttischen Lächeln. „Ach ja? Sie sehen wie eine intelligente Frau aus. Also wissen Sie sicher, dass in meinen Etablissements Diskretion recht groß geschrieben wird."

„Sicher. Aber beide sind tot, wenn das hilft." Charlie blickte Stella auffordernd an. Die wirkte einen Moment lang überrascht, zog dann aber sofort das Tablet aus ihrer Tasche. Sie öffnete einen Ordner und zeigte ein Bild von Carl Jost her. „Kennen Sie diesen Mann?"

Der Chef des Bordells blickte nur eine Sekunde auf das Bild. Dann fixierte er wieder Charlie. „Tot, ja?"

„Ja. Wir müssen die Aussage eines Zeugen verifizieren. Das ist alles. Wir sind nicht an Ihnen oder Ihrem Geschäft interessiert. Nur an dem Wahrheitsgehalt der Aussage eines Zeugen, der mit Ihnen und Ihrem Geschäft nichts zu tun hat. Okay?"

Der Chef nickte knapp. „Ja, okay. Eine Hand wäscht die andere, da sind wir uns doch einig, oder?"

Charlie nickte. Sie wusste ziemlich gut, wie das hier lief, auch wenn andere Kollegen ihres Teams, allen voran Stefan und Mike, weitaus mehr Erfahrung mit der Unterwelt hatten als sie. Der Chef sorgte gerade dafür, dass er in nächster Zeit weder von ihrer Abteilung noch von irgendeiner anderen behelligt werden würde. Und zwar, ohne danach zu fragen. „Wir verstehen uns", versicherte Charlie und nickte ebenfalls.

„Ich kenne den Typ, ja. Er war schon länger nicht mehr hier. Aber eine Zeit lang kam der regelmäßig. Soweit ich weiß, war er Polizist, richtig?"

„Richtig."

„Ein Kollege von Ihnen?"

„Nein."

„Schade um ihn. War ein guter Kunde. Die Mädchen mochten ihn. Er war nett zu ihnen."

Charlie nickte, dann deutete sie auf das Tablet. Stella verstand, was sie wollte, und öffnete ein Bild von Rudolph Seitzthaler.

Der Chef blickte kurz darauf. „Auch tot oder was?"

„Ja", sagte Charlie.

„Aha. Nun, den kenne ich nicht. Sorry, Mädchen. Hätte euch gern geholfen. Sonst noch etwas?"

„Nein. Danke", gab Charlie zurück. Stella steckte das Tablet wieder ein. Die beiden gingen nach draußen und warteten auf Stefan. Der kam zehn Minuten später ebenfalls hinaus.

„Sie kennt Jost, aber nicht Seitzthaler", sagte er und blickte Charlie fragend an.

Charlie nickte. „Selbe Antwort."

„Seitzthaler ist nicht tot", sagte Stella, die die ganze Zeit über bemerkenswert still gewesen war.

Charlie und Stefan blickten sie an. „Ach was", sagte Stefan. „Gut kombiniert, Sherlock."

Stellas Blick wurde eisig. „Ich meine ja nur. Er sagte, eine Hand wäscht die andere. Und wir haben ihn angelogen. Was, wenn wir noch etwas von ihm brauchen?"

„Er kannte Seitzthaler nicht, also tut das nichts zur Sache, oder?“, antwortete Charlie.

„Und wenn er ihn gekannt hätte?“

„Hätte ich sagen können, dass wir uns geirrt haben“, gab Charlie zurück.

Stella schüttelte den Kopf. „Manchmal habe ich das Gefühl, ich habe noch viel zu viel zu lernen.“

Stefan hob die Hand und klopfte ihr kurz auf die Schulter. „Dann bist du ja in guten Händen.“ Er nickte Charlie zu, hob die Hand zum Gruß und ging zu seinem Wagen.

Stella blickte ihm nach. „Er respektiert dich“, sagte sie leise.

„Ja. Ich ihn auch.“

„Mich behandelt er wie ein …“ Stella sprach nicht weiter, doch ihr Blick ging zur Tür des Bordells.

„Leg’s nicht auf die Goldwaage“, sagte Charlie. „Er ist eben so.“

„Mach ich nicht“, behauptete Stella. Sie wandte sich um und ging ebenfalls zum Wagen zurück.

Charlie blickte ihr nach. Sie hatte sehr wohl den Eindruck, dass sie das tat. Ihre Kollegin machte ihr Selbstwertgefühl nach wie vor viel zu sehr von anderen abhängig. Das würde früher oder später zu Problemen führen.

Zurück am Schreibtisch hatte Charlie das dringende Bedürfnis, sich die Bordell-Atmosphäre vom Körper zu duschen. Sie roch das süßliche Parfum immer noch, obwohl sie nun wieder in ihrem Büro saß, das für gewöhnlich nach überhaupt nichts roch. Stella saß ihr gegenüber und sah geradezu kränklich aus.

„Übergibst du dich gleich?“, fragte Charlie.

„Nein.“

„Du siehst aber so aus. Bitte nicht in meinem Büro, okay?“

Stella winkte ab, dann schüttelte sie den Kopf. „Diese Mädchen …“ Mehr sagte sie nicht und das brauchte sie auch nicht. Charlie war selbst eine Frau. Und sie war ein Mensch, der zu Empathie fähig war, auch wenn sie das nicht gerne zeigte. Auch sie konnte sich angenehmere

Arbeitsorte vorstellen als jene, an denen Frauen ihre Körper verkauften. Aber das gehörte zum Job.

Nobody said it was easy, ging ihr ein Liedtext einer ihrer Lieblingsbands durch den Kopf.

Ihr Handy klingelte und sie zog die Augenbrauen zusammen, als sie den Namen auf dem Display sah. „Bela?", fragte sie unruhig. Sie sah auf die Uhr. Das vereinbarte Treffen mit Bela sollte erst in einer halben Stunde stattfinden. Vielleicht musste er absagen. Sie ging ran. „Hey, ist alles okay?"

„Charlie, Sie müssen mir helfen."

Charlies Gesicht versteinerte. Sie hörte Stimmen im Hintergrund. Jemand rief etwas, das sie nicht verstehen konnte. Irgendwo hupte ein Auto. „Was ist passiert, Bela? Wo sind Sie?"

„Beim Stadtpark, wo wir uns gleich treffen wollten. Charlie … ich wurde verhaftet!"

Charlie sprang auf und Stella tat es ihr gleich. Ihre Kollegin sah sie aus weit aufgerissenen Augen an. „Was soll das heißen, Bela? Wer? Von wem? Wieso? Was haben Sie getan?"

„Ich habe *nichts* getan. Ich habe hier gewartet. Auf Sie! Plötzlich standen da gefühlt Hunderte Typen von irgendeiner Spezialeinheit und die Handschellen klickten. Sie haben mir einen Anruf erlaubt. Und ich habe mich gegen einen Anwalt und für *Sie* entschieden. Also *helfen Sie mir!*"

Es klickte, Bela war weg. Langsam ließ Charlie den Arm sinken. Das Handy glitt ihr aus der Hand und landete auf ihrem Schreibtisch. Sie stierte Stella an.

„Was?", fragte die. „Was ist passiert?"

Charlie beugte sich vor, stützte die Hände am Tisch ab und funkelte Stella an. „Was, zur Hölle, hast du *getan*?"

26. Kapitel

„ICH habe überhaupt nichts getan!", sagte Stella ungefähr zum zehnten Mal, während Charlie Richtung Justizanstalt brauste.

„Ich habe dir gestern gesagt, wann und wo wir uns treffen, und heute wird Bela festgenommen. Das war dein Vater, Stella."

„Nein." Stella schüttelte energisch den Kopf. „Nein, auf keinen Fall. Er hat uns sein Wort gegeben." Genau genommen hatte er Charlie sein Wort gegeben und Stella erklärt, sie müsse sich aus allem raushalten. Aber … er würde doch nicht … „Er wusste doch noch nicht mal, wo wir uns mit Bela treffen."

„Außer, du hast es ihm gesagt."

„Habe ich nicht!", gab Stella entrüstet zurück.

„Tja, irgendwie hat er es erfahren."

„Nicht von mir. Und … hör auf, das auf meinen Vater zu schieben."

„Hör auf, naiv zu sein", gab Charlie zurück.

Sie trat ruckartig auf die Bremse, parkte und sprang geradezu aus dem Wagen. Stella hatte sich noch nicht mal abgeschnallt, da war Charlie schon in der Justizanstalt verschwunden. Stella lief ihr nach. Charlie fragte sich durch, kam aber nicht sehr weit. Sie hatten in diesem Fall weder Ermittlungs- noch Befragungskompetenzen, und das ließen die zuständigen Beamten sie auch wissen.

„Wer?", mischte Stella sich ein, als der Kollege, der Bela in die Zelle gebracht hatte, Anstalten machte zu gehen. „Wer hat ihn hergebracht?"

„MEK", war die knappte Antwort. Dann ging der Kollege.

Charlie funkelte Stella an. „MEK. Das Mobile Einsatzkommando des Bundeskriminalamtes. Oder, um es für dich zu übersetzen: jene Einheit, die in Deutschland für Interpol zuständig ist. Und die, wenn mich nicht alles täuscht, so ziemlich direkt zum Einflussbereich deines Vaters gehört?"

Stella schüttelte vehement den Kopf und griff zu ihrem Handy. „Nein. Er war es nicht. Ich beweise es dir." Sie wählte seine Nummer. Es klingelte mehrmals. Ihr Vater ging nicht ran. Und das, stellte Stella mit Entsetzen fest, kam absolut nie vor, wenn sie ihn erreichen wollte. Sie bemühte sich um eine ruhige Stimme. „Ich erreiche ihn gerade nicht."

„Was für ein Zufall."

„Das kann passieren, okay? Er ist ein vielbeschäftigter Mann. Er ist dafür nicht verantwortlich! Er wusste nicht, wo und wann wir uns treffen."

Charlie sah sie nicht mehr direkt an. Ihr Blick war auf ihr Handy geheftet.

„Was ist?", fragte Stella.

„Ruf Arnd an."

„Was?"

„Ruf Arnd an. Er soll prüfen, ob dein Handy überwacht wird."

Stella war über diesen Hinweis so schockiert, dass ihr das Handy fast aus der Hand glitt. Sie verkrampfte ihre Finger, fasste es fester, und presste es sich an die Brust. Charlie warf ihr einen letzten verärgerten Blick zu, dann drehte sie ab und stapfte davon. Stella blieb unschlüssig stehen. Dann wählte sie mit zittrigen Fingern Arnds Nummer.

Ihr Kollege ging sofort ran. „Hey, Stella. Alles okay? Wir haben noch keine Neuigkeiten für euch, was Kohlhofer angeht."

„Ich rufe wegen etwas anderem an."

„Ja?"

„Arnd, kannst du herausfinden, ob mein Handy überwacht wird?"

„Wie bitte?"

„Kannst du …"

„Ja, ich habe dich schon verstanden. Aber wie kommst du darauf, Stella?"

Sie atmete tief durch. Das war unmöglich. Wer sollte das tun? *Wieso* sollte jemand überhaupt auf die Idee kommen?

Ich habe Papa selbst auf die Idee gebracht, als ich ihm von Bela erzählt habe …

Nein. Sie konnte sich das einfach nicht vorstellen. „Ist das … üblich?", fragte sie Arnd. „Ich meine, kommt so etwas oft vor?"

„Ja, schon. Ich meine, unsere Diensthandys sind gut gesichert“, fügte Arnd hinzu. „Aber ja, die Software zur Überwachung von Handys wird immer besser. Es gibt eine eigene App nur für die Überwachung von WhatsApp. Und es gibt ziemlich viel illegale Technik am Markt. Die wird nicht nur von Behörden genutzt, sondern auch von privaten Unternehmen. Kommt viel häufiger vor, als du denken würdest.“

„Kannst du es schnell herausfinden?“

„Ja. Dafür musst du mir dein Handy bringen. Es gibt ein paar Indizien, an denen man schnell erkennen kann, dass etwas faul ist. Schwierigkeiten, es abzuschalten, aktiv bleibende Hintergrundbeleuchtung, Softwarefehler, heißer Akku, überhöhter Datenvolumenverbrauch, unbekannte …“

„Ähm, danke, Arnd, ich brauche die Details nicht wirklich. Ich … bringe es dir gleich vorbei. Danke.“

„Nichts zu danken.“

Stella steckte das Handy weg und atmete ein paarmal tief durch. Dann ging sie zur Vermittlungsstelle direkt am Eingang bei der Justizanstalt. Nun saß eine ältere Dame dort und nicht der Mann von vorhin, der Charlie direkt abgewiesen hatte. Stella ging lächelnd auf die Frau zu.

„Guten Tag. Entschuldigen Sie bitte, ich befürchte, ich habe mich verlaufen. Ist mein erster Straffall, wissen Sie? Sehr aufregend.“

Die Dame sah sie fragend an. „Wie heißt Ihr Mandant, meine Liebe?“

„Bela Rottenbach. Er wurde vom MEK hergebracht. Heute. Ich wurde einfach von meinem Chef hergeschickt und bin noch ein bisschen unbeholfen. Entschuldigen Sie bitte. Ich soll einfach nur die ersten Fakten aufnehmen.“ Wie zur Untermauerung zog Stella ihr Tablet aus dem Mantel und hielt es der Dame lächelnd vors Gesicht.

„Natürlich. Ich gebe oben Bescheid. Sie bekommen einen Besucherausweis und warten im Besucherraum. Ihr Mandant kommt in zirka zehn Minuten.“

Stella schenkte der Dame ein strahlendes Lächeln und ließ sich den Weg zum Besucherraum zeigen. Dort wartete sie ungeduldig. Sie starrte an die Plexiglasscheibe, die ihren Platz von dem der Sträflinge abtrennte. Ihr Herz pochte ihr bis zum Hals.

Wieso bin ich so nervös?

Dann wurde am Ende des Ganges eine Tür aufgerissen und Bela erschien. Sein Blick ging suchend über die Stühle. Als er sie sah, erhellte sich sein Gesichtsausdruck, und er setzte sich Stella mit gewohnt breitem Lächeln gegenüber. Doch diesmal erreichte das Lächeln seine Augen nicht. Einen Moment lang blickten die beiden sich stumm an. Bela schien zu erkennen, was sie dachte, denn ihre Sorge spiegelte sich nun auch in seiner Mimik wider. Das aufgesetzte Lächeln verschwand langsam von seinen Lippen, und zurück blieb ein unruhiger Ausdruck auf seinem Gesicht. Er senkte kurz den Blick und Stella sah, dass er tief einatmete, sodass seine Schultern sich kurz hoben und wieder senkten.

Dann hob er den Kopf wieder und die Sorge war aus seinem Gesicht wie weggewischt. „Ich bin entzückt", sagte er.

„Bela …"

„Als mir der nette Herr von der Justizanstalt mitgeteilt hat, meine Anwältin wäre hier, war ich ziemlich überrascht, wenn man bedenkt, dass ich noch gar keine Anwältin eingeschaltet habe. Ich meine, mir war schon klar, dass die Paragraphenreiter demnächst Schlange stehen werden. Ein Fall wie meiner? Bitte! Publicity ohne Ende. Aber …"

„Bela!"

„Ja?"

Stella beugte sich vor. „Wie geht es Ihnen?" Sie betrachtete ihn. Er sah gut aus. Unerschüttert. Ja, er strahlte diese unerschütterliche Souveränität aus, die ihr sofort bei ihrem ersten Zusammentreffen aufgefallen war. Und er schien … unbekümmert?

„Gut. Danke der Nachfrage. Ich bin etwas verärgert, um ehrlich zu sein."

„Was ist überhaupt passiert? Ich verstehe nicht …"

„Ich habe im Park auf Sie und Charlie gewartet. Ich bin immer früher an Treffpunkten. Immer. Das habe ich früher, als ich mein Unternehmen geleitet habe, auch so gemacht. Das scheint Menschen immer ziemlich aus der Bahn zu werfen, wenn ein viel beschäftigter Mann es schafft, zu irgendeinem Termin zu früh zu kommen. Und das wiederum verbessert die eigene Verhandlungsposition." Er schloss den Mund und lächelte wieder.

„Wieso erzählen Sie mir das?"

„Sie sind doch Anwältin, richtig?", fragte er und zwinkerte.

„Was ist passiert, Bela?", fragte sie noch einmal.

„Es gibt einen internationalen Haftbefehl gegen mich. Das bedeutet, ich bin Freiwild. Man kann mich einfach festnehmen, und man kann mich auch einfach hier reinstecken. Fürs Erste."

Stella nickte. „Aber … wer?"

„Wer?"

„Wer wusste, dass Sie dort sein würden? Haben Sie irgendjemandem von dem Treffen erzählt?"

Bela beugte sich langsam vor. Er faltete seine Hände auf der schmalen Ablage vor sich und warf Stella einen vielsagenden Blick durch die Glasscheibe zu. Seine Finger berührten kurz die Scheibe, genau an dem Punkt, an dem Stellas Hände auf der anderen Seite lagen. „Ich habe niemanden, Stella. Nur Sie und Charlie."

Stella wich zurück. Sie verschränkte die Finger ineinander. „Sie brauchen einen Anwalt."

„Ja. Die kommen schon noch auf mich zu, sobald das Wort die Runde macht, dass sie mich haben."

„Wollen Sie sich keinen aussuchen?"

„Ich warte mal ab, was hier so reingeflogen kommt. Dann werde ich sehen, wie sich die Kandidaten gegenseitig mit Speichellecken und Wunderstrategien überbieten. Dabei werde ich mich sehr unterhalten fühlen. Hier gibt es nicht sonderlich viele TV-Sender und die Gefängnisbibliothek ist … na ja … spärlich bestückt. Gönnen Sie mir doch ein bisschen Kabarett, bevor ich meinen Anwalt anrufe und ihn bitte, mich hier rauszuboxen."

Stella lächelte ihn an. „Okay. In Ordnung." Sie stand auf und zögerte kurz. „Es wird diesmal schwieriger werden als letztes Mal, Bela. Sie rauszuboxen, meine ich."

„Das weiß ich, Stella. Machen Sie sich keine Sorgen um mich."

Sie nickte, dann hob sie die Hand zum Gruß und ging nach draußen.

Charlie stand an ihren Wagen gelehnt und telefonierte, wobei sie hektisch mit der freien Hand gestikulierte. Stella griff zu ihrem Handy und wählte die Nummer ihres Vaters. Wieder ging er nicht ran. Sie ging auf Charlie zu, die gerade ihr Gespräch beendete.

„Danke, dass du auf mich gewartet hast.“

Charlie sagte nichts.

„Ich war bei Bela. Es geht ihm gut.“

Erneutes Schweigen. Wenn Charlie sich dafür interessierte, wie Stella es geschafft hatte, zu Bela zu kommen, zeigte sie es nicht. Zunächst bezog Stella Charlies kaltes Verhalten auf sich, doch dann erkannte sie etwas an ihrem Gesichtsausdruck, das anders war. Sie war nicht nur verärgert. Sie war schockiert. „Was ist passiert, Charlie?“

„Er hat es geschafft.“

„Wer hat was geschafft?“

„Seitzthaler. Oder … Kohlhofer. Oder wer auch immer. Mit diesem beschissenen Prozess. Er hat ihn abgeschlossen. Phase vier.“

Stella schüttelte den Kopf. „Nein. Das ist unmöglich. Nein. Beide werden beschattet.“

Charlie stierte sie an. „Und doch haben wir eine vierte Leiche. Komm, wir müssen los.“

Die beiden setzten sich ins Auto und Charlie startete den Wagen. Stella räusperte sich. „Können wir kurz in der Kaserne halten?“

„Wieso?“

Stella zeigte Charlie ihr Handy. „Ich will es von Arnd überprüfen lassen.“

Ein Hauch von Überraschung wehte über Charlies Gesicht. Dann wurde ihre Miene wieder zu einer starren Maske. Sie nickte knapp und fuhr los.

27. Kapitel

CHARLIE wollte überall sein. Überall, nur nicht hier. Wieder eine Küche. Wieder ein Esstisch, auf dem statt Teller, Besteck und Gläsern eine Leiche lag. Die Frau sah fast aus wie Marianne Feldberg, dachte Charlie. Ähnliches Alter, ähnlich zierliche Statur, eine faltige, etwas gräuliche Haut und gelbliche Nägel – beides Anzeichen dafür, dass sie eine starke Raucherin gewesen war.

Maja Paunig.

Der Name stand an der Türklingel.

Wieder ein kleines Einfamilienhaus. Wieder ein abgewaschenes Teeservice neben der Spüle.

Charlie schluckte und zwang sich, das Messer anzusehen, das im Herzen der Frau steckte.

Agnitio. Sinnfindung. Erkenntnis.

Wie würde es jetzt weitergehen? Jetzt, da der Täter seine Sinnfindung beendet hatte? War das hier abgeschlossen? Würde dieser Fall als *Cold Case* enden? Keine weiteren Morde mehr, aber auch keine neuen Spuren, die ihnen sagen würden, wer es war?

„Ich gehe raus", sagte Stella, die die ganze Zeit über geschwiegen hatte.

Charlie konnte es ihr nachempfinden. Auch sie hatte keine Lust mehr, sich das hier weiter anzusehen. Sie warf einen kurzen Blick auf die grotesk aus den Augen ragenden Nägel, wandte sich aber sofort wieder ab. Sie kannte das alles schon. Es fühlte sich zu sehr nach *Déjà-vu* an. Fast war es eine Verhöhnung, auch wenn Charlie verstand, dass es dem Täter nicht primär darum ging. Dennoch fühlte sie sich verarscht. Sie stellte sich einen Mann vor, der in einem dunklen Zimmer saß und lachte. Weil er es geschafft hatte. Weil sie alle nach ihm suchten. Einem Phantom. Einem Phantom, das es geschafft hatte, vier Morde zu begehen, ohne eine einzige verwertbare Spur zu hinterlassen.

Charlie schüttelte den Kopf und ging nach draußen. Sie blickte sich um, suchte instinktiv nach Toni, doch die Spurensicherung hatte ihre Arbeit schon abgeschlossen. Viele der Kollegen waren schon gegangen, nur Doktor Steiner war noch hier. Er saß in seinem Auto und telefonierte. Charlie stellte sich zu ihm. Als er sie sah, legte er auf.

„Ah, da sind Sie, Fräulein Charlotte. Ich habe noch auf Sie gewartet, bevor ich zurück ins Institut fahre. Die ersten Informationen … Keine Zeichen von einer körperlichen Auseinandersetzung. Der Körper ist unversehrt. Keine Hämatome oder abgesplitterte Fingernägel, nichts. Die Nägel wurden präzise in die Augen getrieben. Das Messer mit einem kräftigen Stoß ins Herz gerammt. Kräftiger als sonst, würde ich fast meinen. Es steckte fast bis zum Schaft in der Brust.“

„Das heißt?“

Der Mediziner lächelte sanft. „Fragen Sie nach den Hintergründen der Tat oder nach der medizinischen Bedeutung?“

„Letzteres.“

„Bei den ersten drei Opfern war das Herz nur … angestochen, wenn Sie so wollen. Die Verletzungen waren schon bedeutend und auch tödlich, doch wie lange der Muskel weitergeschlagen hat … nun, es könnte schon eine beträchtliche Zeit gewesen sein. Hier jedoch gehe ich davon aus, dass der Tod kurz und schmerzlos war. So kurz und schmerzlos wie möglich, wenn man erstochen wird.“

Charlie nickte knapp. „Okay. Danke, Herr Doktor. Wie lange, denken Sie, liegt sie schon hier?“

„Vielleicht einen Tag, schätze ich.“

„Ich verstehe. Danke.“

„Gern, Fräulein Charlotte.“

Er fuhr los. Charlie wandte sich um und ging zu Stella, die an ihrem Wagen lehnte und geistesabwesend zum Himmel starrte.

„Alles okay?“, fragte Charlie.

„Ich fühle mich wie eine Versagerin“, gab Stella zurück, ohne Charlie dabei anzusehen.

„Ja. Das Gefühl kenne ich. Kohlhofer ist wohl raus.“

Nun sah Stella sie doch an. „Was meinst du?“

„Laut Doktor Steiner ist unser viertes Opfer etwa einen Tag lang tot. Zu diesem Zeitpunkt saß Kohlhofer noch bei uns im Befragungsraum.“

„Es könnten zwei sein.“

„Zwei Täter? Mit demselben Ziel? Vergebungsprozess und … *Sinnfindung?*“

Stella zuckte mit den Schultern. „Möglich.“

Charlie schüttelte den Kopf, stellte sich neben Stella, lehnte sich ebenfalls gegen das Auto und blickte nun auch in den Himmel. „Ich weiß nicht …“, sagte sie.

„Ich auch nicht.“

„Vielleicht liegen wir ganz falsch. Vielleicht müssen wir von ganz vorn anfangen.“

„Wir müssen trotzdem herausfinden, ob Seitzthaler eine Verbindung zu Maja Paunig hatte. Oder Kohlhofer“, sagte Stella. „Wer hat sie überhaupt gefunden?“

„Ihre Nichte. Sabrina Paunig. Ich habe ihre Kontaktdaten. Laut dem Kollegen, der zuerst hier war, war sie so weit gefasst. Verheult, aber gefasst. Wir können sie befragen.“

Charlies Handy klingelte. Es war Vinni. Sie ging ein paar Schritte, um ungestört telefonieren zu können, dann hob sie ab. „Hey, Vinni.“ Sie wusste, wie sie sich anhörte. Es war, als wären Vincent und Dagmar wandelnde Lügendetektoren, die nur auf Charlie trainiert waren. Sie konnte sie nicht anlügen, sie konnte noch nicht mal ihre Gefühle richtig verbergen. Und darin war sie normalerweise verdammt gut. Aber jetzt? Ihr fehlte die Energie. Sie war ausgelaugt und erschöpft. Sie brauchte Trost.

„Lotti …“ Sofort unterbrach er sich. „Was ist los?“

„Ich bin an einem Tatort. Einem neuen …“, fügte sie unnötigerweise hinzu.

„Scheiße.“

„Ja.“ Sie ging noch ein paar Schritte weiter und musste für den Bruchteil einer Sekunde den Impuls niederkämpfen, einfach zu verschwinden und diesen ganzen Wahnsinn hinter sich zu lassen. „Wir stecken in der Scheiße, Vinni.“

„Sag das nicht.“

„Wir haben bisher nichts erreicht. Absolut gar nichts. Jeder Weg, den wir verfolgt haben, war falsch. Wir haben versagt, Vinni.“

„Nein, Charlie. Das ist Blödsinn.“

„Vier Leichen!“, rief sie ins Telefon. „Vier!“

Vinni sagte nichts.

„Ich fühle mich wie eine Versagerin“, wiederholte sie Stellas Worte.

„Willst du reden?“

„Nein, ich … ich muss arbeiten. Befragungen. Maja Paunigs Umfeld. Aber ich …“ Sie brach ab. Vinni wusste auch so, was in ihr vorging. Es war, als wäre ihr Kopf leergefegt worden. Allein die Vorstellung, eine weitere Befragung durchzuführen, die ins Nichts lief, erdrückte sie. Wieder eine Angehörige, wieder ein fassungsloses, verletztes, gebrochenes Individuum, dem sie keinen Trost spenden konnte. Charlie war hart im Nehmen. Aber sie war ein Mensch. Sie war zu Empathie fähig. „Manchmal ist es hart“, sagte sie leise.

„Lotti … hör mir zu. Ich weiß, wie du dich gerade fühlst. Aber du bist *keine* Versagerin. Du siehst den Wald vor lauter Bäumen nicht mehr. Du bist zu erschöpft, um klar zu denken, und zu desillusioniert, um deinem Instinkt zu folgen.“

„Wenn du mir jetzt sagst, ich soll mich hinlegen und ein paar Stunden schlafen, schreie ich, Vinni.“

Er lachte. „Nein. Ich will dir sagen: Geh zurück an den Anfang.“

„An den Anfang?“

„Ja. Welche Spuren, *konkrete* Spuren habt ihr erhalten? Was haben eure Befragungen ergeben? Heruntergebrochen auf die wesentlichen Dinge.“

Sie atmete tief ein und dachte kurz nach. Was hatte es da schon gegeben? „Es hat mit der Schule zu tun“, sagte sie. „Es *muss* mit der Schule zu tun haben. Alles läuft dort zusammen. Bisher.“

„Okay. Gut. Die Schule also.“

„Die Befragungen haben aber nichts ergeben, nichts, was uns weitergebracht hätte. Das Einzige, was wir erhalten haben, ist diese Scheiß Namensliste vom Hausmeister.“

„Namen von wem?“

„Lehrern, die im fraglichen Zeitraum vom Hausmeister Stoff bezogen haben.“

„Ah. Okay, gut. Was war mit dieser Liste?“

„Wir haben alle Namen überprüft. Es gab nichts.“

„Schick sie mir.“

„Vinni, nein.“

„Schick sie mir. Manchmal hilft ein Blick von außen. Du weißt, dass ich recht habe.“

„Und wie willst du die Personen überprüfen?“, fragte sie mit einem Lächeln auf den Lippen. „Du hast doch gar keine Zugänge mehr.“

„Bitte, Lotti … Beleidige mich nicht. Schick sie mir. Und dann …“

„Ja?“

„Aufstehen, Krone richten, weitergehen. Zeig es ihnen, Prinzessin.“

Sie lachte. „Danke, Vinni.“

„Immer. Bis dann.“

Sie legte auf, schickte Vinni die Liste, steckte ihr Handy weg und sah zu Stella, die wiederum ihr eigenes Handy – das Privathandy – ans Ohr presste. Charlie ging zu ihr. „Und?“, fragte sie.

Stella blickte auf ihr Handy, als wüsste sie nicht, wie dieses Ding in ihre Hände geraten war. „Das war Arnd“, sagte sie mit deutlich hörbarem Kloß im Hals.

Charlie sah sie abwartend an, fragte jedoch nicht nach. Stellas Blick sprach Bände.

Stella steckte ihr Handy mit einer fast wütenden Handbewegung in ihre Manteltasche. „Mein Handy wurde abgehört.“

Charlie hob die Augenbrauen. „Von …?“

Stella schwieg. Das war Antwort genug. Charlie schüttelte den Kopf und wandte sich ab. Sie wusste nicht, ob Stella Mist gebaut oder ob ihr Vater sie beide verarscht hatte, und es war ihr auch egal. Sie war sauer. Auf Stella. Auf Stellas Vater. Und auf die Welt. Sie hatte Leute mit ins Boot geholt, und *natürlich* war alles den Bach runtergegangen. Sie hatte immer schon gewusst, dass es besser war, eine Einzelkämpferin zu sein. Immer! Und nur, weil die Gesellschaft und die Polizei irgendetwas laberten von wegen, es war besser im Team, würde sie ihre Meinung nicht ändern. Man sah ja, was dabei rauskam!

„Es tut mir leid“, hörte sie Stella leise sagen, ignorierte sie aber.

Sie setzte sich ins Auto und startete den Motor. Stella setzte sich neben sie. Charlie spürte ihren fragenden Blick. „Wir fahren zu Sabrina Paunig.“

28. Kapitel

DAS Gebäude, vor dem Stella und Charlie nun standen, war gruselig. Stella wusste nicht recht, wieso, doch allein die Bezeichnung *Psychiatrische Klinik* sorgte dafür, dass ihre Nackenhaare sich aufstellten. Und dieser Bau wirkte zudem alles andere als einladend, vor allem jetzt, um Mitternacht.

„Findest du es hier auch …", setzte Stella an.

„… horrorfilmmäßig? Ja", beantwortete Charlie ihre Frage.

„Ist es falsch von mir, dass ich Psychiatrien irgendwie gruselig finde?"

„Hier sieht es aus, als würde gleich die Addams Family antanzen. Also nein."

Stella blickte sich um. Sie standen auf einem weitläufigen Areal, dessen Großteil ein Ziegelbau einnahm, der der alten Kaserne, in der ihre Büros lagen, nicht unähnlich war. Das Gelände war von einer hohen Mauer umgeben und die meisten Fenster des vierstöckigen Gebäudes waren vergittert. Vor und neben dem Hauptgebäude erstreckte sich ein Park mit wenigen Bäumen, dafür umso mehr Bänken, die, wie Stella annahm, am Boden festgeschraubt waren.

„Sieht aus wie eine Justizvollzugsanstalt", sagte Stella.

„Ist es im Grunde auch, wenn man bedenkt, dass sie hier auch die Leute für den Maßregelvollzug unterbringen."

Stella atmete tief ein. Das stimmte allerdings. In der Psychiatrischen Klinik Steinberg am Rande der Stadt, etwas erhöht auf einem kleinen Hügel liegend, waren zahlreiche psychisch kranke oder suchtkranke Straftäter untergebracht, ein Teil davon in Sicherungsverwahrung. Außerdem lag auf dem Areal noch ein psychiatrisches Krankenhaus mit einhundertzwanzig Betten, in dem Patienten mit schwerwiegenden Persönlichkeitsstörungen untergebracht waren. Dort war Sabrina Paunig als Pflegekraft beschäftigt. Sie hatte heute Nachtdienst, was der Grund war, warum Stella und Charlie nun hier waren.

„Es wundert mich, dass sie arbeitet", sagte Stella. „Hat sie nicht erst vor wenigen Stunden ihre tote Tante gefunden?"

„Manche Menschen lenken sich gern mit Arbeit ab", gab Charlie zurück.

Stella warf ihr einen vielsagenden Blick zu, den Charlie nicht weiter kommentierte.

Sie betraten das Hauptgebäude und fragten beim Empfang nach der Station, auf der Sabrina Paunig tätig war. Die junge Frau nannte die Station 3F und wies ihnen den Weg. Sie fügte erklärend hinzu, dass man die meisten Stationen nur mit Chipkarte betreten konnte.

Stella und Charlie gingen durch zahlreiche endlos lange, trostlose Gänge, und Stella versuchte, ihr Unwohlsein in den Griff zu bekommen. Nach einigen Minuten erreichten sie den Gang, der das Haupt- mit dem Nebengebäude verband und damit zum psychiatrischen Krankenhaus führte. Dort stiegen sie in den Lift und fuhren in den dritten Stock. Vor der Station 3F klingelten sie und mussten warten, bis jemand vom Personal von innen mit einer Chipkarte die Tür öffnete. Bei der Stationsleitung fragen sie nach Sabrina Paunig und wurden von der zuständigen Pflegerin in ein Wartezimmer gebracht.

Stella blickte sich um. Die Wände waren weiß und kahl, nirgends hingen Bilder, nirgends standen Pflanzen. „Mein Gott, wie soll man hier denn gesund werden?"

„Vermutlich haben sie Sorge, dass jemand austickt und mit Vasen um sich schmeißt oder so was."

„Das ist nicht sehr pietätvoll."

„Ich habe keine Zeit für Pietät. Unser Täter zeigt auch keine."

Die Tür wurde geöffnet und eine sehr große, stämmige Frau um die dreißig trat herein. Ihr Gesicht war rund, ihr Nacken und die Schultern breit, die Hüften sehr ausladend. Sie steckte in der gleichen olivgrünen Funktionskleidung, die auch schon die Kollegin getragen hatte, die Stella und Charlie in den Warteraum gebracht hatte.

Stella erhob sich und reichte ihr die Hand. Sie musste den Kopf etwas heben, um der großen Frau ins Gesicht blicken zu können. Stella galt mit ihren 1,75 Metern selber als groß gewachsene Frau, doch Sabrina überragte sie noch mal fast um einen Kopf.

„Sabrina Paunig", stellte die Pflegekraft sich vor. Ihr Händedruck war beeindruckend fest.

„Stella Meislow", erwiderte Stella und entwand ihre Hand dem schraubstockartigen Griff. „Das ist meine Kollegin Charlotte Bekker." Stella blickte kurz zu Charlie und konnte ihr direkt ansehen, was diese dachte.

Sabrina war perfekt für die Anstellung in einer Pflegeeinrichtung, in der Menschen – so nahm Stella jedenfalls an – regelmäßig aufmuckten. Ihr Anblick war auf den ersten Blick – Stella fiel kein besseres Wort ein – einschüchternd. Sie blickte Sabrina wieder an und lächelte mitfühlend. „Es tut uns sehr leid, was Sie durchmachen müssen."

„Danke", sagte Sabrina Paunig und setzte sich.

Stella tat es ihr gleich und betrachtete sie etwas eingehender. Sabrina hatte ein hübsches, pausbäckiges Gesicht und festes, glattes, rotblondes Haar, das sie zu einem strengen Knoten hochgesteckt trug. Ihre Augen waren groß, wirkten puppenhaft und waren hellblau und von dichten Wimpern umrandet. Ihre Oberarme waren breit und kräftig. Sie wirkte wie jemand, der gut anpacken konnte, was in diesem Beruf vermutlich von großem Vorteil war. Stella kam die Bezeichnung *Walküre* in den Sinn, denn genau diesen Eindruck machte die resolute Frau, die vor ihr saß.

„Wollen Sie etwas trinken?", fragte Sabrina.

„Nein, danke", antwortete Stella. Charlie schüttelte ebenfalls den Kopf.

„Nun … wie … Ich meine … Was passiert jetzt?" Sabrina blickte zuerst Stella, dann Charlie an. „Das ist neu für mich." Ihre Lippen zuckten und ihre Gesichtszüge verhärteten sich weiter, als müsste sie alle Kraft aufwenden, nicht die Fassung zu verlieren. Die zwei Falten, die von Sabrinas Lippen nach unten Richtung Kinn zogen, sowie die breite Falte auf ihrer Stirn verrieten Stella, dass Sabrina wohl nicht oft lachte.

„Wir würden Ihnen gerne ein paar Fragen über Ihre Tante stellen, wenn Sie sich … bereit fühlen", sagte Stella.

Sabrina nickte kurz und blickte sich um. „Ich bin hier, ich muss arbeiten. Also kann ich auch Fragen beantworten, nehme ich an."

„Sie ... konnten nicht freinehmen?", fragte Stella.

„Nein. Wir sind chronisch unterbesetzt. Wenn ich nicht da bin, haben meine Kolleginnen ein großes Problem. Und ... na ja, wir sind ein Team. Jeder muss für den anderen einstehen, sonst gehen wir alle unter. Sie können sich nicht vorstellen, wie hoch die Fluktuation in unserer Branche ist. Überhaupt in Einrichtungen wie unserer."

Doch, kann ich. Kann ich sogar sehr gut.

Stella nickte und sah Sabrina mitfühlend an. „Standen Sie und Ihre Tante sich nah?"

„Ja. Sie ist ..." Sabrina räusperte sich und schluckte. Dennoch und trotz der rötlichen Flecken unter ihren Augen, die auf Tränen hindeuteten, wirkte sie den Umständen entsprechend gefasst. Nur ihre Finger, die unstet über den Stoff ihrer Hose strichen, verrieten, wie aufgewühlt sie war. „Sie ist meine engste Verwandte."

„Es tut mir sehr leid, dass Sie sie verloren haben."

„Danke."

„Wann haben Sie Ihre Tante zum letzten Mal gesehen?"

Sabrinas Arme hoben sich. Sie knetete ihre Finger, ihr Blick ging ins Nichts, bevor er sich wieder auf Stella richtete. Sie legte die Hände wieder auf ihrem Schoß ab und verknotete die Finger ineinander. „Vor einer Woche. Ich fahre jeden Dienstag zu ihr. Da ist mein freier Tag. Manchmal muss ich einspringen. Unsere Dienstpläne ... Sie ändern sich oft. Es ist schwierig, irgendetwas zu planen. Letzten Dienstag musste ich arbeiten. Da haben wir nur telefoniert."

„Was können Sie uns über Ihre Tante erzählen?"

Sabrina blickte nachdenklich auf den Boden. Dann schüttelte sie den Kopf und atmete tief ein. „Ich weiß nicht, was ..." Sie brach ab.

„Lassen Sie sich Zeit", sagte Stella mitfühlend.

Sabrina nickte und begann erneut, mit den Fingern über den Stoff ihrer Hose zu streichen. „Diese Situation hier ist ... Ich erlebe viel in meinem Job. Sehr viel. Ab einem gewissen Zeitpunkt denkt man ... Man denkt, man kann mit allem umgehen. Mit allem, aber ..." Sie schluckte. „Was war die Frage noch mal?" Sie schaute auf, und Stella sah, dass Sabrinas Blick unstet durch den Raum ging.

„Ich habe Sie gebeten, mir von Ihrer Tante zu erzählen. Alles, was Sie wissen, kann uns helfen.“

Sabrina sah sie nun direkt an. „Wieso?“

„Wieso …?“

„Ich meine … Entschuldigen Sie. Ich … ich versuche nur, zu verstehen, was passiert ist. Sie gehen … Sie gehen doch nicht davon aus, dass …“ Sie beendete den Satz nicht.

Stella glaubte zu wissen, was Sabrina fragen wollte. „Wir gehen von einer persönlichen Verbindung aus, ja.“

Sabrina schüttelte hektisch den Kopf. Die Streichbewegungen ihrer Hände auf ihren Oberschenkeln wurden schneller. „Nein“, sagte sie mehr zu sich als zu Stella.

Stella musste sie irgendwie beruhigen. Die Fassung, die Sabrina mit so viel Kraft zu wahren versuchte, drohte langsam wegzubrechen. „Sie müssen keine Angst haben. Wir glauben nicht, dass es noch weitere Opfer geben wird, Sabrina.“

Aus dem Augenwinkel sah Stella, wie Charlies Kopf in ihre Richtung schnellte. Sie spürte den warnenden Blick und sah sie kurz an. „Was?“, flüsterte sie, obwohl Sabrina nicht weit entfernt saß und sie ohnedies hören konnte. Sie hatte ja nichts Ermittlungsrelevantes verraten. Aber diese Frau hatte eine enge Verwandte verloren und verlangte nach Antworten. Das war doch selbstverständlich. Stella sah wieder zu Sabrina und stieß auf eine Maske der Verwirrung.

„Wieso?“, fragte Sabrina hörbar irritiert. „Ich meine, wieso …?“

„Wir können aus ermittlungstechnischen Gründen nichts Näheres sagen“, antwortete Charlie an Stellas Stelle. Die Worte klangen hart und überdeutlich akzentuiert. Stella war sich sehr bewusst, dass sie mehr an sie denn an Sabrina gerichtet waren.

„Tut mir leid“, setzte Stella nach, um die Schärfe in Charlies Worten zu mildern.

Sabrinas Blick ging von Stella zu Charlie und dann wieder zurück zu Stella. „Sie sagten, es ginge um eine persönliche Verbindung? Aber … Ich verstehe nicht …?“

Stella nickte. „Ja. Davon ist leider auszugehen. Daher müssen Sie uns so viel wie möglich über Ihre Tante erzählen. Alles, was Sie wissen.

Alles, was Ihnen **einfällt**. Und scheint es auch noch so unbedeutend zu sein.“

Sabrina nickte. Ihr Blick ging wieder zu Charlie. „Es gab mehrere Opfer … Die Nachrichten …“

„Ja“, sagte Charlie.

„Sie alle kannten sich? Meine … meine Tante?“

„Wir hoffen, dass Sie uns das verraten können. Kennen Sie eine Marianne Feldberg?“

Sabrina dachte kurz nach. „Der Name sagt mir nichts.“

„Nathalie Morlocher?“

„Nein.“

„Carl Jost?“

Sabrina schüttelte den Kopf. Dann senkte sie den Blick und schien noch einmal nachzudenken. „Diese Namen sagen mir nichts.“

Stella blickte Charlie kurz an, dann wandte sie sich wieder an Sabrina. „Hatte Ihre Tante Feinde? Streitigkeiten? Vielleicht auch welche, die schon länger zurückliegen?“

Sabrina machte eine hilflose Geste und seufzte. „Sie war eine einfache Person, meine Tante. Sie hatte Zeit ihres Lebens nur Aushilfsjobs. Dann kam die krankheitsbedingte Frührente. Rheuma. Keine gute Rente. Sie hatte ein einfaches Leben. Eher zurückgezogen. Keine eigenen Kinder. Wir waren immer schon eng. Schon als ich klein war. Meine eigenen Eltern …“ Sie brach ab und schüttelte den Kopf. Ihre Lippen pressten sich zu einem einzigen Strich zusammen. Sie brauchte einen Moment, bevor sie weitersprach. „Mein Vater hat meine Mutter, die Schwester meiner Tante, früh verlassen. Meine Mutter war eine Trinkerin. Und sie nahm Tabletten. Sie war … Sie war keine gute Mutter. Deshalb war ich oft bei meiner Tante. Die war zwar auch nicht unbedingt in der Lage, sich umfassend um ein Kind oder einen Teenager zu kümmern, aber sie hat sich bemüht und sie war … liebevoll.“

„Ihre Mutter nicht?“, hakte Charlie nach.

„Nein. Meine Mutter war zu Emotionen welcher Art auch immer nicht fähig. Die hat sie alle mit einem täglichen Alkohol-Medikamenten-Cocktail abgetötet.“

„Ich verstehe. Und Ihre Mutter ist …?“

„Tot." Keine Regung zuckte über Sabrinas Gesicht.

Stella beobachtete Sabrina genau. Ihr ganzer Körper war angespannt. Es schien sie viel Kraft zu kosten, ruhig zu bleiben. Wenn sie über ihre Tante sprach, flackerte so etwas wie Zuneigung in ihrem Gesicht auf. Jetzt hingegen, als sie von ihrer Mutter gesprochen hatte, war ihr Gesicht hart wie Stein.

„Die beiden hatten Streit", ergänzte Sabrina. „Viel Streit. Sie haben sich gehasst."

Stella blickte Sabrina fragend an.

„Sie wollten wissen, mit wem meine Tante Streit hatte."

„Ja, richtig. Was ist mit anderen Verwandten? Oder Freunden? Kollegen vielleicht?"

Sabrina dachte nach. „Meine Tante hat eher Bekannte als Freunde. Es gibt diese Canasta-Kartenrunde, aber da geht ... ging es eher um Likör als um Karten." Sabrinas Lippen zuckten kurz, als wäre eine schöne Erinnerung aufgeflackert. Doch das Lächeln erstarb, bevor es Form annehmen konnte.

„Wir brauchen die Namen der Teilnehmer dieser Runde", sagte Charlie.

Sabrina nickte. „Ja. Natürlich." Ihr Blick ging unstet durch den Raum. Wieder knetete sie ihre Finger, diesmal energischer. „Da ist noch jemand. Ich bin nicht sicher ..."

Stella lehnte sich vor. „Auch, wenn es unbedeutend ist, Frau Paunig. Es könnte wichtig für uns sein."

Sabrina nickte. Ihre Knetbewegungen hörten auf. „Meine Tante war ein etwas exzentrischer Mensch. Sie ließ sich gern die Karten legen. Sie ging zu Wahrsagerinnen. Sie rief bei solchen Visionenhotlines an, oder ... wie das heißt. Und sie ging auch immer mal wieder zur Psychotherapie, obwohl sie gesund war. Psychisch gesund, meine ich. Sie fand das nur ... spannend, nehme ich an? Sie sprach gern über sich. Gern und viel. Und die Art und Weise, wie sie darüber sprach ... Ich hatte manchmal das Gefühl, dass ..." Sabrina brach ab. Sie schüttelte den Kopf. „Ich möchte niemandem Probleme bereiten."

„Sie bereiten niemandem Probleme, der sich nichts hat zuschulden kommen lassen", sagte Charlie.

Sabrinas Blick schnellte zu ihr. „Okay. Also, ich hatte manchmal das Gefühl, dass da etwas lief.“

„Etwas lief?“, hakte Charlie nach.

„Ja. Zwischen ihr und … ihrem Psychotherapeuten.“

29. Kapitel

CHARLIE und Stella waren direkt zu der Wohnung gerast, die im Melderegister als Hauptwohnsitz von Doktor Christian Stuller angegeben war. Zwar war es mittlerweile drei Uhr morgens, aber der Psychotherapeut war durch Sabrinas Aussage auf Platz 1 der Verdächtigenliste geschossen. An der angegebenen Adresse fanden sie allerdings niemanden vor, und in die Wohnung konnten sie ohne richterlichen Beschluss nicht einfach so eindringen, so sehr es Charlie auch unter den Fingernägeln brannte. Sie waren, ohne viel Hoffnung, in seine Praxis in der Innenstadt gefahren, doch auch dort hatten sie – natürlich – mitten in der Nacht niemanden angetroffen. Also hatte Charlie Stella zu Hause abgesetzt und war in die alte Kaserne gefahren. In ihrem Büro hatte sie sich drei Stunden auf das kleine zerschlissene Sofa gelegt und ein bisschen geschlafen. Dann hatte Charlie sich einen starken Kaffee gekocht und sich direkt an die Arbeit gemacht. Sie hatte das Ziel, eine umfassende Antwort auf die derzeit wichtigste Frage zu finden.

Wer ist Doktor Christian Stuller?

Sie wollte sich ein Bild von dem Mann machen, bevor sie um neun Uhr wieder bei seiner Praxis stehen würde. Das war die offizielle Öffnungszeit. Und falls Doktor Stuller nicht schon längst auf der Flucht war, würden sie ihn dort antreffen. Sie hatte ihre Kollegen informiert, und sowohl der Appartementkomplex, in dem Stuller wohnte, als auch seine Praxis wurden beschattet.

„Er ist nicht auf der Flucht", sagte Charlie zu sich selbst, während sie das sanft lächelnde Gesicht des Mannes mit dichtem, grau meliertem Haar betrachtete, das ihr von seiner Homepage entgegensah. Der Täter hatte einen ziemlichen Aufwand betrieben, Heilung oder Vergebung oder was auch immer zu finden. Charlie konnte nur annehmen, dass dies mit dem Ziel geschehen war, ein normales Leben führen zu können. Auf der Flucht zu sein, war das Gegenteil von einem normalen Leben. Die

Tatsache, dass ein reicher Geschäftsmann wie Bela Rottenbach sich lieber stellte, als weiter ein solches Leben zu führen, zeigte das ziemlich eindrucksvoll.

Charlie versuchte, sich den Mann mit den blendend weißen Zähnen als Mörder vorzustellen. Das war schwierig. Noch viel schwieriger war es, ihn sich als Liebhaber von Maja Paunig vorzustellen. Der Psychotherapeut war gut ein Jahrzehnt jünger als das vierte Opfer und sah – Charlie konnte kein passenderes Wort finden – überaus integer aus. Und da sollte er etwas mit einer Patientin anfangen? Charlie klickte sich durch die Homepage und fand heraus, dass Doktor Christian Stuller nicht Psychotherapeut, sondern Psychiater war. Und er war gerichtlicher Sachverständiger.

Soweit Charlie bisher hatte herausfinden können, war Doktor Stuller nicht verheiratet und hatte keine Kinder, aber sie war nicht halb so effizient wie Arnd, wenn es um IT-Recherche ging. Sie tippte eine schnelle E-Mail an ihren Kollegen, mit der Bitte, alle erdenklichen Informationen über den Psychiater ausfindig zu machen.

Dann studierte sie weiter seine Homepage. Auf der Über-Mich-Seite fand sie einen Link zu den ehrenamtlichen Tätigkeiten des Doktors. Sie klickte darauf und fand Informationen über das Projekt *Offen und inklusiv*, bei dem Ärzte, Psychiater und Psychotherapeuten ehrenamtlich Beratung und Sprechstunden bei mobilen Einsätzen anboten. Doktor Stuller unterstützte dieses Projekt und nahm seit über zehn Jahren aktiv daran teil. Charlie scrollte sich durch die Dankesschreiben und Fotos lachender Patienten, die vielleicht oder vielleicht auch nicht gestellt waren, und stutzte, als sie am Ende der Seite ankam. Sie starrte auf ein Foto, das den Arzt vor einigen Jahren mit einer Gruppe von Schülern und Schülerinnen zeigte. Sie öffnete das Foto, sah es sich genau an, schloss es wieder und las die Bildbeschreibung.

„Das darf nicht wahr sein", flüsterte sie.

Doch da stand es. Schwarz auf weiß. Charlie las die Bildunterschrift noch einmal.

Doktor Christian Stuller bei seiner ehrenamtlichen Tätigkeit als mobiler psychosozialer Berater vor der Realschule am Stadtpark.

Der Brennpunktschule. Jener Schule, in der Marianne Feldberg Jugendliche beraten hatte, in der Nathalie Morlocher Schulkrankenschwester gewesen war und in der Carl Jost den ehemaligen Lehrer Frederik Kohlhofer festgenommen hatte.

Alles fügt sich zusammen!

Charlie schluckte schwer und versuchte herauszufinden, wann genau Doktor Stuller bei der Schule tätig gewesen war. Doch sowohl Bild als auch Bildunterschrift waren ohne Jahreszahl.

Dennoch – es war ein mehr als eindeutiges Indiz. Charlie druckte die ganze Seite aus, vergrößerte das Bild mit den Schülern und Schülerinnen und druckte es ebenfalls.

Ihr Handy klingelte. Sie ging ran. „Vinni, so früh schon auf?"

„Wann warst du das letzte Mal zu Hause?"

„Ich habe keine Ahnung. Das wissen du und Dagmar vermutlich besser als ich."

„Witzig. Ich wollte dir nur kurz ein Update geben."

„Ein Update?"

„Zu meinen Recherchen."

„Gott, du klingst wie einer aus CSI."

Er lachte auf. „So fühle ich mich auch. Ich fühle mich endlich wieder nützlich. Also … Zuerst zu Jost. Ich habe noch ein bisschen rumgefragt, aber nichts Neues herausgefunden. Und zur Liste mit den Namen …"

„Bitte sag mir, dass du irgendetwas gefunden hast! Du könntest keinen besseren Zeitpunkt wählen. Wir haben einen neuen Verdächtigen."

Vincent seufzte deutlich hörbar. „Lotti! Könntest du mich das nächste Mal bitte sofort informieren?"

Charlie lachte. „Ich sage es dir ja nur ungern, aber du bist nicht Teil des Teams."

„Ich bin inoffizieller Teil des Teams. – Wer ist der neue Verdächtige?"

„Ein Psychiater. Auch einer, bei dem die Realschule am Stadtpark eine Rolle zu spielen scheint. Zumindest habe ich gerade eben eine Verbindung gefunden. Vier Leichen, alle vier mit Verbindung zu dieser

Schule ... Wie auch immer, ich habe ihn selbst noch nicht befragt, also lass deine Zügel mal ein bisschen schleifen."

„Ein Psychiater? Wo habt ihr den denn her?"

„Von der Nichte des vierten Opfers. Sie hat uns auf eine Spur gebracht."

„Und wie passt der Psychiater ins Bild? Hat er eine persönliche Verbindung?"

„Ja und nein. Wir konnten noch nicht viel über Sabrina Paunig herausfinden, sie hat gerade erst ihre Tante verloren. Sie hat sie selbst gefunden. Sie ist taff, sehr taff. Aber ich kann sie auch nicht mit Fragen bombardieren."

„Sagt wer?"

Charlie lachte. „Jan? Stella?"

„Pah. Da liegen vier Leichen rum. Wenn das kein Grund ist, mit dem Bombardement zu beginnen, was dann?"

„Richtig. Aber zuerst geht es dem Psychiater an den Kragen."

„Schick mir den Namen von dem Typen. Und halt mich weiter auf dem Laufenden." Er pausierte kurz, dann setzte er an: „Vielleicht ..." Er brach wieder ab.

Charlie spitzte die Ohren. „Ja?"

„Nichts. Gib mir noch ein bisschen Zeit."

„Ein bisschen Zeit wofür?"

Vincent antwortete nicht sofort und Charlie konnte nicht sagen, ob Vincent eine Kunstpause machte oder ob er etwas im Schilde führte, das er tatsächlich – noch – nicht mit ihr teilen wollte. „Meine Recherchen", kam die vage Antwort. „Vielleicht ..."

„Hör auf mit diesem Vielleicht!"

„Ich muss etwas überprüfen. Ich melde mich. Noch einmal: Halt mich auf dem Laufenden."

„Immer."

Sie verabschiedeten sich. Dann verständigte Charlie ihre Kollegen.

30. Kapitel

STELLA hatte versucht, ein paar Stunden zu schlafen. Doch sie bekam kein Auge zu. Nun wanderte sie in ihrer Wohnung auf und ab und fragte sich, was sie tun sollte. Sie konnte einfach nicht glauben, dass ihr Vater für Belas Verhaftung verantwortlich war. Aber sie musste Charlie recht geben, wenn es um die unweigerliche Frage ging: Wer denn sonst?

Erneut griff sie zu ihrem Handy und wählte seine Nummer. Es war kurz nach sechs Uhr morgens. Vielleicht, ja vielleicht …

Er ging ran. Stella war so überrascht, dass sie nach Luft schnappte und kurz um Worte rang.

„Stella?“

„Guten Morgen, Papa.“

„Guten Morgen.“

„Störe ich?“

Eine kurze Pause. Dann antwortete er: „Nein. Du störst mich nie, Püppi.“

„Ich habe mehrmals versucht, dich zu erreichen.“

„Ich weiß. Ich wollte etwas Zeit verstreichen lassen, um dir die Gelegenheit zu geben, dich zu beruhigen.“

Wie bitte?!

„Was?“ Stella war so perplex, dass sie regungslos mitten in ihrem Wohnzimmer stehen blieb. Sie wusste nicht genau, was sie erwartet hatte. Im Idealfall hatte sie gehofft, dass ihr Vater von nichts wusste. Oder zumindest behauptete, von nichts zu wissen. „Das heißt … du warst es?“

„Ich war was?“

„Du bist für Belas Verhaftung verantwortlich?“

„Bela Rottenbach ist für seine Verhaftung verantwortlich.“

„Papa!“

„Hör zu, ich merke, du bist noch aufgebracht, deshalb …“

„Aufgebracht?!", rief sie so laut ins Handy, dass sie förmlich sehen konnte, wie ihr Vater überrascht zusammenzuckte. „Aufgebracht ist gar kein Ausdruck! Ich habe dir vertraut! Wir! Wir haben dir vertraut!"

„Ja, das war sehr gescheit von dir, Kind. So konnte ich die Sache in die Hand nehmen."

„Niemand hat dich gebeten, irgendetwas in die Hand zu nehmen! Wir wollen den Fall noch einmal aufrollen. Wir wollen beweisen, dass …"

„Was, Stella? Was wolltet ihr beweisen? Dass Belas Lügengeschichte vielleicht der Wahrheit entspricht? Hat er dich auch um den Finger gewickelt? Ist es das? Ich gebe zu, er ist ein gut aussehender Bursche. Charmant. Eloquent. Sehr wohlhabend. Aber ich hätte nicht gedacht, dass dich so etwas …"

„Papa, hör auf!", unterbrach sie ihn. Sie atmete ein paarmal tief durch und versuchte, ruhiger zu werden. Stella schloss die Augen, fuhr sich mit den Fingerknöcheln an die Stirn und massierte sie kurz. „Hör auf damit. Du hattest kein Recht …"

„Der internationale Haftbefehl, der für Rottenbach vorliegt, sagt etwas anderes."

„Und er basiert auf Beweisen, die es zu überprüfen gilt!"

„Das werden wir auch tun. In einem ordnungsgemäßen Strafverfahren. Wie es die Menschenrechtskonvention, unsere Verfassung und die Zivilprozessordnung vorsehen. Ich hätte nicht gedacht, dass gerade du ein Problem damit haben wirst. Ich habe dich dazu erzogen, die Gesetze nicht nur zu respektieren, sondern zu ehren. Seit wann gehörst du zu denen, die beginnen, unser System zu hinterfragen?"

Stella hatte eine ziemlich konkrete Antwort auf diese Frage, verkniff sich aber, sie laut auszusprechen. „Das war nicht in Ordnung."

„Es *war* in Ordnung. Und ich habe gesagt, ich möchte nicht, dass du dich weiter damit befasst."

„Hast du mein Handy abgehört?"

„Nein."

Stella rollte mit den Augen. Gerade sie musste wissen, wie wichtig es bei ihrem Vater war, Worte so präzise wie möglich zu wählen. „Hast du jemanden *angewiesen*, mein Handy abzuhören?"

Er zögerte nur kurz. Dann sagte er leise: „Ja. Es tut mir leid, Püppi, ich musste sichergehen. Das Handy deiner Kollegin wurde ebenfalls …"

„Papa! Das ist … Das ist unerhört! Ist dir klar, dass du gegen deine eigenen Regeln verstößt? Du kannst nicht einfach Handys abhören. Dafür gibt es Gesetze!"

„Ich höre auch keine Handys mehr ab. Wir haben Rottenbach. Die Abhöraktion ist schon wieder beendet, deine Leitung ist sicher. Du kannst jetzt so viele Geheimnisse austauschen, wie du möchtest. Nicht, dass ich gedacht hätte, du hättest welche vor mir."

Stella war kurz davor, loszubrüllen. Sie hatte das Gefühl, dass ihr Schädel gleich zerplatzen würde. Sie war fassungslos. Einfach fassungslos. Über die Selbstherrlichkeit ihres Vaters. Über ihre Naivität, zu glauben, dass er bereit wäre, ein Auge zuzudrücken, wenn es um seinen eigenen Job ging. Aber sie konnte jetzt nicht die Nerven verlieren. Es gab Wichtigeres. Sie atmete tief durch, um sich zu sammeln.

„Papa, ich habe eine Frage und hätte gerne eine offene und ehrliche Antwort."

„Die bekommst du von mir immer."

„Wie schön. Wird Charlie Probleme bekommen?"

„Deine Kollegin? Nun …"

„Bevor du weitersprichst", unterbrach sie ihn, „möchte ich dich daran erinnern, dass sie meine Freundin ist und dass ich im Vertrauen an dich herangetreten bin und dass ich dich als *Tochter* darum ersuche, eine Ausnahme zu machen, *falls* du in Erwägung gezogen hast, ihr Probleme zu bereiten."

„Du verstehst, dass sie gegen ein paar nicht ganz unerhebliche Paragraphen im Dienstrecht verstoßen hat?"

„Ich ersuche dich, eine Ausnahme zu machen", wiederholte sie und hörte selber, wie mechanisch ihre Stimme klang. Sie war so damit beschäftigt, ihre Gefühle zu unterdrücken, dass sie sich anhörte wie ein Roboter. „Bitte. Für mich."

„Ich … okay. In Ordnung. Ich sehe, was ich tun kann."

„Danke. Ich muss los."

Sie legte auf und warf ihr Handy auf die Couch. Dann blieb sie so lange auf derselben Stelle stehen, bis sie in der Lage war, ihre vor Wut und Enttäuschung zitternden, zu Fäusten zusammengepressten Hände langsam zu lösen. Sie stellte sich unter die Dusche, wusch sich das ganze Elend dieses Gesprächs mit dampfend heißem Wasser vom Körper, trocknete sich ab, zog sich an und legte Make-up auf. Sie würde das nicht so stehenlassen. Sie wollte ihrem Vater glauben. Das wollte sie wirklich. Doch sie konnte es nicht mehr. Und deshalb musste sie etwas tun.

Stella fuhr zur Justizvollzugsanstalt, blickte ungeduldig auf die Uhr und wartete, bis es endlich acht schlagen würde. Da begann die Besucherzeit. Sie sah in den Spiegel, strich sich durch ihr offenes Haar, rückte ein paar Strähnen zurecht und tupfte sich etwas Mascara aus den Augenwinkeln. Dann, fünf vor acht, stieg sie aus und ging zum Hauptgebäude. Sie war nicht die Einzige, die darauf wartete, einen Insassen besuchen zu dürfen. Stella war ziemlich erleichtert, als sie feststellte, dass beim Empfang dieselbe nette Dame vom letzten Mal saß. Die erkannte Stella, begrüßte sie höflich und ließ Bela Rottenbach darüber informieren, dass seine Anwältin da war.

Stella ging wieder in den Warteraum und blickte ungeduldig zur Tür. Als diese aufging und Bela hindurchtrat, machte ihr Herz einen Satz. Sie krallte ihre Fingernägel in ihren Oberschenkel und ermahnte sich, sich zusammenzureißen.

„Stella, immer eine Freude", sagte er und schenkte ihr ein strahlendes Lächeln.

„Hallo, Herr Rottenbach."

„Ich werde jetzt darauf bestehen, dass wir uns beim Vornamen nennen. Mit dieser sprachlichen Distanz fällt es mir schwerer, eine Bindung aufzubauen."

„Ich denke nicht, dass wir eine Bindung aufbauen sollten, Bela."

„Das denke ich sehr wohl, Stella."

Sie lächelte und strich sich eine Strähne hinters Ohr. Sie hatte mehrfach überlegt, nein: geprobt, was sie sagen wollte. Doch jetzt blieben ihr die Worte im Hals stecken.

„Wie geht es dir?" Die Frage hatte eigentlich sie ihm stellen wollen. Doch nun war er es, der sie stellte. Und er betrachtete sie sorgenvoll dabei.

Sie räusperte sich. „Ganz gut. Ich bin gekommen, um mich zu entschuldigen."

„Wie bitte?"

„Ich will mich entschuldigen. Es ... es ist meine Schuld, dass du hier bist."

Bela schüttelte sanft lächelnd den Kopf. „Nein."

„Doch. Mein Vater ..." Sie konnte nicht weitersprechen.

Bela beugte sich vor und legte die flache Hand an die Plexiglasscheibe. „Stella, hör mir zu. Das alles ist nicht deine Schuld. Ich bin derjenige, der geflohen ist. Das hat mich viel verdächtiger gemacht. Das war meine Entscheidung und meine Schuld. Ich bin derjenige, der wieder zurückgekommen ist. Auch das war meine Entscheidung. Nichts davon ist deine Schuld. Ich will so etwas nie wieder aus deinem Mund hören. In Ordnung?" Seine Stimme klang sanft und gefühlvoll und einen Augenblick lang hörte Stella die Stimme ihres Vaters in ihrem Inneren widerhallen.

Hat er dich auch um den Finger gewickelt? Ist es das?

Sie schüttelte den Kopf, um diese Worte loszuwerden. „Ich bin nicht nur da, um mich zu entschuldigen. Um ehrlich zu sein, habe ich eine Bitte, Bela."

„Alles."

Sie blickte ihn überrascht an. Stella war offene Flirtattacken von Männern aller Art gewohnt und sie war ziemlich immun dagegen. Meistens jedenfalls. Doch was Bela ihr entgegenbrachte, war keine Attacke. Es fühlte sich jedenfalls nicht so an. Sie wich seinem Blick aus und fragte sich, wie er reagieren würde. Doch sie musste ihm diese Frage stellen. Also sprach sie. „Es kann sein, dass Charlie Probleme bekommt. Dienstrechtlich ... wegen ..."

„Mir. Schon klar."

Stella nickte. „Ich weiß nicht, was mein Vater vorhat, aber ... ich kann mich nicht mehr darauf verlassen, dass er ..." Sie brach ab. Diese Ansprache war ihr in ihrem Kopf besser gelungen. Erneut räusperte sie sich. „Jedenfalls wollte ich dich bitten, ob du … falls dich jemand fragt oder darauf anspricht … falls es zu dem Thema kommen sollte … ob du sagen könntest, du hast sie erpresst. Charlie, meine ich.“

Bela schwieg. Er schwieg so lange, dass Stella ihm irgendwann wieder den Kopf zudrehte. Ihre Blicke trafen sich, und sie wusste nicht, wie sie den seinen deuten konnte. „Bela?“, fragte sie.

„Wenn ich sage, dass ich sie erpresst habe, wird ihr das helfen?“

„Möglich. Es wird die Dinge zumindest verbessern.“

„Okay. Dann mache ich es.“

Stella war überrascht und wollte sich gerade bedanken, da lehnte Bela sich weiter nach vorn und sah ihr fest in die Augen. „Unter einer Bedingung.“

Stella wich etwas zurück. „Welche?“

Er lehnte sich langsam zurück und lächelte sie fast schon liebevoll an. „Es … ist mehr eine Bitte meinerseits. Keine Bedingung.“

„Welche?“, wiederholte Stella.

„Würdest du mich regelmäßig besuchen kommen?“

Stella sah ihn überrascht an. Sie wusste nicht recht, womit sie gerechnet hatte. Nicht damit, so viel stand fest. Ihr lag ein „Das ist alles?“ auf der Zunge, sie sagte es jedoch nicht. Stattdessen nickte sie kurz. Dann stand sie auf, erwiderte Belas Lächeln und sagte: „Ja, Bela. Das werde ich gerne machen.“

„Versprochen?“

„Versprochen.“

Um kurz vor neun Uhr fuhr Stella bei der Praxis von Doktor Christian Stuller vor. Sie war nur mäßig überrascht, dass Charlies Wagen bereits vor dem Eingang geparkt stand. Etwas weiter die Straße hinunter sah sie außerdem Stefans Dienstwagen. Dieser hatte in den letzten Stunden die Beschattung der Praxis übernommen. Nun blieb ihnen nur, zu warten und zu hoffen, dass der Arzt auftauchen würde.

Stella wusste, dass Charlie davon überzeugt war, dass er kommen würde. Im Grunde war sie das auch. Dennoch war sie ziemlich überrascht, als ein großer Mercedes vorfuhr, direkt hinter Charlie parkte und Doktor Stuller ausstieg. Wie auf Kommando stiegen Charlie und

Stella aus. Charlie machte ein unauffälliges Zeichen Richtung Stefan, dann ging sie auf den Psychiater zu.

Stella kam von hinten an ihn ran und nickte Charlie zu.

„Herr Doktor?", sagte Charlie, als Stuller gerade an ihr vorbeigehen wollte.

Er wandte sich ihr zu. „Ja?"

„Mein Name ist Charlie Bekker. Ich bin Kriminalpolizistin. Das ist meine Kollegin Stella Meislow."

Der Psychiater drehte sich um und wirkte ziemlich überrascht, dass auch knapp hinter ihm jemand stand.

„Wir würden Ihnen gerne ein paar Fragen stellen."

Christian Stuller trat einen Schritt nach vorn und drehte sich dann so, dass er beide Ermittlerinnen gleichzeitig ansehen konnte. Er wirkte ziemlich irritiert. „Worum geht es?", fragte er.

„Um einen Mordfall. Wir arbeiten in der Ständigen Mordkommission."

Der Arzt strich über sein Sportsakko und fuhr sich dann durchs Haar. Er sah Stella fragend an. „Geht es um einen meiner Patienten?"

„Unter anderem, ja", antwortete Stella. „Reden wir in Ihrer Praxis."

Der Psychiater nickte, drehte sich um und ging nach drinnen. Die Praxis war bereits geöffnet und die Sprechstundenhilfe wartete auf ihn. „Verschieben Sie meine nächsten beiden Termine", sagte er im Vorbeigehen. Stella nickte ihr freundlich zu und folgte Doktor Stuller gemeinsam mit Charlie in sein Büro. Stuller deutete auf das große Sofa, das direkt am Fenster stand, und Stella und Charlie setzten sich. Stella blickte sich um. Das Büro war groß, sehr hell und einladend. Es wirkte mehr wie ein Zimmer aus einem Katalog für *Schöner Wohnen* denn wie ein Behandlungszimmer eines Psychiaters.

„Worum geht es?", fragte der Psychiater noch einmal.

„Maja Paunig", antwortete Charlie. „Sie war Ihre Patientin?"

Christian Stuller kratzte sich hinterm Ohr. Dann griff er zu einer Lesebrille, die auf seinem Schreibtisch lag, und setzte sie auf. „Ja. Das ist aber schon länger her."

„Ihre Leiche wurde gestern entdeckt."

Der Psychiater zog die Stirn in Falten. „Sie wissen, dass meine Schweigepflicht unter gewissen Umständen auch über den Tod eines Patienten hinausgeht?"

„Ja", gab Charlie zurück. „Ich stelle Ihnen auch vorerst keine Fragen über Ihre Patientin, sondern über Sie."

„Über mich?"

„Ja. Wie eng waren Sie mit Maja Paunig?"

„Was meinen Sie? Sie war meine Patientin. Allerdings nicht für lange, sie benötigte eher einen Psychotherapeuten, keinen Psychia…"

„Hatten Sie eine Affäre?"

Stella war immer beeindruckt, wie direkt Charlie auf die brisanten Themen zu sprechen kam. Das war eine Taktik, die meistens funktionierte, denn sie zeigte die erste, unmittelbare Reaktion des Befragten, bevor er sich eine zurechtlegen konnte. Und was Stella nun bei Doktor Stuller sah, war pure Bestürzung.

„Wie bitte? Nein! Wie kommen Sie darauf?"

Charlie überging die Frage. „Wo waren Sie letzte Nacht?"

„Entschuldigen Sie bitte …" Der Blick des Psychiaters ging von Stella zu Charlie und wieder zurück zu Stella. „Verdächtigen Sie mich hinsichtlich eines Verbrechens?"

„Im Moment – ja", sagte Charlie freiheraus.

Der Doktor sah so schockiert aus, dass es fast schon komisch wirkte. Aber nur fast. Er zuckte, als hätte irgendein Fluchtinstinkt in ihm angeschlagen, griff dann zu seinem Schreibtisch und klammerte sich an die Tischplatte. „Ich verstehe nicht …?"

„Kannten Sie Marianne Feldberg?" Charlies Fragen prasselten wie Kanonenkugeln auf den Psychiater ein.

Stella lehnte sich zurück und machte Notizen auf ihrem Tablet.

„Ich … ähm … der Name sagt mir etwas, ja."

„*Was* sagt der Name Ihnen?"

„Ähm …" Seine Arme gingen wieder nach oben und blieben unschlüssig in der Luft hängen. Dann schob er sich die Brille zurecht und verschränkte die Arme vor der Brust. „Ich bin ehrenamtlich tätig. Mobiles Ärzteteam. Eine Frau Feldberg war eine Zeit lang

Sozialberaterin in einer Schule, in der ich manchmal Beratungen durchgeführt habe."

„Kannten Sie sich gut?"

„Nein."

„Und eine Frau Nathalie Morlocher? Kannten Sie die?"

Der Psychiater kratzte sich am Kopf. „Ich glaube, das war die Krankenschwester in besagter Schule, richtig? Wir hatten einen Fall … ein magersüchtiges Mädchen. Sie war nahe am Zusammenbruch, aber ihre Eltern waren mittellos und …" Er brach ab. „Wieso?"

„Weil die beiden ebenfalls tot sind. Ermordet."

Doktor Stuller sah wieder zu Stella. Er war so blass, dass er ihr fast leidtat. „Ich verstehe nicht? Ich kannte diese Leute doch kaum."

„Maja Paunig? Die kannten sie kaum?", schaltete sich nun Stella ein.

„Nun … die kannte ich besser. Aber … Das ist auch schon eine Weile her."

„Was ist *eine Weile*?", fragte Charlie.

„Ich müsste in meinen Patientenakten nachsehen …"

„Tun Sie das. Und wenn Sie schon dabei sind, Dinge zu überprüfen, können Sie sich gleich zu einem weiteren Namen äußern. Carl Jost."

Doktor Stuller sah Charlie lange an. Dann antwortete er: „Der Name sagt mir nichts." Wieder ging sein Blick hektisch zwischen Stella und Charlie hin und her. „Warten Sie. Einen Moment. Zwei Frauen? Ein Mann? Dieser Polizist? Sprechen wir von der Mordserie? Mit den Nägeln in den Augen?"

„Ja, davon sprechen wir", sagte Stella. „Und es sind drei Frauen und ein Mann."

Doktor Stuller betrachtete sie eingehend. Er schien sich langsam zu fassen. „Aber Sie können doch nicht ernsthaft in Erwägung ziehen, dass ich damit etwas zu tun habe! Wie kommen Sie darauf?"

„Sie haben gerade zugegeben, drei der vier Opfer zu kennen. Mit einem hatten Sie ein Naheverhältnis."

„Maja war für kurze Zeit meine Patientin, nicht …"

„Maja? Sie nannten Sie beim Vornamen?", unterbrach Stella ihn.

„Was? Ja. Ich meine … ja."

„Nennen Sie all Ihre Patienten beim Vornamen?"

214

„Nein. Aber …“

Stella stand auf und legte ihr Tablet auf den Schreibtisch des Psychiaters. „Das sind die Tatzeitpunkte. Können Sie für diese Zeiten ein Alibi vorweisen?“

Er starrte auf das Tablet, als wären die Worte darauf in Hieroglyphen notiert. Eine Zeit lang war es totenstill im Raum. Stella wandte sich zu Charlie um und blickte sie fragend an. Die zuckte mit den Schultern und nickte zum Psychiater.

„Entschuldigen Sie …“, sagte der nun.

„Ja?“

„Sie … nein … Ihre Kollegin hat mich vorhin nach der letzten Nacht gefragt. Hier steht aber die vorletzte Nacht.“

Stella beugte sich nach vorn. „In der vorletzten Nacht wurde Maja Paunig ermordet. In der letzten Nacht haben wir an Ihrer Wohnadresse und Ihrer Praxis hier geklingelt und niemand war zu Hause. Wo waren Sie?“

„Bei meiner Freundin. Ich habe bei meiner Freundin geschlafen. Letzte Nacht.“

„Kann sie das bezeugen?“

„Ja. Natürlich. Sie heißt Katharina Mayer. Sie ist auch Psychiaterin.“

„Haben Sie auch vorletzte Nacht bei ihr geschlafen?“

„N… nein.“

Stella tippte auf ihr Tablet. Der Psychiater starrte wieder auf die vier Zeilen, die die Tatzeitpunkte aller Opfer enthielten. „Ich muss im Kalender nachsehen.“

„Tun Sie das.“

Stella setzte sich wieder aufs Sofa und beobachtete den Psychiater. Sie sah, dass seine Finger zitterten, als er den Computer einschaltete und auf den Bildschirm starrte.

Es dauerte ein paar Minuten, in denen es wieder totenstill war. Dann sah er zu Stella. „Das war immer in der Nacht.“

„Die Morde? Ja, die fanden immer in der Nacht statt.“

„Da war ich zu Hause. Ich habe geschlafen.“

„Kann das jemand bezeugen?“

„Nein. Ich wohne alleine. Und meine Nachbarn … Ich arbeite viel und lang. Ich komme spät heim. Da treffe ich kaum je irgendjemanden. Und mein Appartementkomplex hat zehn Stockwerke mit je acht Wohnungen pro Etage. Es ist ziemlich anonym dort. Und mein Gebäude hat keine Videosicherung, soweit ich weiß. Ich wohne in einer Wohngegend. Da sind keine Banken oder andere Unternehmen mit Videokameras. Ich denke nicht …“ Er brach ab.

Stella starrte ihn an. Da war jemand sehr gut informiert. Sie wusste nicht, was sie von diesem Psychiater halten sollte. Er wirkte ziemlich überfordert. Andererseits konnte das auch eine Taktik sein. In jedem Fall hatte er eine riesige Menge an Büchern hinter sich im Regal stehen. Fachbücher. Psychotherapeutische Bücher.

„Was halten Sie von spiritueller Psychotherapie, Herr Doktor?“, fragte sie ihn.

„Sie … muss zum Patienten passen.“

„Ah. Wenden Sie sie an?“

„Manchmal. Manche Methoden. Hören Sie, ich hätte auch einfach behaupten können, dass ich bei meiner Partnerin geschlafen habe.“

„Das haben Sie aber nicht. Sie haben gesagt, Sie haben zu Hause geschlafen.“

„Ich meine, ich hätte mir auch einfach ein Alibi verschaffen können. Aber ich war ehrlich zu Ihnen. Ich habe mit diesen Morden nichts zu tun. Welchen Grund sollte ich haben?“

Charlie stand langsam auf. Sie zog die Handschellen hervor. Die Augen des Psychiaters weiteten sich, und er blieb so regungslos sitzen, dass Stella nicht wusste, ob er vergessen hatte zu atmen. „Herr Doktor … das Problem mit *verschafften Alibis* ist, dass sie leicht zu knacken sind. Denn auch, wenn in Ihrer persönlichen Wohnumgebung keinerlei Videoüberwachung stattfindet, so gibt es in der Stadt sehr wohl zahlreiche Gebäude, an denen Überwachungskameras befestigt sind. Ihr Mercedes ist mit GPS ausgestattet. Ihr Handy ebenfalls. Bevor Sie also überlegen, sich irgendetwas zu *verschaffen*, mache ich Sie darauf aufmerksam, dass wir jede noch so kleine Information, die Sie uns geben, überprüfen werden.“ Sie ging auf ihn zu und legte die Handschellen vor ihn auf den Tisch. „Ich frage Sie jetzt also noch einmal: Haben Sie ein Alibi für die vier Tatzeitpunkte oder haben Sie keines?"

Stella sah, wie noch mehr Farbe aus dem Gesicht des Psychiaters wich. Er sah aus, als ob er gleich vom Sessel kippen würde. Sein Blick war auf die Handschellen gerichtet, seine Halsschlagader pochte so heftig, dass Stella es von ihrem Platz aus sehen konnte.

„Nein", sagte Doktor Stuller mit rauer Stimme. „Nein, habe ich nicht."

„Dann, Herr Doktor, befürchte ich, dass wir Sie zur Befragung mitnehmen müssen."

31. Kapitel

UND wieder saß Charlie mit einem Verdächtigen im Befragungsraum. Diesmal war es Doktor Stuller. Der Mann war ein einziges Wrack, doch das konnte Charlie weder von seiner Schuld noch von seiner Unschuld überzeugen. Er hatte bereits seinen Anwalt verlangt und kontaktiert, diesen aber noch nicht erreicht. Nun saß er vor ihr, starrte ins Nichts und überlegte bei jeder Frage ewig lang, die sie ihm stellte, ob er sie beantworten durfte oder nicht.

„Ich hatte keine Affäre mit Maja", sagte er.

„Aber?"

„Was meinen Sie?" Wieder dachte er lange nach. „Sie war eine besondere Patientin, das stimmt. Eigentlich war sie keine Patientin, sie war nur bei mir, weil … Sie plauderte gerne. Sie philosophierte. Wir … wir philosophierten. Ich habe ihr gesagt, dass ein Psychiater nicht die richtige Adresse für sie ist. Ich habe ihr ein paar Psychotherapeuten empfohlen. Irgendwann liefen wir uns privat über den Weg. In einem Kaffeehaus. Und dort trafen wir uns öfters. Wahrscheinlich ist es jetzt das Schlechteste auf der Welt, dass ich Ihnen das sage. Aber Sie haben danach gefragt und das bedeutet, dass Sie es ohnedies schon wissen und Zeugen haben und von mir nur eine Bestätigung brauchen. Richtig?"

So was in der Art, ja. Charlie nickte knapp.

„Also gut. Hier haben Sie die Bestätigung. Aber es war *keine Affäre*."

„Aber Sie waren eng miteinander?"

„Nicht eng. Befreundet. Gemeinsame Interessen. Wir waren auf einer Wellenlänge, wenn Sie so wollen."

„Gemeinsame Interessen? Psychotherapie zum Beispiel?"

Er blickte sie zweifelnd an. Dann ließ er kurz den Kopf hängen und seufzte. „Was wollen Sie jetzt hören?"

„Was wollen Sie mir erzählen?"

Er sah sie wieder an. „Ja, auch psychotherapeutische Methoden. Sie kannte sich gut aus. Viel in der Esoterik, das ist nicht mein Metier. Aber sie brachte mich auf den neuesten Stand, wenn Sie so wollen, und in der Jugendarbeit hilft das durchaus.“

„Jugendarbeit? Sie arbeiten immer noch mit Jugendlichen?“

„Ja. Im Zuge der offenen Beratung. Mein Ehrenamt.“

„Erzählen Sie mir etwas über sich“, forderte Charlie den Psychiater auf und musste fast lachen, weil es der Gipfel der Ironie war, dass *sie* eine solche Frage an *ihn* stellte.

„Was wollen Sie wissen?“

„Traumata. Verletzungen. Schlimme Kindheit? Jugend? Ich will die dunkle Seite hören, Herr Doktor. Gibt es jemanden, der Ihnen Unrecht getan hat?“

Er schwieg. Er schwieg einen Ticken zu lange. Dann wandte er den Blick ab.

„Ja?“, hakte Charlie nach.

„Was wollen Sie hören? Meine Eltern waren furchtbare Narzissten, meine Ex-Frau hat mich fertiggemacht? Und dann? Was, wenn ich Ihnen all das sage? Dann bin ich der Täter? So einfach läuft es in Ihrer Welt? Glauben Sie mir: Wenn es so einfach wäre, wäre mein Beruf unnötig.“

Charlie verkniff sich eine zynische Bemerkung und ging direkt auf seine Antwort ein. „Und? Haben Sie diesen Leuten vergeben? Diesen Leuten, die so fies zu Ihnen waren?“

Christian Stuller zog die Augenbrauen zusammen und sah Charlie nachdenklich an. „Ich weiß nicht. Wieso?“

„Finden Sie das nicht wichtig? Vergebung? Für die eigene Entwicklung.“

Der Psychiater räusperte sich. Er senkte den Blick. „Ich schätze schon.“

„Und? Wie handhaben Sie das? Sie persönlich, meine ich? Vergebung?“

Er hob den Kopf wieder, und nun sah Charlie, dass sein Blick sich verändert hatte. Wut war aufgeflammt. Pure Wut. Der Psychiater schaffte es, diese Wut zu unterdrücken, sie der Außenwelt weder mit seiner Stimme noch mit seiner Gestik oder Mimik zu zeigen. Doch die Augen … die verrieten ihn.

Na, Herr Doktor? Ins Schwarze getroffen?

„Was meinen Sie?", fragte er.

„Das, was ich gesagt habe."

Er schüttelte den Kopf. „Ich brauche etwas Ruhe."

Charlie lachte bitter auf. „O ja. Die können wir alle gut brauchen, glauben Sie mir. Aber ich hätte dennoch gerne Antworten auf meine Fragen." Sie beugte sich vor. „Denn ich sage Ihnen, wie diese Sache für mich aussieht: Derjenige, der diese widerlichen Morde begangen hat, war gut und genau genug, um keine Spuren zu hinterlassen. Und das wiederum bedeutet, dass er nicht verhaftet werden kann, egal, wie verdächtig er aussieht. Sie verstehen, worauf ich hinauswill?"

„Nein."

„O doch, das glaube ich schon. Ich werde es mir in den nächsten achtundvierzig Stunden zur erklärten Lebensaufgabe machen, jedes noch so kleine Indiz zu sammeln, bis ich hundertprozentig sicher bin, dass Sie schuldig oder – der Vollständigkeit halber nennen wir auch das – unschuldig sind. Und innerhalb dieser mir vom Gesetz gegebenen Frist werde ich Ihnen jede Frage stellen, die mir unter den Nägeln brennt. Und Sie haben verdammt noch mal eine gute Antwort darauf, wenn Sie in nächster Zeit noch das Sonnenlicht sehen wollen. Haben Sie verstanden?"

Der Psychiater zog den Kopf ein und presste die Lippen fest aufeinander. Seine Augen glänzten, und Charlie hoffte, dass er nicht gleich in Tränen ausbrechen würde. Labile Charaktere hatten etwas an sich, das sie unberechenbar machte. Zumindest in Charlies Welt.

Sie stand auf. „Ich gebe Ihnen zehn Minuten, um sich zu sammeln. Und danach sprechen wir über Ihre Wege, Vergebung zu erlangen. Bis dann."

Charlie ging nach draußen, wo sie fast mit Stella zusammenstieß, die gerade das Befragungszimmer hatte betreten wollen. Charlie bedeutete ihr, mit ins Büro zu kommen. „Und, wie war es?", fragte sie Stella. Ihre Kollegin kam gerade von einer Befragung mit Katharina Mayer, der Freundin des Psychiaters.

„Ganz gut. Seine Partnerin ist eine nette Frau. Etwas älter als er.“

„So wie Maja. So wie Marianne“, warf Charlie ein.

Stella nickte. „Ja. Sie war ziemlich schockiert. Sie hat bestätigt, dass die zwei seit drei Jahren eine Beziehung führen. Allerdings eine ohne gemeinsame Zukunftspläne.“

„Was soll das heißen?“

„Naja, moderne Beziehung. Jeder behält seine Wohnung, niemand hat vor zu heiraten. Gemeinsame Freizeitaktivitäten, aber nicht mehr als das.“

„Aber sie führen eine *Beziehung*-Beziehung?“

„Sie hat ihn nicht Partner genannt. Er sie schon.“

„Wie hat sie ihn genannt?“, fragte Charlie.

„Auf meine Frage hat sie wortwörtlich geantwortet: ‚Ja, wir sind befreundet.‘“

„Herzzerreißend“, murmelte Charlie.

„Sehr. Denkst du, er war es?“

„Ich …“ Erst jetzt fiel ihr Blick auf ihr Handy. Im Befragungsraum hatte sie es auf stumm geschaltet, jetzt, als sie es auf den Schreibtisch gelegt hatte, sah sie, dass ihr Display voll mit verpassten Anrufen war. Sie nahm das Handy an sich.

Vincent!

Vincent hatte fünfmal versucht, sie anzurufen. Charlie zog die Augenbrauen zusammen und prüfte die Mailbox.

„Ruf mich zurück. Ich habe etwas.“

Das war die erste Nachricht. Er hatte noch eine zweite hinterlassen.

„Halloho? Erde an Charlotte? Es! Ist! Wichtig!“

Sonst gab es keine weiteren Sprachnachrichten. Charlie sah, dass er auch eine SMS geschickt hatte. Vincent schickte sonst nie SMS. Nur im höchsten Notfall und dann auch nur mit so wenigen Worten wie möglich. Er sagte immer, dass seine *Wurstfinger* nicht auf das Display passten.

„Was ist?“, fragte Stella.

„Nichts. Vincent. Er hat mich ein paarmal angerufen.“ Sie las die SMS und erstarrte.

Psych. Prüfe Thies Wenz.

Charlie las die vier Worte noch einmal und noch einmal. Dann sah sie zu Stella. „Ich habe keine Ahnung, was er von mir will.“

„Vincent? Wieso? Was sagt er?“

„Er sagt gar nichts. Und das, was er schreibt, ist auch zu kryptisch.“ Sie las Stella die Nachricht vor. Die verstand genauso wenig wie sie selbst. „Irgendjemand muss diesem alten Mann mal beibringen, wie man korrekte Nachrichten auf dem Handy verschickt“, sagte sie und wählte seine Nummer.

Es klingelte so lange, bis die Mailbox anging. Irritiert blickte sie ihr Handy an, als würde es ihr so verraten, was los war. Erneut wählte sie Vincents Nummer. Wieder ging niemand ran, und sie kam in die Mailbox.

„Was soll das?“, fragte sie und wurde zunehmend unruhiger.

„Was ist passiert?“, fragte Stella.

„Er geht nicht ran.“

„Vielleicht ist er irgendwo, wo man keinen Empfang hat.“

„Dann würde es doch nicht klingeln …“ Sie wählte erneut seine Nummer. Wieder mit demselben Ergebnis. „Er hat mich doch gerade erst … angerufen.“ Sie prüfte die Zeiten seiner Anrufe. Es waren fünf Anrufe innerhalb der letzten halben Stunde gewesen. Und die SMS danach. Und jetzt ging er nicht ran?

„Jetzt komm schon …“ Sie wählte erneut und wurde immer nervöser. „Das ist untypisch für ihn. Er ist immer erreichbar. Er denkt, ohne ihn geht die Welt unter. Er denkt, er muss immer für alle erreichbar sein und dass ohne ihn gar nichts geht …“ Sie sprach mehr mit sich als mit Stella. Sie nahm noch nicht mal mehr wahr, dass irgendjemand außer ihr selbst in ihrem Büro saß. Fieberhaft überlegte sie, was sie tun sollte. Natürlich übertrieb sie. Natürlich war es möglich, dass er das Handy einfach nur weggepackt hatte. Aber sie hasste es, wenn sie sich Sorgen machte. Charlie war nicht gut darin, sich Sorgen zu machen. Denn es gab nicht viele Menschen in ihrem Leben, die es für sie wert waren, sich zu sorgen, und bei den wenigen, die da waren, schlug Sorge bei Charlie viel zu rasant in Panik um.

Sie stand auf. Stella tat es ihr gleich. Erst jetzt nahm sie ihre Präsenz wieder wahr. „Er geht nicht ran.“

„Ja, das habe ich gehört. Aber Charlie, dafür kann es tausend Erklärungen geben.“

Sie schluckte und nickte. Sie wollte das Handy wegstecken, doch dann tat sie etwas, das sie vermutlich bereuen würde. Sie wählte Dagmars Nummer.

„Hallo, Schätzchen. Alles in Ordnung?“

„Hallo, Dagmar. Ähm … Weißt du, wo Vincent sich rumtreibt?“

Dagmar seufzte. „Irgendetwas mit geheimer Mission. Hast du damit etwas zu tun?“

„Ähm … nein.“

„Du bist keine gute Lügnerin.“

„Ich bin eine sehr gute Lügnerin, nur nicht bei euch beiden. Hat er gesagt, wo ihn die geheime Mission hintreibt?“

„Er ist schon so früh los, da war ich noch im Halbschlaf. Ich weiß es nicht, nein. Ist … alles in Ordnung?“

„Ja“, beeilte Charlie sich zu sagen.

„Aber du klingst besorgt.“ Sie konnte vor sich sehen, wie Dagmar die Stirn in Falten zog.

„Nein, ich bin nur gestresst. Mein Fall …“

„Nein, nein, ich weiß, wie du klingst, wenn du gestresst bist. Du klingst besorgt. Was ist passiert, Kind?“

„Nichts. Ich … Mach dir keine Sorgen, okay? Ich sehe gerade, dass er zurückruft.“

„Ach, okay, gut. Er soll sich dann bei mir melden. Ich will wissen, ob er zum Mittagessen zu Hause ist.“

„Ja, ich … sage ihm Bescheid. Bis dann.“

Stella lächelte. „Siehst du. Halb so wild.“

Charlie warf ihr einen irritierten Blick zu. „Was? Nein. Das habe ich nur gesagt, damit Dagmar sich nicht aufregt. Er hat nicht angerufen.“ Sie wählte erneut seine Nummer. Keine Reaktion. „Mist.“

„Lies noch einmal die SMS vor“, forderte Stella sie auf.

„Psych. Prüfe Thies Wenz.“

„Thies Wenz?“, fragte Stella. „Wer oder was ist das?“

„Ich weiß es nicht.“

„Aber … Er prüft Thies Wenz oder du sollst Thies Wenz prüfen?“, fragte Stella weiter.

„Keine Ahnung. Psych? Psychiater?“

„Aber … wie …?“

„Ich habe ihm von unserem neuen Verdächtigen erzählt und dass er Psychiater ist.“

„Charlie!“

„Was ist? Vincent ist ein Top-Ermittler. Manchmal ist ein Außenblick auf den Fall hilfreich.“

Stella seufzte, dann machte sie eine auffordernde Bewegung.

„Was?“, fragte Charlie. „Was soll ich tun?“

„Na, den Psychiater befragen!“

Der Prozess

ICH fühle mich ...

Ich schlucke und fahre mir unruhig durchs Haar. Ich sollte diesen Satz beenden können. Ja, das sollte ich. Der Prozess wirkt. Er muss wirken.

Er wird wirken.

Ich lasse die Arme wieder sinken und starre auf den unvorhergesehenen Gast.

„Du bist der Grund", sage ich zu ihm, obwohl der Gast mich nicht hören kann. „Du bist der Grund, warum ich immer noch nichts fühle. Warum ich diesen Satz immer noch nicht vervollständigen kann."

Wut keimt in mir auf, aber ich habe kein Problem, sie zu bändigen. Nicht mehr.

„Jetzt nicht mehr", flüstere ich und trete auf den Gast zu.

Ich greife mit der Hand in das Blut, fühle es, verteile es auf der Haut und wische es dann angeekelt am Stoff des T-Shirts ab.

„Wieso musstest du hierherkommen? Du standest nicht im Plan. Du standest überhaupt nicht im Plan." Ich schüttle den Kopf und schließe die Augen. „Ich fühle mich ... "

Ich kann diesen Satz immer noch nicht beenden. Ich empfinde es nicht. Noch nicht.

„Du hast mich gestört", flüstere ich. „Du hast meinen Prozess gestört."

Ich trete an meinen Gast heran. Er liegt auf der Trage vor mir. Fast friedlich. Fast, als würde er schlafen. In der einen Hand halte ich die Eisenstange, in der anderen die Spritze. Ich beuge mich herunter und blicke in das ausdruckslose Gesicht. „Du hast mich gestört. Wieso hast du das nur getan? "

32. Kapitel

Stella konnte Charlie ansehen, dass sie völlig durch den Wind war, auch wenn sie sich bemühte, es der Außenwelt nicht zu zeigen. So hatte sie ihre Kollegin noch nie gesehen. Sie wusste, wie gern sie Vincent hatte. Vincent und Dagmar waren so eine Art Ersatzeltern für Charlie. Sie liebte die beiden. Die Vorstellung, dass Vincent etwas zugestoßen sein könnte …

Deshalb hatte Stella angeboten, die weitere Befragung zu übernehmen. Sie setzte sich zu Doktor Stuller und sah ihn lange an.

„Was ist? Fragen Sie mich jetzt auch, was es mit Vergebung auf sich hat?", fragte der.

„Thies Wenz", gab Stella zurück. Etwas in ihrem Gehirn regte sich, als sie den Namen aussprach. Aber sie konnte es nicht fassen und fokussierte sich wieder auf den Psychiater.

Dieser sah sie einen Moment lang verdutzt an. Dann zog er die Stirn in Falten und legte den Kopf schief. „Was ist mit ihm?"

„Sie kennen die Person?", fragte Stella zurück.

„Ja. Natürlich. Wieso? Ist er auch tot? Wird mir das jetzt auch angelastet?"

Stella hatte noch keine Ahnung, wovon der Mann sprach. Sie sah kurz zu Charlie, die regungslos und totenstill neben ihr saß und ihr Handy verkrampft in den Händen hielt. „Erzählen Sie mir von ihm", forderte Stella den Psychiater auf.

„Er ist ein verurteilter Pädophiler. Das Urteil erging vor zehn Jahren. Er hat sich nie an Kindern vergriffen, aber er hatte viel Kinderpornographie auf dem Computer. Seine Frau hat sie gefunden und ihn zur Rede gestellt. Er hat sie angegriffen und verletzt. Versuchter Totschlag im Affekt. Der Fall war sehr brisant. Thies Wenz hatte … Sein Anwalt, der hatte eine gute Verteidigungsstrategie. Er hat auf eine Persönlichkeitsstörung plädiert, hat argumentiert, dass er krank ist und behandelt werden will. Die Strategie hat funktioniert, er kam in den

Maßregelvollzug. Dort sitzt er bis heute. Er hat vor einiger Zeit seine Entlassung beantragt. Das kann im Maßregelvollzug nur passieren, wenn ein Gericht befindet, dass von der Person keine Gefahr für die Gesellschaft mehr ausgeht. Ich bin gerichtlicher Sachverständiger, ich musste zu diesem Fall das Gutachten schreiben."

„Und? Wie lautete Ihr Gutachten?", fragte Stella.

„Dass Thies Wenz in meinen Augen als geheilt angesehen werden kann. Er hat alle Therapien mitgemacht, war unauffällig und hat einer chemischen Kastration zugestimmt, um seinen abnormen Geschlechtstrieb zu regulieren."

„Und weiter?", fragte Stella, die selbst nicht recht wusste, worauf dieses Gespräch hinauslaufen sollte. Vincent wusste das wohl. Aber der war nicht da.

„Nichts weiter. Das war mein Gutachten. Meines Wissens hat das Gericht die Entlassung bewilligt."

„Was wissen Sie sonst über Thies Wenz?"

„Was noch? Meinen Sie, was für ein Beruf, oder …?"

„Ja. Zum Beispiel."

„Er war Lehrer."

Charlie fuhr auf.

Stella sah sie von der Seite an, dann blickte sie wieder zu Christian Stuller. „Lehrer? Wo?"

„In einer Realschule. Die am Stadt… oh. Von der sprachen wir zuvor schon mal, richtig?"

Charlie sprang auf.

Stella erschrak und blickte ihr nach, als Charlie den Raum verließ. „Ähm … danke", sagte sie zu Doktor Stuller, stand ebenfalls auf und ging nach draußen.

„Was? Was ist?", fragte sie Charlie. „Hat Vincent angerufen?"

Charlie schüttelte den Kopf. „Diese Schule, Stella. Alles läuft immer und immer wieder bei dieser Schule zusammen. Irgendwie haben alle mit dieser Schule zu tun. Die Opfer. Die Verdächtigen. Und jetzt auch noch dieser Thies Wenz, wie auch immer der da reinpasst. Wobei, die Opfer … Ich muss wissen, ob …" Sie ging sofort los und Stella lief ihr nach.

Sie steuerte Arnds Büro an und betrat es, ohne zu klopfen. „Hast du kurz eine Minute?", fragte Charlie Arnd.

„Ja."

„Kannst du irgendwie nachprüfen, ob Maja Paunig eine Verbindung zu der Realschule am Stadtpark hatte?"

„Ja. Gib mir mal eine Minute, ich habe ihren ganzen Lebenslauf schon zusammen. Was wollen wir wissen?"

„Ich weiß nicht … Ob sie dort tätig war? Ob sie … keine Ahnung. Das Schulbuffet betrieben hat oder so was."

Arnd brummte und tippte in Rekordgeschwindigkeit auf seiner Tastatur. „Wie war der Name?"

„Paunig. Maja Paunig."

„Ich bin im System der Schule."

„Du hast dich … eingehackt?", fragte Stella.

Arnd schnaubte. „Bitte. Kinderspiel. Gott, ist das ein Chaos da drin. Ich sag euch, Mädels, bei diesen öffentlichen Einrichtungen herrscht der reinste IT-Irrsinn. Betet mal, dass uns nie ein Cyberangriff trifft."

„Und?"

„Paunig … hmmm." Arnd scrollte und tippte, gab brummende Geräusche von sich, die dazu führten, dass Charlies Nervosität sich zunehmend auf Stella übertrug.

Sie blickte sich ungeduldig um. Eine der Verwaltungssekretärinnen kam herein. Sie trug mehrere Ordner, sortierte drei davon in ein Regal, lächelte Stella freundlich an und legte einen weiteren Ordner bei Arnd ab. Drei Blatt Papier rutschten heraus und fielen zu Boden. Stella starrte darauf. Und dann fiel es ihr wie Schuppen von den Augen. Der Name. Der kleine Geistesblitz, den sie zuvor nicht zu fassen bekommen hatte. Ein Blatt Papier. Handschriftliche Notizen. Die Befragung mit dem Hausmeister. Seine Namensliste! Ihre eigenen Worte, die sie gemurmelt hatte, als sie die Namen durchging.

Diese Namen kennen wir schon. Kohlhofer steht da drauf. Außerdem die Namen Mayer, Hürser und Kavalcek. Da gab es schon Befragungen. Dann Bertels und Stieler. Beide verstorben. Wenz und Kehrer. Beide inhaftiert.

Wenz! Der Name hatte auf der Liste gestanden! Auf der Liste der Lehrer!

„Ah. Paunig!“, stieß Arnd aus und riss sie aus ihren Gedanken „Da haben wir’s. Da ist ein Eintrag mit Paunig. Aber die heißt nicht Maja.“

„Sondern?“, fragte Charlie ungeduldig.

Stella öffnete den Mund, doch Arnd war schneller.

„Das ist ein Schülereintrag von 2004 bis 2010. Für eine Paunig, Sabrina.“

Stella starrte Arnd wie gebannt an. Dann drang Charlies Stimme an ihr Ohr. „Hast du gerade Sabrina gesagt?“

33. Kapitel

SIE rasten mit Blaulicht zur psychiatrischen Klinik. Stella saß am Steuer ihres Sportwagens und ignorierte sämtliche Verkehrsregeln, was Charlie ihr erstens niemals zugetraut hätte und was sie zweitens durchaus begrüßte. Sie wählte wieder Vincents Nummer, doch weiterhin war er nicht erreichbar. Etwas war passiert. Dessen war Charlie sich mittlerweile sicher.

Psych. Prüfe Thies Wenz.

Vincent hatte sich irgendwie Zutritt verschafft und die Patientenakten in der Psychiatrie durchstöbert. Sie wusste nicht, wie und wann er auf die Idee gekommen war, einen Zusammenhang bei Sabrina Paunig zu suchen, aber irgendwie war er auf etwas gestoßen.

Sabrina Paunig war selbst Schülerin in der Realschule gewesen. 2004 bis 2010. Und der Arbeitsbereich von Marianne Feldberg und Nathalie Morlocher überschnitt sich in den Jahren 2009 bis 2012. Und Carl Jost? Wie der ins Bild passte, war Charlie nicht ganz klar. Sie hatten nur die Verbindung über Frederik Kohlhofer gefunden, der ebenfalls Lehrer an der Schule gewesen war – ebenfalls in besagtem Zeitraum. Aber der versuchte Brandanschlag und damit der Kontakt mit Carl Jost war erst 2016 passiert.

„Uns fehlt ein Puzzleteil“, murmelte Charlie.

„Charlie …“, sagte Stella gehetzt und trat mit voller Wucht auf die Bremse, als ein Wagen an der Kreuzung ihr Blaulicht ignorierte. „Scheiße!“, fluchte sie.

Charlie sah sie überrascht an, widmete sich aber gleich wieder ihren eigenen Gedanken. „Wir hätten sie sofort eingehender befragen sollen. Zu ihrer Tante und ihrem Leben und ihrer Verbindung zu Stuller.“

„Und zu Thies Wenz!“, stieß Stella aus. „Charlie, Wenz stand auf der Liste!“

„Hm?“

„Auf der Liste. Vom Hausmeister! Hast du die an Vincent weitergegeben?“

„Vincent verschafft sich gern mal Zugang zu … Was meinst du, er stand auf der Liste?“

„Wenz! Der Name! Er stand auf der Liste. Inhaftiert. Erinnerst du dich? Und wenn Vincent die Liste hatte …“

Charlie drehte Stella langsam den Kopf zu und starrte sie aus großen Augen an. Dann griff sie zum Tablet und öffnete den Ermittlungsorder. Stella spielte verlässlich alle Dokumente ein, so auch das Papier mit den Namen, die der Hausmeister notiert hatte. Tatsächlich. Da stand es. Vier Buchstaben.

Wenz.

Charlie starrte das Tablet an, als könnte es jeden Moment in Flammen aufgehen. Ein Gefühlsorkan drohte sich in ihr zusammenzubrauen, doch jetzt war weder die Zeit noch der Raum für Ausbrüche. Mit zitternden Fingern steckte sie das Tablet weg und klammerte sich wieder an ihr Handy. Was auch immer in dieser Klinik und dieser Schule vorging oder vorgegangen war: Sie würde dafür sorgen, dass es ein für alle Mal beendet wurde.

Sie parkten direkt vor dem Haupteingang und liefen ins Gebäude, ohne sich beim Empfang anzumelden. Die Dame, die dort saß, sprang auf und lief den beiden hinterher, kam jedoch nicht nach. Als sie den Durchgang vom Haupt- zum Nebengebäude passieren wollten, stellten sich ihnen vier Wachleute in den Weg.

„Kriminalpolizei!“, brüllte Charlie sie an, zog ihren Ausweis aus der Tasche und hielt ihn dem Erstbesten so dicht vors Gesicht, dass dieser zurückwich. „Aus dem Weg, verdammt noch mal!“

Sie liefen weiter, fuhren in den dritten Stock und fragten die verdutzte Pflegerin nach Sabrina Paunig.

„Äh …“

„Wo? Wo ist sie auf Pause?“, fragte Charlie ungeduldig und klopfte mit der flachen Hand ein paar Mal auf die Theke, hinter der die Pflegerin am Computer saß.

„Ich … ich kann nachsehen. Wenn sie irgendwo im Gebäude ist, zeigt das Chipsystem an …“ Sie tippte in ihren Computer. „Hm.“

„Was? Was ist?“

„Sie ist auf 4A. Das ist eigenartig.“

„Wieso?“, fragte Charlie ungeduldig.

„Das ist nicht ihre Station und noch nicht mal ihr Zuständigkeitsbereich. Das … ist drüben im Maßregelvollzug.“

Charlie und Stella wechselten einen Blick. „Können Sie in Ihrem System sehen, welche Patienten auf 4A liegen?“

„Ähm, das ist vertraulich.“

„Wir sind von der Kriminalpolizei. Zwingen Sie mich nicht, Ihnen richterliche Befehle in diese Irrenanstalt zu jagen. Zwingen! Sie! Mich! Nicht!“, fauchte Charlie die Mitarbeiterin an. Sie spürte, dass Stella ihren Unterarm sanft drückte, und trat einen Schritt zurück. „Sehen Sie nach, ob ein Thies Wenz dort liegt. Sofort. Bitte. Danke.“

Die Pflegerin tippte in den Computer und sah dann zu Charlie. „Ja. Dort liegt tatsächlich ein …“

Charlie hörte den Rest des Satzes gar nicht mehr. Sie griff nach der Chipkarte, die neben dem Computer lag und wohl der Pflegerin gehörte, und lief bereits los. Es ging mit dem Lift hinunter, dann zurück ins Hauptgebäude und zum hinteren Bereich des Areals, in dem sich der Maßregelvollzug befand. Dort mussten sie mit dem Lift in den vierten Stock fahren. Beim Empfang hielt Charlie nur ihren Ausweis hin und verlangte von dem zuständigen Mitarbeiter zu wissen, wo Station 4A war.

„Gibt es ein Problem?“

„Davon gehen wir leider aus. Sie haben hier Sicherheitspersonal?“

„Ja.“

„Verständigen Sie es.“ Sie wandte sich zu Stella. „Kannst du Jan informieren?“

Stella nickte. Charlie sah auffordernd zum Mitarbeiter am Empfang. Der wirkte verdutzt, tat aber wie geheißen, wies den beiden den Weg und griff zeitgleich zum Telefon, um den Sicherheitsdienst zu informieren. Charlie und Stella liefen los. Wieder ging es durch frustrierend lange Gänge, bis Charlie endlich die Station 4A sah. Sie hielt die Zugangskarte an die Scanvorrichtung und war erleichtert, als die Schiebetür aufging. Hier sah es weitaus weniger nach Krankenhaus und viel mehr nach Gefängnis aus. Sie standen in einem Vorraum, wo sich wieder ein Empfang befand.

„Wir suchen Sabrina Paunig", erklärte Charlie dem Mitarbeiter, der aufgesprungen war, als sie hereingekommen waren.

„Wen?"

„Sabrina Paunig. Sie hält sich hier auf."

„Das ist keine meiner Mitarbeiterinnen."

„Sie hält sich trotzdem hier auf. Wo ist das Zimmer von Thies Wenz?"

„Das … ist vertraulich."

„Zwingen Sie mich nicht, Ihnen wehzutun", zischte Charlie.

Der Mitarbeiter zuckte zusammen und deutete zu einer Tür nur wenige Meter weiter auf der anderen Seite des Ganges. Charlie und Stella liefen los.

Charlie versuchte, die Tür zu öffnen, doch sie war verschlossen. Sie hielt ihre Chipkarte an den Scanner, doch nichts passierte.

„Sie brauchen meine", sagte der Mitarbeiter, der plötzlich hinter ihnen stand. „Von dieser Abteilung." Er hielt die Karte an die Vorrichtung und das Schloss sprang auf.

Charlie nahm die Szenerie, die sich vor ihr abspielte, mit einem einzigen Blick in den Raum wahr, während sie gleichzeitig die Waffe zog und sie mit ausgestreckten Armen auf Sabrina richtete.

„Keine Bewegung", sagte Charlie.

Doch Sabrina bewegte sich ohnedies nicht. Sie lehnte mit einer Ausstrahlung, die man nur als katatonisch bezeichnen konnte, an der Wand, die Arme vor der Brust verschränkt, den Blick starr auf das Bett gerichtet. Charlie hatte das viele Blut auf dem Bett im Seitenblick gesehen und auch den blassen Mann, doch um ihn würden sich andere kümmern. Stella war direkt hinter ihr und Stimmen im Hintergrund verrieten ihr, dass auch die Verstärkung bereits da war. Sie befanden sich in einer Psychiatrie voll mit Pflegepersonal und Ärzten. Irgendjemand würde sich um Sabrinas letztes Opfer kümmern. Sie, Charlie, hatte anderes zu tun. Langsam ging sie auf Sabrina zu, die Waffe weiter vor sich haltend.

„Lassen Sie das Messer fallen", befahl Charlie.

Nun drehte Sabrina ihr langsam den Kopf zu. Ihr Mund zeigte ein sanftes Lächeln. Sie löste ihre starre Haltung, öffnete die Hand und das blutverschmierte Messer fiel zu Boden.

Charlie ging weiter langsam auf sie zu.

„Charlie", hörte sie jemanden hinter sich sagen. Sie ignorierte es. „Kein Puls", drang an ihr Ohr. Auch das ignorierte sie.

„Er ist tot", sagte Sabrina. Ihr Lächeln wurde breiter. Doch es erreichte die Augen nicht. Es wirkte vielmehr wie das Lächeln von Batmans Joker. Verwirrt. Unpassend. Als hätte es ihr jemand ins Gesicht gemalt.

Charlie stand nun direkt vor ihr. Sie machte noch einen Schritt. Dann presste sie den Lauf der Pistole direkt an Sabrinas Stirn. Sabrina sah sie an und auch wieder nicht. Sie blickte vielmehr durch Charlie hindurch. Es war, als starrte man in das Gesicht eines Wachkomapatienten.

„Charlie!", rief jemand.

„Ich bin unbewaffnet", sagte Sabrina. Sie sprach wie ein Roboter. „Sie können mich nicht erschießen."

„Was ich tun kann oder nicht, bestimme ich ganz alleine", erwiderte Charlie mit einer ruhigen Stimme, die sie selbst überraschte. „So, wie Sie ganz alleine bestimmt haben, was für Ihr Seelenheil notwendig ist. Sie haben sehr viel Aufwand für Ihren Prozess betrieben, daher gehe ich stark davon aus, dass Sie gerne weiterleben wollen. Wenn Sie also nicht wünschen, dass ich diesen Abzug betätige und Ihr Gehirn auf der Wand hinter Ihnen verteile, dann beantworten Sie mir sofort meine Frage."

Sabrinas Blick schärfte sich für den Bruchteil einer Sekunde. In diesem kurzen Augenblick sah sie Charlie direkt ins Gesicht. „Welche?"

„Wo ist Vinni?"

34. Kapitel

SIE wehrte sich nicht. Charlie war hinausgestürmt und hatte es Stella überlassen, Sabrina festzunehmen. Diese Frau machte Stella Angst. Oder … weniger die Frau als deren Zustand. Sie wirkte benommen, als hätte der Schock von ihr Besitz ergriffen und sie gelähmt. Ihr Blick war auf den riesigen Blutfleck gerichtet, den Stella geflissentlich zu ignorieren versuchte. Sie wusste auch so, wohin Sabrina das Messer diesmal gerammt hatte.

Nicht ins Herz …

Als sie Sabrina die Handschellen anlegte, wehrte sie sich nicht. Dann führte Stella sie nach draußen. Dort stand bereits das Sicherheitspersonal der Klinik.

„Er ist tot, oder?", fragte Sabrina mit einem leisen Zweifel in der Stimme.

Mehrere Personen versuchten sich im Patientenraum an Wiederbelebungsmaßnahmen für Thies Wenz. Stella hatte weder Zeit noch Lust, danebenzustehen und abzuwarten. Das war nicht ihre Aufgabe. Sie musste Sabrina in eine Zelle bringen. Besser gestern als morgen.

Das Sicherheitspersonal begleitete sie nach unten ins Erdgeschoss. Dort wartete sie auf ihre Kollegen. Alleine konnte sie mit einer Serienmörderin nicht ins Revier fahren. Stella hielt sie an den Handschellen fest und ging mit ihr zu einer Bank, wo sie sich hinsetzen konnten. Mehrere Sicherheitsleute standen im Halbkreis um sie herum. Sabrina machte im Moment aber ohnedies keine Anstalten, zu flüchten.

„Er ist tot, oder?", fragte sie erneut, den Blick irgendwo ins Nichts gerichtet. Ihre Stimme zitterte.

„Ich weiß es nicht." Stella drehte Sabrina den Kopf zu. Zu ihrer Überraschung sah sie, dass Tränen über ihre Wangen liefen. Ihre Lippen zitterten.

„Können Sie fragen?" Sabrinas Stimme war nicht mehr als ein Hauch. Sie war nicht mehr die Walküre, als die Stella sie bei ihrer ersten Begegnung wahrgenommen hatte. Sie war ein kleines Mädchen. Ein kleines, misshandeltes Mädchen im Körper einer erwachsenen Frau.

„Nein."

Nun drehte Sabrina ihr ebenfalls den Kopf zu.

Stella blickte instinktiv weg. Sie wollte, nein, *konnte* nicht in diese Augen sehen.

„Sie wissen, warum?"

Nicht wirklich, nein.

„Sie verstehen, was passiert ist?", hakte Sabrina nach.

Stella antwortete nicht. Sie musste konzentriert bleiben. Sie hielt mit der einen Hand nach wie vor die Handschellen an Sabrinas Rücken, in der anderen ihre Waffe. Sie durfte sich nicht ablenken lassen. Bloß keine Fehler.

„Ich bin kein Monster", sagte Sabrina leise. Ihre Stimme hörte sich eine Oktave höher an als bisher. Oder bildete Stella sich das ein? „Kennen Sie den Film?", fragte Sabrina weiter. „Monster?"

Stella lag ein Ja auf der Zunge. „Nein."

„Es ist eine Realverfilmung. Charlize Theron spielt die Hauptrolle. Sie spielt Aileen Wuornos, die seit dem dreizehnten Lebensjahr nur Gewalt kannte. Und irgendwann hatte sie die Schnauze voll und hat sich einfach gewehrt. Ich sage nicht, dass ich ihren Rachefeldzug gut finde, ich sage nur, dass ich ihn verstehe. Sie war kein Monster. Und das bin ich auch nicht. Thies Wenz. Er ist das Monster."

Stella nickte, obwohl sie gar nichts verstand. Sie sah aus dem Augenwinkel, dass Sabrina lächelte. Es war ein trauriges Lächeln. Wieder war ihr Blick ins Nichts gerichtet. Irgendwohin, vermutlich in ihre eigene Vergangenheit.

„Sie verstehen gar nichts. Das sehe ich Ihnen an. Wissen Sie, wie viel Menschenkenntnis man bekommt, wenn man meinen Job ausübt?" Sie schüttelte langsam den Kopf. „Wollen Sie die lange, herzzerreißende Geschichte, in der ein junges Mädchen vergewaltigt wird und sich auf die lange, lange Suche nach Personen begibt, die ihr glauben und helfen, gegen ihren Peiniger vorzugehen? Oder wollen sie die kurze, brutale

Geschichte, in der eine erwachsene Frau zufällig auf ihren ehemaligen Peiniger stößt und beschließt, dass sie nicht in derselben Welt leben kann wie er?"

Nun sah Stella sie doch an. Sie studierte dieses Gesicht. Es war kein liebevolles Gesicht, eher ein starkes, hartes. Irgendwann mal war Sabrina zweifellos hübsch gewesen. Doch nun sah sie nur noch unnahbar aus. Und entschlossen. Der Schockzustand hatte sich aufgelöst. Sabrina wollte erklären. Ihre Handlungen. Sich selbst. Sie wollte, dass jemand zuhörte. Und dieser Jemand war Stella.

„Was wollen Sie, Sabrina?", fragte Stella. „Vergebung? Ich bin kein Priester."

„Meine Vergebung habe ich schon. Thies Wenz hat mich vergewaltigt. Er war mein Vertrauenslehrer. Ich habe ihm vertraut. Es gab nicht viele Leute in meinem Leben, über die ich das je habe sagen können. Eigentlich nur ihn. Und er hat mich vergewaltigt. Ich war kein einfaches Kind. Ich habe nur Scheiße gebaut. Ich war eine Ausreißerin. Ich habe geraucht und gekifft. Niemand nahm mich für voll. Also hat mir auch niemand geglaubt. Nicht die Beraterin der Jugendstelle, nicht die Schulkrankenschwester, nicht der Polizist, noch nicht mal meine Tante."

Stella schloss einen Moment die Augen. Da war sie, die Liste. Vier Personen. Vier Menschen, die Sabrina aus tiefstem Herzen hasste, weil sie ihr nicht geholfen hatten, als sie am dringendsten Hilfe benötigt hätte. Menschen, denen man vertrauen wollte. Menschen, die von Berufs wegen schon zur Hilfe verpflichtet waren.

Du warst nicht dabei. Dir steht keine Wertung zu.

„So war es. Aber bevor Sie denken, ich bin völlig irre: Nein, ich habe nicht damals, als ich fünfzehn war, geplant, eine Serientäterin zu werden. Ich wollte abschließen. Mit allem. Ich ging von der Schule. Habe eine Ausbildung gemacht. Wollte einfach leben. Aber das Leben ist schon witzig, wissen Sie? Denn ein paar Jahre später wurde er doch tatsächlich verhaftet. Thies Wenz. Nicht wegen dem Verbrechen, das er mir angetan hat. Sondern wegen irgendeinem Verbrechen. Es hatte nichts mit mir zu tun. Sie denken jetzt, man sollte über so etwas stehen können, oder?"

„Nein", rutschte es Stella heraus, obwohl sie eigentlich nichts hatte sagen wollen.

„Tja, ich dachte das schon. Ich dachte, ich müsste darüberstehen. Er hat seine gerechte Strafe bekommen, nicht wahr? Kinderpornos. Na klar. Aber egal. Er war weggesperrt. Das war okay für mich. Ich dachte wirklich, dass es okay war. Ich habe mir trotzdem helfen lassen. Kein Mensch kann so etwas alleine verarbeiten, wissen Sie? Und irgendwann kam ich hierher. Ich wusste nicht, dass er hier war. Wirklich nicht. Ich dachte, er ist im Gefängnis. Ich habe von dem Fall in der Zeitung gelesen. Ein Lehrer mit Kinderpornos, das lieben die Medien. Und dann auch noch die eigene Ehefrau angreifen? Es war eine gute Story. Niemand hat sich für mich interessiert. Für *meine* Story. Aber egal. Ich wusste, dass er verurteilt worden war, und ich dachte, ja, super, er sitzt im Gefängnis. Ich habe mein Leben gelebt. Und wissen Sie, was dann passiert ist?"

„Was?", fragte Stella.

„Ich habe seinen Namen gelesen. Im System. Es war Zufall, ich hatte einen Patienten namens Wekner und ich gab den Nachnamen ein … Wir haben ein altes System, es zeigt einfach alle W-Einträge. Und da sehe ich diesen Namen. Thies Wenz. Ich dachte, ich träume. Ich dachte, meine Sinne spielen mir einen Streich. Aber nein. Er war es. Ich habe es überprüft. Fünfmal. Zehnmal. Zwanzigmal. Er war es. Und nicht nur, dass er es war. Nein, da war ein Entlassungsantrag." Sie pausierte kurz, nickte, bewegte die Lippen, als führte sie eine stumme Unterhaltung mit sich selbst. Eine Träne rann ihre Wange herab und ihr Arm zuckte, als wollte sie sie wegwischen und hätte vergessen, dass sie gefesselt war. „Ich kann nicht in derselben Welt leben wie dieser Mensch, Stella. Das verstehen Sie, oder? Das versteht jeder."

„Sie hätten …"

Sabrina drehte Stella ruckartig den Kopf zu. „Was? Mir noch mehr helfen lassen? Noch mehr Therapie? Mir noch mehr einreden, dass das alles schon irgendwie okay ist? Nein! Und ich *habe* ihnen die Chance gegeben, mir zu helfen. Ich bin zu denselben Leuten gegangen wie damals. Und nicht nur zu ihnen. Ich war auch bei einem Strafverteidiger. Ich habe mich beraten lassen. Ich habe ihm die Geschichte erzählt. Wissen Sie, was die Antwort war?"

„Nein."

„Keine Chance." Sie spuckte die Worte geradezu aus. Erneut schossen Tränen in ihre Augen. „Keine Chance", wiederholte sie und senkte den Blick. „Das war seine Antwort. Ohne Zeugen, ohne Beweise – keine Chance. Er sagte, ich solle mich nicht damit belasten. Ich *wollte* etwas anderes tun. Aber wenn man irgendwann das Gefühl hat, dass jede einzelne Tür, an die man klopft und an der man um Hilfe bittet, zugesperrt und verriegelt ist, dann …"

„… greift man zur Selbsthilfe?", sagte Stella leise.

Sabrina schniefte. „Bringen Sie mich einfach fort. Bitte. Ich will hier nicht mehr sein."

35. Kapitel

DAS Archiv war nicht leicht zu finden gewesen. Jetzt, da Charlie vor der Tür stand, zögerte sie einen Moment und schloss die Augen.

Bitte lass ihn leben! Bitte, bitte lass ihn leben!

Sie griff in ihre Hosentasche und nahm den Schlüssel heraus, den Sabrina ihr gegeben hatte. Sie steckte ihn ins Schloss und drehte ihn. Dann drückte sie die Klinke herunter. Mit dem Fuß stieß sie vorsichtig die Tür auf, während sie die Waffe wieder mit beiden Händen nahm und ausgestreckt vor sich hielt.

Zunächst sah sie überhaupt nichts. Es war stockdunkel im Raum. Das spärliche Licht aus dem Gang reichte nicht, um den Raum zu erleuchten. An den Umrissen erkannte Charlie, dass sie vor zahlreichen deckenhohen Regalen stand.

„Vincent?", rief sie.

Es kam keine Antwort.

„Scheiße", fluchte sie und tastete mit der linken Hand neben sich an der Wand nach einem Lichtschalter, während sie die Waffe mit der rechten weiter vor sich hielt. „Scheiße, Scheiße, Scheiße!"

Dann, endlich, ertastete sie den Schalter. Sie betätigte ihn und der Raum wurde in grelles Neonlicht getaucht. Charlie korrigierte umgehend ihren ersten Eindruck. Das hier war kein Raum, sondern ein riesiges Archiv mit schier endlosen schmalen Gängen zwischen Schieberegalen, die an Fußboden und Decke über Schienen miteinander verbunden waren. Mit einer Kurbel konnte man eine ganze Regallänge nach links oder rechts bewegen. Sie hatte so etwas schon mal in einem Archiv in der Bibliothek gesehen.

Die Regale waren über und über mit Ordnern und Kisten befüllt. Der Raum erstreckte sich links und rechts jeweils gute fünf Meter, und geradeaus schätzte Charlie ihn auf weitere zehn Meter Länge.

„Vincent?", rief sie erneut.

Wieder hörte sie nichts. Wut kam in Charlie hoch. Wenn dieses Biest von Stationsleitung sie angelogen hatte, würde sie … sie würde …

Charlie atmete tief durch. Sie musste die Nerven behalten. Sie ging durch den ersten Gang, der direkt vor ihr war. Er war gerade so breit wie sie selbst. Sie ging ihn bis zum anderen Ende des Raums, blickte nach links und rechts und dann sah sie ihn.

„Vincent!"

Sie wollte sofort auf ihn zulaufen, doch als sie das Bild, das sie nun vollumfänglich wahrnahm, sah, gefror ihr das Blut in den Adern, und sie blieb wie erstarrt stehen.

Blut. Da war Blut. An seinem Kopf. An seiner Schulter. Am Boden. Er lag auf einer Transporttrage, die Augen geschlossen, die Hände auf dem kugelrunden Bauch verschränkt, als läge er in einem offenen Sarg.

„O Gott", keuchte Charlie. Sie steckte ihre Waffe weg und lief auf ihn zu. Sie beugte sich über Vincent und legte ihm drei Fingerspitzen seitlich neben dem Kehlkopf an den Hals, rutschte mit den Fingern die Halsgrube herab und betete, dass sie einen Puls fühlen würde.

„Bitte, bitte, bitte", sagte sie wie manisch vor sich hin. „Bitte."

Ja!

Sie spürte einen Puls. Erleichtert wischte Charlie sich eine Haarsträhne aus der Stirn und mit ihr ein paar Tränen, die sich in ihre Augenwinkel verirrt hatten. Sie griff zu Vincents Kopf und sah sich die Wunde an der Schläfe genau an. Sie drehte den Kopf etwas zu sich und prüfte, wie breit die Wunde war. Bei all dem getrockneten Blut war das auf den ersten Blick kaum zu erkennen. Sie tastete die verletzte Stelle vorsichtig ab.

„Aua …"

Charlie fuhr auf. „Vinni?"

„Das tut weh", murmelte er und schlug sanft nach ihr.

„O Gott. Vinni! Geht es dir gut? Ist alles okay? Bist du sonst noch verletzt?"

Er öffnete vorsichtig ein Auge und drehte Charlie langsam den Kopf zu. „Was tust du hier?"

„Dich retten!"

Vincent versuchte, sich aufzurichten. Sein Gesicht zuckte schmerzverzerrt, und er griff sich an den Kopf. „Autsch."

Charlie reichte ihm die Hand und half ihm, sich aufzurichten.

Er lehnte sich gegen die Wand und tastete sich kurz ab. „Alles noch dran", murmelte er.

Charlie lachte erleichtert. „Bist du okay?"

„Ich glaube schon. Mein Kopf …"

„Den lassen wir gleich verarzten. Was ist passiert?"

„Ich bin nicht sicher", sagte er und fuhr sich geistesabwesend über den Kopf. „Ich war in diesem Büro und habe die Akten durchgesehen …"

„Ich habe dir *gesagt*, du sollst keine Dummheiten machen!"

„Hab ich dir geholfen oder hab ich dir geholfen, Lotti?"

Sie lächelte, griff nach seiner Hand und drückte sie sanft. „Du hast mir geholfen."

„Eben. Jedenfalls … ich rufe dich an, lege wieder auf, will noch ein Foto von einer Akte machen, und *Bumm*. Nichts mehr." Er fuhr sich mit der Hand an die Schläfe und zuckte unter Schmerzen zusammen. „Aua. Bitte sag mir, dass ihr das Miststück habt."

„Wir haben sie."

„Ist sie geständig?"

„Sie hat keinen Grund, es nicht zu sein." Charlie versuchte, zu lächeln, doch Erschöpfung und Erleichterung übermannten sie. Sie ließ den Kopf hängen und unterdrückte ein Schluchzen. „Ich bin so froh, dass dir nichts passiert ist."

Vincent streckte die Hand nach vorn, packte sie am Oberarm und zog sie mit einer kräftigen Bewegung an sich. Dann drückte er sie, und sie ließ es für einen Moment zu.

Sie legte den Kopf an seine kräftige Schulter und seufzte. „Ich bin so froh, dass du noch lebst."

Er schnaubte. „Abwarten."

Charlie fuhr auf. „Wieso?"

Vincent atmete tief ein und warf Charlie einen vielsagenden Blick zu. „Wir müssen Dagmar Bescheid sagen."

36. Kapitel

STELLAS Handy klingelte. Schon wieder. Es war ihr Vater. Er hatte in den letzten Tagen mehrfach versucht, sie zu erreichen, doch sie hatte ihn ignoriert. Nur war ihr Vater niemand, den man lange Zeit ignorieren konnte. Irgendwann würde er einfach vor ihrer Wohnung stehen. Oder, schlimmer noch, in ihrem Büro. Sie seufzte und ging ran.

„Was willst du?"

„Ich habe dir Zeit gegeben, dich zu beruhigen, Püppi. Ich finde, wir sollten die Sache langsam hinter uns lassen."

„Die Sache ist erst dann hinter uns, wenn du rückgängig machst, was du getan hast."

„Ich bitte dich, Stella!"

„Dann lass mich in Ruhe."

„Ich weiß nicht, was in dich gefahren ist. In letzter Zeit …"

„Ich bin erwachsen geworden, Papa. Erwachsen. Und der Name ist Stella."

Sie legte auf und schaltete das Handy auf lautlos. Sie hatte noch viel zu tun. Vor ihr lag ein riesiger Haufen an Papierkram. Aus irgendeinem Grund, den sie selber nicht recht verstand, hatte sie sich mal wieder bereit erklärt, die schriftliche Aufarbeitung des Falles zu übernehmen. Jan war jedes Mal erleichtert, wenn irgendjemand sich freiwillig meldete. Und sie war jedes Mal glücklich, sich beweisen zu können.

Manche Dinge ändern sich wohl nie.

Sie griff zu der Akte mit den Protokollen und Tatortfotos. Obenauf war ein Foto von Sabrina Paunig angeheftet. Die Ereignisse hatten sich so schnell überschlagen, dass Stella nach wie vor Probleme hatte, richtig einzuordnen, was passiert war.

Sie hatten sich auf Doktor Stuller fokussiert, während Vincent im Hintergrund herumgeschnüffelt hatte. Er wollte einfach hilfreich sein. Das war seine einzige Begründung gewesen. Er hatte gewusst, dass das

Ermittlungsteam mit zahlreichen Bewilligungen hätte kämpfen müssen, wenn es Zugang zu den Akten der Anstalt hätte bekommen wollen. Das hätte Wochen gedauert. Viele Wochen, in denen vielleicht weitere Morde passiert wären. Jedenfalls nach Vincents Ansicht. Er hatte nie wirklich an das Vier-Phasen-Modell geglaubt und sich lieber auf die gute alte Vor-Ort-Ermittlungstaktik konzentriert. Ohne Bewilligungen. Er war in Rente. Er konnte herumschnüffeln, wo er wollte.

Stella lächelte. Sie konnte verstehen, warum Charlie Vincent so gernhatte. Er war ein Mann der alten Schule. Und ein Ermittler der alten Schule. Er pfiff auf Regeln. Genauso wie Charlie. Wahrscheinlich hatte sie das von ihm abgekupfert.

Vincent war auf Thies Wenz gestoßen. Die einzige Patientenakte, die in zweifacher Ausfertigung in Sabrinas Büro gelegen hatte. Eine normale und eine mit Post-its, Notizen und Zeitungsausschnitten versehen. Das hatte irgendetwas in Vincent ausgelöst, und er wollte es mit Charlie besprechen. Da hatte Sabrina ihn überwältigt und K. o. geschlagen.

Sabrina hatte mehrfach beteuert, sie hätte ihm nichts tun wollen. Die Dinge seien plötzlich einfach zu viel geworden. Das Netz um sie herum hatte sich zugezogen.

Ich kann nicht in derselben Welt leben wie dieser Mensch, Stella.

Sabrina war egal, was mit ihr passierte. Sie hatte vergeben. Sie hatte das Übel ihrer kleinen Welt ausgeräumt und war nun seelenruhig – im wahrsten Sinne des Wortes.

Bis auf einen kleinen Makel. Thies Wenz hatte überlebt. Er lag auf der Intensivstation, aber noch lebte er. Das hatte ihr bisher niemand gesagt. Vielleicht war das auch besser so. Sie saß nun in derselben Justizvollzugsanstalt wie Bela.

Aber das Leben ist schon witzig, hatte Sabrina gesagt. Stella schnaubte, als sie daran dachte.

Ja. Allerdings.

Stella seufzte, blickte auf die Akten und hatte die Nase auf einmal gestrichen voll. Sie blickte auf die Uhr. Noch war Zeit. Sie setzte sich ins Auto und fuhr zur Justizvollzugsanstalt. Dort ließ sie sich in den

Warteraum führen. Sie blickte zur Tür. Mehrere Minuten vergingen. Dann ging sie auf. Als Bela erschien, lächelte sie.

Er setzte sich ihr gegenüber. „Du hältst dein Versprechen?"

„Immer."

„Also besuchst du mich ab jetzt tatsächlich öfter?"

„Ja."

„Wie geht es dir, Stella? Du siehst müde aus."

„Ich bin müde. So was von müde."

„Und doch bist du hier."

Sie lächelte. Dachte an ihren Vater. Dachte an alles, was er gesagt hatte. An die Zweifel und die Lügen und das Schlechte, das wie ein Tumor in dieser Welt wuchs. Sie fuhr sich mit den Händen übers Gesicht. „Unser letzter Fall war …" Sie brach ab und schüttelte den Kopf.

„Ja. Aber ihr habt ihn gelöst, nicht wahr?"

„Ja. Ja, haben wir. Nachdem wir hundert falschen Fährten gefolgt sind. Nachdem wir uns immer und immer wieder geirrt haben. Dann, irgendwann, haben wir den Fall gelöst. Aber das ist manchmal nicht genug. Ihre Opfer sind tot. Alle, die sie hatte töten wollen, sind tot. Was also haben wir schon ausgerichtet?"

„Ich habe gehört, der Typ aus der Psychiatrie hat überlebt."

Stella zuckte mit den Schultern. Ja, Thies Wenz hatte überlebt. Knapp, aber doch. Er war noch nicht stabil.

„Ihr habt sie gefasst und die Gesellschaft von einem Verbrecher mehr befreit", sprach Bela weiter. „Das ist etwas zum Feiern, Stella."

Sie atmete tief durch. Dann sah sie ihn lange an.

„Was?", fragte er sanft. „Du siehst aus, als ob du mir eine Frage stellen willst."

„Das will ich."

„Dann tu es."

„Ich weiß nicht, ob ich die Antwort hören will. Ich weiß noch nicht mal, ob du mir überhaupt die Wahrheit sagen würdest. Und selbst wenn, weiß ich nicht, ob ich sie glauben könnte. Ebenso wenig weiß ich, ob ich eine Lüge erkennen würde. Ich weiß im Grunde gar nichts mehr."

Er beugte sich vor und legte die Hand an die Scheibe. „Stell die Frage, Stella."

„Hast du es getan, Bela? Hast du Martin Umbacher erschossen?"

Bela blieb reglos sitzen. Dann, irgendwann, ließ er seine Hand sinken. Er neigte den Kopf leicht zur Seite und sah Stella mit diesem durchdringenden Blick an. Und dann, ganz leise, sagte er: „Ich weiß es nicht."

ENDE

Eine kleine Bitte zum Schluss …

Wir hoffen, Ihnen hat dieses Buch gefallen …

Der schnellste Weg, andere Leser da draußen an Ihren Erfahrungen mit diesem Buch teilhaben zu lassen, ist eine Rezension im Online-Buch-Shop. Ihr Feedback hilft nicht nur anderen Lesern, Neues zu entdecken, sondern auch dem Autor, zu verstehen, was aus Lesersicht in diesem Buch gut und weniger gut ist. So kann sich der Autor weiterentwickeln und Ihnen sowie anderen Lesern in Zukunft noch schönere Geschichten präsentieren. Außerdem sind Ihre Erfahrungen, Erkenntnisse und Eindrücke als ehrliches Leser-Feedback eine enorme Wertschätzung vieler liebevoller Arbeitsstunden, die in dieses Buch geflossen sind.

Danke also schon im Voraus, wenn Sie sich zwei bis drei Minuten Zeit nehmen und eine kleine Bewertung zum Buch z.B. auf Amazon veröffentlichen.

Mehr zum Autor finden Sie auf
www.gunnarschwarz.de,
www.facebook.com/gunnarschwarz.autor,
www.instagram.com/gunnarschwarz.autor und
www.feuerwerkeverlag.de/schwarz

Gratis Kurzthriller sichern

Bitte nicht sie!

Kostenloser Nervenkitzel. Auf 80 Seiten. Trauen Sie sich?

„Hängen da oben etwa Füße? In pinken Socken? Oh mein Gott, ist das ein Kind?"

Ein Raunen geht durch die Menge, als auf dem Marktplatz über der goldenen Turmuhr ein Fenster geöffnet wird und kleine Füße in rosa Söckchen zum Vorschein kommen. Kurz darauf wird der Rest des Körpers sichtbar und an einem Seil aus dem Fenster gestoßen. Die Menge ist in Schockstarre. Die Polizei wird gerufen.

Als Kommissar Theo Sammers kurze Zeit später am Ort des Geschehens erscheint, um die aufgebrachte Menge zu beruhigen, gefriert ihm das Blut in den Adern. Denn das, was er sieht, ist ihm nur allzu vertraut …

Den 80-seitigen Kurzthriller komplett kostenlos herunterladen:
https://www.gunnarschwarz.de/kurzroman

Weitere Bücher des Verlages

Das Flüstern der Puppen

Gunnar Schwarz

Lena Freyenberg und Henning Gerlach bekommen es in ihrem ersten gemeinsamen Fall mit einem albtraumhaften Spiel um Leben und Tod zu tun. Ein Serienkiller ermordet seine Opfer auf eine seltsam vertraute Art und Weise und lässt an jedem Tatort eine verunstaltete Puppe zurück.

Nach und nach entschlüsseln die Ermittler das Muster hinter den Morden, die Verbindung zwischen den Opfern und die Bedeutung der Puppen. Doch vom Täter fehlt weiterhin jede Spur.

Als Lena und Henning schließlich erkennen, dass sie selbst ihren engsten Verbündeten nicht mehr vertrauen können, hat der Killer sein Ziel beinahe erreicht. Und plötzlich holt die Vergangenheit nicht nur die Toten, sondern auch die Ermittler erbarmungslos ein …

Der Frauenkeller

Gunnar Schwarz

Als die Leiche einer jungen Frau gefunden wird, deren Körper mit Blutergüssen und verstörenden Botschaften übersät ist, übernimmt das Ermittlerduo Emma Bajetzky und Alex Kuper seinen ersten Fall. Anfangs kommen die beiden nur schwer voran, doch als ihnen klar wird, dass der Killer ihnen falsche Fährten legt, überschlagen sich die Ereignisse. Der Täter mordet immer weiter, und Emma übersieht, dass sie ihm längst begegnet ist. Extra für sie hält er nun einen Ehrenplatz im Keller „seiner" auserwählten Frauen bereit.

<u>FriesLandOpfer</u>

Nele Bruun

Es ist Hochsaison in Wyk auf Föhr. Nur der beliebte Barbesitzer Harald Königsberger verpasst den Trubel. Denn er liegt tot in seinem Haus am Strand.

Die vielen Messerstiche im Körper des Opfers deuten auf einen Rache-Akt hin. Doch die Inselbewohner sind sich sicher: Harald Königsberger war ein unbescholtener Bürger und hatte weder Feinde noch Geheimnisse. Ein gefährlicher Trugschluss, der Kommissar Carsten Wolf und seinen neuen Partner Fabiu Covaci auf eine harte Probe stellt.

<u>Nasses Grab – Zwischen Mord und Ostsee</u>

Thomas Herzberg

Am Ostseestrand der Halbinsel Holnis, Dänemark in Sichtweite, wird die schrecklich entstellte Leiche eines Mannes gefunden. Eine Hiobsbotschaft, die kurz vor Start der neuen Urlaubssaison zahlende Gäste abschrecken könnte. Somit ist bei den Ermittlungen Leisetreten angesagt.

Ina Drews und Jörn Appel – das neue Team der Flensburger Mordkommission – kommen da gerade recht. Aber schon ihr erstes Aufeinandertreffen endet im Eklat, wofür es gute Gründe gibt. Während sich die beiden widerwillig zusammenraufen, geht es mit den Ermittlungen anfangs erfreulich schnell voran.

Doch mehr und mehr versinkt alles sicher Geglaubte in einem Strudel aus Lügen und Halbwahrheiten. Hinzu kommt Druck von oben, mit dem sich Ina und Jörn noch zusätzlich herumschlagen müssen. Dabei gerät selbst der Mordfall zeitweise in Vergessenheit...